KB232280

외톨이 1

초판 1쇄 찍은 날 § 2005년 5월 26일
초판 1쇄 펴낸 날 § 2005년 6월 6일

지은이 § 다죽자
펴낸이 § 서경석

편집장 § 문혜영
편집책임 § 이종민
편집 및 본문 디자인 § 한지윤 · 정은경

펴낸곳 § 도서출판 청어람
등록번호 § 제1081-1-89호
등록일자 § 1999. 5. 31
어람번호 § 제5-0046호

주소 § 경기도 부천시 원미구 심곡1동 350-1 남성B/D 3F (우) 420-011
전화 § 032-656-4452 팩스 § 032-656-4453
http://www.chungeoram.com
E-mail § chungeoram@chungeoram.com

© 다죽자, 2005

ISBN 89-5831-542-3 04810
ISBN 89-5831-541-5 (SET)

※ 파본은 본사나 구입하신 서점에서 교환하여 드립니다.
※ 저자와 협의하여 인지를 붙이지 않습니다.

Tot
툴
1
다죽자 지음
도서출판
청어람

I

양손에 각각 다른 사진을 들고 있는 여자가 검은 하늘을 올려다보고는 다시 손에 쥐어진 사진에 시선을 고정시켰다. 왼손에는 꽃밭에 앉아 환한 웃음을 짓고 있는 한 여자의 사진이, 오른손에는 두 남자가 서로 다른 곳을 바라보는 사진이 있었다.

두 사진을 번갈아 바라보던 여자가 힘을 주어 사진 한 장을 구겼다. 그걸로는 분이 풀리지 않는지 다시 사진을 갈기갈기 찢어 허공에 뿌리며 미친 듯이 웃어댔다.

"하하하! 병신같이 좋아하는 사람에게……."

차마 말을 잇지 못하는 여자의 머리 위로 가느다란 빗방울이 떨어져 내리기 시작했다.

“기쁜 거야, 아님 슬픈 거야? 기쁘지? 너 억울하잖아. 조금만 기다려. 사랑하는 사람을 떠나보내는 그 아픔, 똑같이 느끼게 해줄 테니까.”

Ⅱ

작은 숨소리만이 간간이 들려오는 방에 한 남자가 눈을 감은 채 의자에 앉아 있다.

따르르릉—

귀청을 찢을 듯이 울려대는 전화 벨소리에 감겨 있던 남자의 차가운 눈이 서서히 그 모습을 드러냈다.

"여보세요?"

[찾았어.]

굳어 있던 남자의 눈동자가 심하게 흔들렸다. 잠시 숨을 내쉬며 호흡을 가다듬은 남자가 입을 열었다.

"누구야?"

[그게…….]

"누구야?"

다시 한 번 누구냐고 묻던 남자는 수화기에서 들려온 대답에 그만 들고 있던 수화기를 놓쳤다.

아니야. 이건 아니야. 그럴 리 없어. 난 이제 어쩌면 좋지?

결국 남자의 눈에서 한줄기 눈물이 흘러내렸다.

제1장

"같이 가~"

빤스만 입고 이리저리 뛰어다니는 놈을 뒤로하고 밖으로 나왔다. 추운 날씨였지만 강한 햇살을 내뿜는 해를 바라보며 아직 다 마르지 않은 머리를 흔들어 물기를 털어냈다. 열심히 머리를 흔들며 걸어가고 있는데, 갑자기 전봇대 뒤에서 여자애 하나가 뛰어나왔다.

깜짝! 놀란 난 가슴을 부여잡고 내 앞에서 푹 고개 숙이고 있는 아이를 머리부터 발끝까지 천천히 훑었다. 교복을 보니 규인이와 같은 청솔중학교. 3학년임을 알리는 파란색 명찰에 써 있는 한미래, 라는 이름 석 자.

귀까지 빨개진 여자애가 주머니에서 노란색 편지봉투를 꺼내더니 내 앞으로 내밀었다. 받으라는 소린가? 난 얼떨결에 여자애가 내민 편지를 받았다.

"감사합니다."

내가 편지를 받아 들자 여자 아이는 허리를 구십 도로 숙여 인사하고는 눈 깜짝할 사이 사라졌다. 난 여자 아이가 사라져 간 골목을 바라보다 편지로 시선을 옮겼다. 편지봉투에는 '아름다운 프린스'라고 쓰여 있었다. 호기심에 편지를 뜯어보려는 순간,

"오, 러뷰레러~"

어느새 쫓아온 규인 녀석이 내 손에 든 편지를 빼앗아갔다. 그리고는 봉투를 뜯어 편지를 꺼낸 후 소리 내어 읽기 시작했다.

"사랑하는 규인님? 이거 뭐야."

규인이한테 쓴 편지네? 이제는 나를 통해 접근하려는 건가? 말없이 편지를 읽어 내려가던 녀석이 갑자기 편지를 구겨 바닥에 버리더니 더럽게 침을 뱉었다.

"아, 쏠려. 아침부터 재수없게시리."

"황규인, 여자가 한을 품으면……."

"오뉴월에 서리 내린다? 그게 언젯적 얘긴데."

"아무튼 너 좋다는 애들 함부로 무시하지 마."

"필요없어. 오늘도 콧소리 내며 달라붙으면 다 조져 버릴 거야."

이 자식, 달라붙어 콧소리 내는 거 무지하게 싫어한다. 그래서 난 일부러 그걸 종종 이용해먹는다. 그리고 여자라고 봐주는 거 없다. 지 맘에 안 들면 때와 장소를 가리지 않고 주먹을 날린다. 하지만 맞으면서도 여자들은 저 녀석을 좋아한다. 아마도 녀석의 잘난 얼굴이 한몫하는 것 같다.

"몇 시에 들어올 거야?"

"오늘 약속있어."

난 주먹에 온 힘을 모으고 또박또박 말했다.

"약.속. 취.소.해."

"내가 몸종이야? 왜 만날…… 악!!"

"수업 끝나자마자 집에 와~"

"이 깡패돼지. 형한테 이를 거야. 성적표 위조한 거랑."

정말 착한 동생이라니까~ 손만 올라가면 절대 싫다는 소리를 안 하니 말이야. 규인이와 다시 만날 것을 약속하고, 앞으로 내가 다니게 될 제이고등학교로 향했다.

사실 사성공고와 같이 있어서 고민을 좀 했지만 집에서 걸어서 다닐 만큼 가까운 학교는 제이고뿐이었다.

코너만 돌면 바로 학교 정문인데, 비좁은 골목에서 내 귀를 간질이는 소리가 들려왔다.

"범생 학교라 돈도 많은데~ 앞으로도 잘 부탁한다."

"잘 부탁한다라, 그거 좋지."

"저건 또 뭐야?"

소리가 나는 골목으로 들어가자 바닥에 찌그러져 있는 우리 학교 남학생과 그 남학생을 둘러싸고 있는 세 명의 사성공고 놈들이 보였다. 놈들은 나를 발견하더니 이내 내 가슴으로 음흉한 시선을 보냈다.

"오늘 운수 대통인걸? 넌 돈 대신 그 몸을 주는 게 어때?"

"키키, 볼륨 죽이는데~"

"그래? 내 몸매 죽여줘?"

"제대로 죽여줘~"

"오냐, 네놈 소원대로 제대로 죽여주마!!"

난 제일 끈적한 시선으로 내 가슴을 쳐다보는 놈의 배를 걷어 찼다. 큰 덩치와는 달리 싱겁게 나가떨어졌다.

"이, 이게 여자라고 봐줬더니!"

"봐주지 마!"

이번엔 두 명이 한꺼번에 달려들었다. 하지만 난 손과 발을 사용해 놈들에게 공격 기회조차 주지 않았다. 몇십 번 걷어차인 녀석들이 잘못했다고 빌기에 놔주니까 허겁지겁 도망가기 시작했다.

"네년 얼굴 기억했으니까 두고 보자!"

"그래, 다음에 꼭 만나자~"

난 놈들에게 손까지 흔들며 다음을 기약했다. 하지만 내 가슴을 보며 침을 흘린 놈들의 눈빛이 떠올랐다. 아우!! 더 걷어찼어야 하는 건데. 감히 그런 눈으로 날 쳐다보다니. 다음에 만나면

xx를 확 걷어차 버리겠어!!

“저기…… 고, 고맙습니다.”

교복에 묻은 먼지를 털고 있는데 사성공고 놈들에게 맞고 있던 우리 학교 학생이 말했다.

“일어설 수 있겠어? 자.”

“괜찮아요.”

내민 내 손을 거부하더니 결국 바닥에 주저앉았다.

“엄청 맞은 거야, 아님 약한 거야?”

“원래 몸이 좀…….”

“난 이번에 새로 들어온 신입생. 넌?”

“저, 저도 이번에…….”

더듬거리며 대답하는 녀석.

“이름이 뭐야?”

“국연소.”

“좋아! 자, 업혀.”

가방을 벗어 던지고 녀석 앞에 쭈그리고 앉아 등을 내밀었다. 남자를 업는 건 규인이 외에 처음이어서 조금은 긴장이 됐다.

“빨리, 빨리!”

난 머뭇거리는 놈을 반 강제로 등에 업었다. 힘을 주며 일어섰는데 너무 가벼웠다.

“내 가방 들어.”

“아, 네.”

"있잖아, 너랑 나랑 동갑이거든? 내가 좋게 나올 때 반말했으면 좋겠는데 네 생각은 어때?"

"아, 알았어."

후훗, 꽤 귀여운 놈이네.

녀석을 업고 힘차게 골목을 나왔다. 지나가는 사람들이 우릴 보며 웃기 시작했다. 그러자 내게 업힌 놈이 내 등에 얼굴을 파묻고는 작은 소리로 말했다.

"걸을 수 있으니까 그만 내려줘."

"뭐? 한 바퀴 돌아?"

난 그 자리에서 한 바퀴 빙~ 하고 돌았다.

"아니, 나 내려달라고."

"왜?"

"사람들이 이상하게 쳐다보잖아."

"상관없어."

"넌 괜찮을지 모르지만 난……."

"내팽겨 버리기 전에 가만히 있어."

놈이 뭐라고 중얼거렸지만 너무 작게 말해 들리지 않았다.

드디어 제이고등학교라고 쓰여 있는 간판이 보였다. 그리고 바로 옆에 붙어 있는 사성공고의 간판도. 공고 놈들이 휘파람을 불며 소리쳐 댔다.

"휘익~ 제이고엔 또라이들만 있다더니 사실인가 보네?"

"남자가 여자 등에 업혀오다니. 너 남자 맞냐? 바지 좀 벗어

봐라!"

"크하하하하!"

멋대로 지껄이는 놈들의 면상을 갈기고 싶었지만, 뒤에 업힌 국연소를 생각하여 참고 또 참으며 제이고로 걸어갔다.

학교 건물 안으로 들어가자 다들 가던 걸음을 멈추고 우릴 쳐다보기 시작했다. 그중 이 녀석을 아는 놈들도 있었다.

"저기 여자한테 업힌 거 국연소 맞지?"

"저 자식 어떻게 여자 등에 업혀 오는 거지?"

"저 여자애 신입생 같은데? 야! 남자 업고 가는 신입생!"

이상하네? 이 녀석도 신입생인데 어떻게 아는 거지? 혹시 중학교 동창인가? 그런데 놈들의 말투를 듣자하니 국연소랑 친한 사이는 아닌 것 같았다.

"신입생이라서 모르나 본데 그 자식 전따야. 친하게 지내면 너도 당해."

"맞아. 그런 정신병자랑 놀지 말고 우리랑 노는 게 어때?"

"어? 정찬얼 너 벌써 작업 들어가?"

난 일단 걸음을 멈추고 내 등에 업힌 녀석에게 물었다.

"쟤네랑 아는 사이야?"

"……."

"중학교 동창?"

"……."

"저 녀석들이 어떻게 널 알아?"

내 질문에 한사코 입을 다물고 있는 국연소.

"대답하기 싫음 하지 말고. 하지만 화 안 나?"

"……."

"내가 대신 혼내줄까?"

"그냥 가줘."

녀석이 내 목을 꼭 끌어안으며 말했다. 난 내 눈치를 살피며 우리 옆을 지나가는 녀석에게 물었다.

"야! 양호실 어디야?"

"오른쪽 맨 끝이요."

다행이라 생각해야 되나? 양호실엔 아무도 없었다. 비어 있는 침대에 놈을 내려놓고 가방을 집어 들었다.

"저기…… 고마워."

"그렇게 병신같이 살 거면 차라리 죽어버려. 난 말이야, 세상에서 너 같은 놈이 제일 싫어."

화가 난 나머지 심한 말을 하고 양호실을 나왔다. 하지만 몇 발자국 안 가 다시 양호실로 들어갔다. 울고 있던 놈이 날 보더니 허겁지겁 눈물을 닦았다. 제길! 남자새끼가 눈물은.

난 주머니에서 두 번째로 아끼는 푸우 대일밴드를 꺼내 두 줄의 상처가 선명한 국연소의 하얀 얼굴에 꾹꾹 눌러 붙였다. 손을 흔들며 나오던 난 다시 양호실 안으로 얼굴을 집어넣어 말했다.

"대일밴드가 필요하면 1학년 6반으로 와. 육체적인 상처라면 환영이야. 참, 내 이름은 황주인이다."

난 앞으로 일 년 동안 생활하게 될 6반으로 기어들어 갔다. 모여서 수다 떨던 친구라는 것들이 날 보더니 먹이를 낚아채려는 동물들처럼 달려들었다.

"있잖아, 난 뒷모습만 봤지만 방금 전에 어떤 신입생 여자애가……."

"이 학교 전따를 등에 업고 등교했대."

완선이의 말을 가로챈 채영이 결국 힘센 완선이에게 한 대 맞았다.

"그래서 지금 2, 3학년은 물론 신입생들 사이에서도 난리야~ 알아보니까 그 전따, 꿇어서 이번에 다시 1학년이라고 하더라."

"정말? 왜 꿇었대?"

"그건 잘 모르겠어."

지금 나랑 국연소에 대해 말하는 건가? 그래서 아까 그놈들이 국연소를 알고 있었던 거군. 그 녀석 왜 다시 1학년을 다니는 거지? 그리고 얼굴은 멀쩡하던데 어쩌다 전따가 됐는지.

"주인아, 주인아~"

"왜?"

난 내게 엉겨 붙는 완선이의 팔을 뿌리치며 비어 있는 창가 쪽 맨 뒷자리로 가 앉았다.

"옆구리 안 시려?"

"오늘 내복 껴입어서 하나도 안 추워."

"하긴 십칠 년 동안 시려서 이젠 감각이 없겠구나."

완선이를 쫓아내고 내 앞에 있는 의자에 앉은 채영이가 거울을 들여다보며 말했다. 역시 거울이 빠지지 않는 우리의 김채영 양. 화려한 곡선을 자랑하는 저 거울이 얼마였더라? 이십만 원도 넘는 걸로 기억한다. 이십만 원이면 내 사랑 칸쵸가 사백 갠데.

"주인이 너 정도면 몸매만으로도 서너 명은 잡을 수 있을 텐데."

"김채영."

미리 말하지만, 난 내 몸에 대해 이러쿵저러쿵 말하는 걸 제일 싫어한다.

"쳇! 부러워서 그래!"

"자, 그만 하고 미팅이나 소개팅 어때?"

"정말? 어느 학교야? 잘생겼어?"

"멋진 놈들이니까 그건 걱정하지 말고, 주인이 넌?"

"됐어, 너희끼리 해."

내 대답에 완선이와 채영이, 수지가 귓속말을 주고받으며 각자의 자리로 돌아갔다. 왠지 그녀들의 뒷모습에서 알 수 없는 불안감이 느껴졌다. 난 맨 뒷자리에 앉은 덕분에 삼총사가 뭔 짓을 하는지 볼 수 있었다. 수업 시간 내내 쪽지를 주고받으며 킥킥거리는 삼총사. 저럴 때 보면 정말 삼총사라는 별명을 잘 지었다라는 생각이 든다.

다음날, 본격적인 고등학교 생활이 시작되었다. 수업 시간 내내 졸았지만 고등학교는 중학교 때와 다르다는 걸 짐작할 수 있었다.

점심 시간, 밥을 먹고 밖을 내다보며 학교 이곳저곳의 경치를 감상하고 있는데 교실을 나갔던 삼총사가 헐레벌떡 뛰어들어 왔다.

"주인아, 빨리 와봐."

"왜?"

"글쎄, 가보면 알아."

난 영문도 모른 채 삼총사에게 끌려 건물 밖으로 나오게 되었다. 봄이라 칭하는 계절이었지만, 꽃샘추위로 날씨가 많이 쌀쌀했다.

수돗가 뒤로 날 끌고 간 삼총사는 뭘 훔쳐보려는지 몸을 수돗가에 숨기고 머리만 빼꼼히 내놓고는 자기들끼리 쑥덕거렸다.

"야, 너희 지금 뭐 하는 거야?"

"주인아, 저기 나무 아래 앉아 있는 남자 보여?"

채영이 내 팔을 잡아끌더니 손가락으로 어느 한곳을 가리켰다. 사성공고보단 우리 학교와 가까운 나무 아래에 앉아 책을 읽고 있는 공고 놈이 보였다. 황토색 교복 재킷과 자주색 교복 바지. 하지만 사성공고의 트레이드마크라 할 수 있는 갈색 미니 넥타이는 착용하지 않은 모습이었다.

“공고 애가 책 읽는 거 처음 봐.”

“얼굴도 괜찮은 것 같은데?”

“근데 저 남자가 왜?”

갑자기 완선이가 내 두 손을 꼭 붙잡았다.

“저 남자한테 데이트 신청하고 와.”

“뭐라고?”

“옛날에 유관순 언니도 데이트 신청하고 독립만세 외쳤어.”

“관순이 언니가 그랬다고?”

“몰랐어? 어머, 웬일이니! 너 관순이 언니 좋아하는 거 맞아?”

이번엔 놀란 얼굴로 날 다그치는 한수지. 수지는 항상 전교 오등 안에 들 정도로 공부도 잘하고 똑똑하다.

“멀리서 봐도 주인이 너랑 잘 어울리는 것 같아.”

“그러게 말이야~ 그러니까 다시 한 번 재 책 읽는 모습 봐봐.”

채영이의 말에 내 눈은 다시 사성공고 녀석을 향하게 되었다.

“좋아, 그럼 종 치기 전에 얼른 갔다 와~”

“관순이 언니를 위해, 파이팅!”

잠시 녀석에게 한눈을 파는 사이 삼총사에게 떠밀린 몸이 앞으로 고꾸라졌다. 다행히 넘어지지 않았지만 삼총사의 행동에 조금 화가 났다.

“넘어질 뻔했잖아!”

"얼른 갔다 와~"

"내가 왜? 안 가!"

내 말이 끝나기가 무섭게 날 향해 달려드는 삼총사. 순식간에 난 삼총사에 의해 책을 읽고 있는 놈의 앞까지 오게 되었다.

"저기요, 제 친구가 할 말 있대요."

완선이가 내 옆구리를 쿡쿡 찔렀다. 난 기회를 엿보며 도망가기 위해 몸을 돌리려는 순간, 내 등을 미는 채영에 의해 미처 피할 틈도 없이 공고 녀석의 품에 안기게 되었다.

"잘해봐~"

이상한 웃음소리를 날리며 달려가는 삼총사. 삼총사가 사라지자 고요한 침묵이 시작되었다. 침묵 속에 청각이 빛을 발휘해 심장 뛰는 소리가 크게 들려왔다. 내 심장인지, 녀석의 심장인지 구분이 안 갈 정도로 우린 심하게 밀착되어져 있었다.

"언제까지 이러고 있을 거야?"

그때 내 이마를 간질이는 녀석의 숨결과 목소리가 전해졌다. 나도 모르게 고개를 들어 녀석을 쳐다봤다. 아이스 블루를 연상케 하는 얼굴. 계속 쳐다보고 있으면 차가우면서도 신비스러운 그 얼굴에 빨려 들어갈 것만 같았다. 하지만 다가오지 말라는 느낌이 너무도 강해 녀석을 쳐다보던 시선을 돌릴 수밖에 없었다. 내 생에 이렇게 자기 방어가 심한 사람은 처음이다.

"무거워."

"아, 미안."

내가 황급히 몸을 떼며 일어서자 녀석도 자리에서 일어섰다.

"저기……."

"다음부턴 다른 사람의 소중한 시간을 방해하는 일이 없도록 조심해."

난 멍하니 사성공고로 걸어가는 녀석을 바라봤다. 소중한 시간을 방해하지 말라고? 겨우 그까짓 책 읽는 게 뭐가 그리 대단하다고! 좋아! 무슨 일이 있어도 재수없는 네 녀석이랑 데이트한다!! 난 녀석의 뒤통수에 대고 소리쳤다.

"야!! 나랑 데이트해!!"

하지만 내 말을 무시하며 앞을 향해서만 걸어가는 녀석. 난 재빨리 놈의 뒤를 따라가며 소리쳤다.

"무시하는 거야? 데이트!! 데이트하자고!!"

계속해서 내 말을 무시하는 녀석과 그런 녀석을 향해 데이트하자고 소리치는 나. 걸음이 어찌나 빠르던지 뛰어가도 녀석을 따라잡기 힘들 정도였다.

한참을 뒤 한 번 돌아보지 않고 가던 녀석이 갑자기 걸음을 멈추고 뒤돌았다. 아무리 소리 질러도 멈추지 않다가 갑자기 멈추니까 괜히 불안하다. 녀석의 시선에 정신이 들어 주위를 둘러보니 어느새 난 놈을 따라 사성공고까지 와 있었다. 책을 옆구리에 낀 녀석이 점점 내 앞으로 걸어오기 시작했다. 잠시 후, 바로 내 앞까지 걸어온 놈이 천천히 몸을 숙여 내 얼굴 가까이에 자신의 얼굴을 가져다 대며 입을 열었다.

“우리 반에 여자랑 데이트하고 싶어하는 놈들 널렸는데 갈래?”

“뭐, 뭐라고?”

“남자 따라다닐 시간 있으면 책 한 번을 더 봐.”

놈은 내 눈앞에서 책을 흔들어대곤 뒤돌았다.

저런 재수없는 자식!! 감히 날 뭘로 보고!! 내 발과 손이 자동적으로 놈을 향했다. 그러다 그만 돌뿌리에 걸려 넘어지고 말았다. 하지만 넘어지면서 입은 상처보다 내 오른손이 쥐고 있는 게 무엇인지가 더 궁금했다. 고개를 돌려보니 오른손이 쥐고 있는 건 자주색 교복 바지. 난 설마 하는 마음으로 조심스럽게 눈동자를 위로 올렸다.

사진을 찍은 듯 정확하고 선명하게 내 눈으로 들어와 박힌 그것은 ‘검은색 삼각 레이스 팬티’. 녀석의 하얀 속살과 반대되어 더욱 부각되는 검은색 레이스 팬티에 나는 한동안 입을 다물 수 없었다. 레이스, 그것도 삼각 레이스 팬티!!

내가 멍해 있는 사이 놈은 내 오른손을 뿌리치곤 바지를 입었다. 나 역시 먼지를 털며 자리에서 일어났다. 난 나오려는 웃음을 억지로 참아가며 말했다.

“그러게 데이트하자고 할 때 하지.”

“좋아. 몇 시에 끝나?”

“한 네 시쯤?”

“끝나자마자 후문으로 나와. 단 너 혼자.”

말을 마친 녀석은 찬바람을 날리며 건물 안으로 들어갔다.

어찌 되었든 데이트 성공이다~ 역시 황주인 사전에 불가능이란 없어!!

그때 저 멀리서 우리 학교의 종소리가 들려왔다. 서둘러 교실로 뛰어가는 내 머리 속엔 방금 전에 본 잊을 수 없는 놈의 팬티가 리플레이되었다. 죽어라고 뛰어 간신히 선생님과 같이 교실로 들어올 수 있었다.

5교시 수업이 끝나고, 선생님이 나가기가 무섭게 삼총사가 나에게 달려왔다.

"어떻게 됐어? 성공이야?"

"사성공고까지 같이 가던데, 말해 봐."

"조용!"

난 일단 삼총사를 진정시키고 조용히 입을 열었다.

"수업 끝나고 만나기로 했어."

"와~ 어디에서?"

"후문."

내 말에 서로를 부둥켜안으며 알 수 없는 소리를 내뱉는 삼총사를 나와 반 아이들은 불쌍한 눈으로 쳐다볼 수밖에 없었다.

모든 수업을 마치고 종례를 마지막으로 교실을 나왔다.

"주인아, 같이 가줄까?"

"그 녀석이 혼자 오라고 했는데."

내 말에 또다시 삼총사가 키득거리며 귓속말을 주고받았다.

그리고 수지가 내게 다가와 조용히 속삭였다.

"데이트 잘하고, 데이트 끝나면 그 남자 집까지 데려다 줘야 해."

"그 녀석 집에?"

"그래, 관순이 언니도 끝까지 마무리 잘했단 말이야."

이제 보니 난 관순이 언니에 대해 아무것도 모르잖아? 좋아, 내일부터 유관순 언니에 대한 공부를 시작하겠어!

"그럼 난 간다, 내일 보자."

"주인아, 잘해!"

"너한테 홀딱 넘어오게 만들어~"

난 삼총사의 걱정 어린 시선을 뒤로하고 후문으로 향했다. 녀석은 벌써 나와 날 기다리고 있었다. 키가 큰 녀석이었기에 멀리서도 잘 보였다. 내가 옆에 섰는데도 책에 정신이 팔려 내 존재를 인식하지 못하는 레이스 녀석. 난 손바닥에 힘을 실어 녀석의 엉덩이를 두드렸다.

"나 왔어."

규인이 같았으면 순결한 남자의 엉덩이를 함부로 만졌다면서 난리를 쳤을 텐데 이 녀석의 표정엔 변화가 없다.

"남자에 많이 굶주렸군."

"응? 뭐라고?"

"못 들었음 됐고. 데이트하려면 시간이 촉박할 테니 얼렁 시작하지?"

“그래, 가자!”

분명 내가 녀석보다 앞장서서 걸었는데 어느 순간부터 난 녀석의 뒤에서 엉덩이만 쳐다보며 걸어가고 있었다. 보폭이 큰 그 녀석을 쫓아가자니 어느새 내 이마엔 땀이 송골송골 맺혔다.

“경보하는 것도 아닌데 천천히 가면 안 될까?”

대답을 하진 않았지만 조금씩 걸음을 늦추는 녀석. 우린 삼십 분을 넘게 아무 말 없이 걸었다.

잠시 후, 곳곳에서 익숙한 장소들이 눈에 들어왔다.

“오락실 어때?”

“오락실?”

“내가 자주 가던 오락실이 있는데 재미있는 오락 되게 많아. 가자.”

망설이는 듯한 녀석을 잡아끌며 오락실 안으로 들어갔다. 모든 게 예전 그대로였다.

“어이구, 이게 누구야?”

“삼촌~”

오락실 주인 아저씨가 반가운 얼굴로 날 맞이했다.

“그동안 네가 안 와서 매상이 반으로 줄은 거 알아?”

“죄송해요.”

“근데 항상 같이 오던 녀석은 안 보이네?”

“파트너 체인지~”

난 옆에서 연신 이마를 찡그리고 있는 놈을 가리켰다.

"잘생겼네?"

"얼굴만 잘난 놈이에요."

"매일 같이 오던 녀석도……."

그때 전화벨이 울리면서 아저씨의 말이 끊겼다.

"오랜만에 왔으니까 모든 오락은 공짜다! 마음껏 해."

"우와, 정말요?"

"자, 여기 동전."

내게 동전 바구니를 건넨 아저씨는 일이 평도 안 되는 방으로 들어가 전화를 받았다.

난 얼른 비행기 게임을 할 수 있는 오락기 앞으로 가 앉았다. 동전을 넣고 오락을 시작했지만 오랜만에 해서 그런지 금방 끝이 났다. 이번엔 보글보글로 자리를 옮겼다. 아직까지 출입구 쪽에 서 있는 놈에게 손짓했다. 느릿느릿 걸어온 녀석이 내 옆에 앉으며 입을 열었다.

"어린애도 아니고 무슨 오락이냐?"

"나이가 무슨 상관이야? 스트레스만 풀면 그만이지."

"이거 하면 스트레스가 풀려?"

"제일 잘 풀리는 건 이따가 보여줄게. 너 보글보글 할 줄 알아?"

"오락엔 관심없어."

오락이 얼마나 잼있는데. 내가 오늘 오락의 참맛을 가르쳐 주마!!

싫다는 녀석에게 방향키와 버튼을 설명해 주고 동전을 넣었다. 그랬더니 시간이 지날수록 게임이 익숙해져 나보다 더 잘하는 놈. 결국 나는 죽고, 녀석은 다음 단계까지 가는 데 성공했다.

"별거 아니네?"

"너 처음 해본다는 거 거짓말이지?"

"이런 데 투자할 시간 같은 거 없어."

손놀림을 봐서는 보통이 아닌데.

오락을 한참 한 난 아저씨에게 다음에 온다고 소리치며 녀석을 끌고 오락실을 나왔다.

"당구 한 판 어때?"

"할 줄 몰라."

"거짓말~ 남자들은 심심하면 다들 당구장 가던데?"

"남자라고 다 당구장 간다는 이론은 억지다."

또다시 이상한 소리를 해대는 놈을 끌고 당구장으로 들어갔다. 이번만큼은 자신있었다. 하는 방법을 설명하고 내기 당구 시작! 하지만 결과는 나의 완패.

"계산하고 나와."

얄밉게 한마디 던지고 나가는 놈의 바지를 다시 한 번 벗기고 싶은 충동을 간신히 억눌렀다. 주머니에서 비상금을 꺼내 계산을 마치고 밖으로 나왔다. 놈은 날 보자마자 가방을 벗어 나에게 던졌다. 당구에서 진 사람이 당구 값이랑 상대방의 가방을 들기로 했었다.

"근데 데이트는 언제 할 생각이야?"

"지금 하고 있잖아."

"오락실에서 오락하고, 내기 당구 하는 게 데이트라고?"

"왜? 아니야?"

갑자기 왜 그런지 모르겠지만 녀석이 내 머리를 쓰다듬었다. 손이 크다 보니 무슨 무거운 물건을 얹은 느낌이었다. 그때 내 눈에 펀치 기계가 들어왔다.

"내가 아까 오락보다 스트레스가 더 잘 풀리는 게 뭔지 보여 준다고 했잖아. 잘 봐."

가방을 바닥에 내려놓고 펀치 기계 앞으로 걸어가 동전을 넣었다. 그리고 열 발자국 뒤로 와 주먹에 힘을 줬다. 펀치 기계를 보자니 잊고 싶은 기억들이 떠올랐다. 날 아프게 했으니 넌 좀 맞아야 해. 다시 한 번 주먹에 힘을 주고 펀치 기계로 달려가 주먹을 날렸다. 주먹을 날림과 동시에 날 괴롭히는 허상들이 한꺼번에 사라졌다.

점수 올라가는 소리와 함께 신기록이라는 글씨 옆에 내 점수가 올라왔다. 780점. 요즘 주먹을 안 썼더니 금방 표시가 나네? 이 사실을 녀석이 알면 비웃을 텐데. 이런저런 생각들이 오가는 내 머리에 가방이 올려졌다.

"스트레스는 풀렸냐?"

"응. 너도 해봐."

"됐고, 데이트 끝났으면 먼저 간다."

"너희 집 어디야?"

내게서 뒤돌아 가던 녀석이 걸음을 멈췄다.

"우리 집은 알아서 뭐 하게?"

"너 데려다 줘야 하니까. 앞장서."

놈 옆으로 가 녀석의 팔을 잡아당겼다.

"필요없어."

"안 돼! 유관순 언니도 그랬단 말이야."

"유관순?"

"내 친구 중에 똑똑한 애가 있는데, 유관순 언니는 데이트 끝
나고 남자를 집까지 데려다 줬대."

소리 내어 웃지는 않았지만 놈이 처음으로 웃었다. 계속 인상
만 써서 웃는 법을 모르는 줄 알았는데. 근데 웃는 모습, 무지
예쁘다.

"자, 그럼 출발!!"

녀석을 따라 도착한 곳은 높게 솟은 담벼락이 가득한 주택가.
심상치 않은 기운이 느껴지는 가운데 녀석이 검은 대문 앞에 멈
춰 섰다.

"와~ 너 좋은 집에서 사는구나? 좋겠다."

"좋으면 네가 살아."

"아무튼 부럽다. 그럼 난 이만 갈게."

하지만 난 곧 녀석에게 붙잡혔다.

“왜?”

“그냥 가려고?”

“집까지 데려다 줬잖아. 조금은 즐거웠어. 안녕.”

“그냥 가면 후회할 텐데?”

“후회?”

갑자기 놈이 날 잡아당겨 자신의 품에 가두었다. 그리고 천천히 놈의 얼굴이 내 얼굴로 다가오기 시작했다. 난 재빨리 손을 뻗어 놈의 얼굴을 막았다.

“너 혹시 키스하려는 거야?”

“알면 눈이나 감아.”

“안 돼! 유관순 언니는 안 그랬어.”

“그놈의 유관순은 아까부터 왜 그렇게 찾냐?”

“내가 제일 존경하는 사람이야. 그리고 유관순 언니는 한 사람이랑만 키스했다고 했어.”

난 말을 마치고 놈의 품에서 빠져나왔다.

“그럼 벌써 해봤다는 소리네? 근데 누가 유관순은 한 사람이랑만 했대?”

“그건 비밀이야.”

“과연 유관순이 한 사람이랑만 했을까?”

“당연하지!”

“존경한다면서 그것도 모르다니. 쪽팔린 일이니 어디 가서 유관순 좋아한다고 하지 마라.”

가만, 그러니까 이 녀석 말은 유관순 언니가 한 사람이랑만 했다는 건 거짓말이란 소리?

"그럼 관순이 언니가 다른 사람과도 키스했다는 거야?"

"집까지 데려다 준 남자한테는 다 했지."

"분명히 한 사람과 했다고 했는데, 기다려 봐."

난 주머니에서 핸드폰을 꺼내 수지에게 전화를 걸었다.

[데이트는 어떻게 됐어?]

"지금 그 녀석 집 앞이야. 근데 물어볼 게 있어."

[뭔데?]

"네가 유관순 언니는 남자를 집까지 데려다 줬다고 했잖아. 그럼 집까지 데려다 준 모든 남자들이랑 키스했다는 것도 사실이야?"

갑자기 수화기 저편에서 나 죽는다고 웃어 젖히는 수지의 목소리가 들려왔다.

"왜 웃어?"

[누가 그래?]

"오늘 데이트한 녀석이."

[그래? 역시 책을 읽으니까 아는 게 많네?]

"그럼 그 말이 사실이야?"

[주인아, 입술 부르트도록 열심히 해~]

"한수지!"

하지만 전화는 이미 끊어졌다. 난 뚫어져라 날 쳐다보는 녀석의 시선을 외면하며 말했다.

"네 말이 맞아."

"어떻게 할래? 키스할래, 말래?"

"안 해! 그럼 난 진짜로 간다."

"집에 가서 그냥 자지 말고 공부해라, 특히 유관순에 대해."

"내 걱정 해줘서 정말 고마워, 레이스~!"

난 레이스를 크게 외치며 달렸다.

"너!!"

녀석이 소리 지르며 내 뒤를 쫓아오기 시작했다.

"동네 사람들~ 남자가 레이스 팬티 입은 거 보셨나요?"

"너 거기 안 서?"

"그럼 다음에 봐, 레이스 군~!"

달리기라면 누구에게도 뒤지지 않았기에 녀석을 멀찌감치 떼어놓고 즐거운 발걸음으로 집으로 향했다.

현관문을 열고 들어서자마자 내 코와 배를 자극하는 이 냄새! 내가 너무나도 좋아하는 오징어볶음! 난 신발을 벗어 던지고 주방으로 달려가며 소리쳤다.

"사랑하는 동생아~"

하지만 주방에서 날 기다리고 있는 사람은 오빠였다.

"어? 오빠가 이 시간엔 어쩐 일이야?"

"잠시 들렀어."

"오빠가 직접 만드는 거야? 배고팠는데 잘됐다."

난 우렁차게 울어대는 배를 진정시키며 수저와 물을 챙겼다. 그리고 오징어볶음이 거의 다 익었을 때쯤 밥을 퍼 식탁에 올려놓았다. 하지만 오빠는 완성된 오징어볶음을 식탁에 올려놓고는 주방을 나갔다.

“오빠는 안 먹어?”

“아르바이트 늦었어.”

“오빠 먹으려고 만든 거 아냐?”

“배고픈 사람이 먹는 거지. 간다.”

현관문이 큰 소리를 내며 닫혔다. 한참을 현관문에 두었던 시선을 식탁으로 돌렸다. 배가 밥 달라고 난리를 쳤지만 혼자 먹기 싫어 방으로 들어와 침대에 눕는 순간, 현관문 열리는 소리가 들려왔다. 서둘러 거실로 나와 신발을 벗고 안으로 들어오는 규인에게 다가가며 말했다.

“규인아, 밥 먹자.”

하지만 녀석의 얼굴은 눈에 띄게 굳어져 있었다.

“왜 그래? 무슨 일 있어?”

“아니야.”

“또 여자들이 귀찮게 했어?”

“혼자 있고 싶어.”

지금까지 한 번도 이렇게 심각한 적 없었는데. 무슨 일이든 시시콜콜한 것까지 다 말하던 녀석이었는데. 오늘따라 규인이의 뒷모습이 낯설게 느껴졌다.

규인이의 방 앞에서 몇 번을 서성이다 집을 나와 근처 놀이터로 향했다. 그리고 머리가 맑아질 때까지 운동을 하고, 미끄럼틀에 누웠다. 어두운 하늘에는 둥근 달이 은은하게 빛을 발하고 있었고, 그 주위엔 달이 외롭지 않게 많은 별들이 반짝거리고 있었다. 난 천천히 달에서 가까운 별을 시작으로 하나씩 세어나가며 중얼거렸다. 용서한다, 용서하지 않는다, 용서한다, 용서하지 않는다, 용서한다, 용서하지 않는다.

다음날 아침, 눈부신 햇살로 인해 눈이 떠졌다. 눈을 비비며 시계를 쳐다봤다. 여덟 시 오십 분? 지각이다!! 난 서둘러 규인이 방으로 달려갔다. 침대 밑으로 떨어진 이불로 인해 팬티만 입은 채 누워 있는 녀석의 모습이 보였다. 난 녀석의 등짝을 세게 때리며 소리쳤다.
"일어나!!"
"으앗!! 뭐야?"
"벌써 여덟 시 오십 분이야."
"뭐? 왜 지금에서야 깨우는 거야?"
소리를 지르며 벌떡 일어선 녀석이 교복을 입기 시작했다.
"안 씻어?"
"안 씻으면 여자들이 달라붙지 않을 거야."
이거 치밀한 건지, 아님 더러운 건지. 하지만 나 또한 대충 교복만 입고 학교로 달려갔다. 최대한 빠르게 뛰어갔지만 학교에 도착했을 땐 이미 수업이 진행되고 있었다.

숨을 고르고 조용히 교실로 향했다. 그런데 우리 교실 앞에 어떤 녀석이 쪼그리고 앉아 있었다. 내 발소리를 들었는지 녀석이 고개를 들어 날 바라봤다. 어라? 저 녀석은! 반가운 마음에 녀석에게 달려가 놈의 앞에 쪼그리고 앉았다.

"안녕?"

"어? 어."

"궁금한 거 있는데 물어봐도 돼?"

내 질문에 말없이 고개를 끄덕이는 녀석.

"왜 다시 1학년이야?"

"몸이 좀 안 좋아서."

"근데 왜 여기에 앉아 있어?"

"6반이니까."

"어? 같은 반이었어? 반가워! 자, 악수."

난 녀석에게 손을 내밀며 말했다. 조심스레 내 손을 잡고 웃는 녀석. 작고, 연약한 녀석의 손은 조금만 힘을 주면 부서질 것만 같았다.

"더 혼나기 전에 들어가자."

천천히 뒷문을 열고 교실로 들어갔다. 담임과 아이들의 시선이 일제히 우리를 향했다.

"지각한 두 사람, 앞으로 나와."

담임의 말에 우린 죄지은 사람이니 고개를 숙이고 앞으로 걸어가 담임 앞에 섰다.

"이름이 어떻게 되지?"

"황주인이요."

"국연소."

잠시 나와 국연소를 번갈아 바라보던 담임이 다시 입을 열었
다.

"둘이 가위바위보해."

"네?"

"일 년간 화장실 청소할래? 가위바위보 실시!"

담임의 호령에 우린 얼떨결에 가위바위보를 했다. 난 주먹,
녀석은 가위.

"주인이가 반장이고, 연소는 부반장. 자, 박수!"

담임이 박수를 치며 말하자 반 아이들 모두가 우리를 향해 박
수를 치기 시작했다.

"저기, 선생님."

지금까지 조용히 있던 국연소가 입을 열었다.

"왜? 네가 반장 하고 싶어?"

"그게 아니라 저 말고 다른 사람을 부반장으로…… 앗!"

난 황급히 놈의 발을 밟아 입을 막았다. 이 녀석이 안 하겠다
고 하면 다시 반장을 뽑을지도 몰라. 오빠에게 칭찬받을 수 있
는 좋은 기회인데 다시 뽑으면 안 되지!

"부반장으로 뭐?"

"그러니까 연소 말은 다른 사람을 부반장으로 뽑으면 안 된다는 소리예요. 그치, 국연소?"

말을 마치고 고개를 돌려 뒤에 있는 녀석에게 주먹을 쥐어 보였다.

"마침 저기 두 자리가 비어 있으니까 둘이 같이 앉거라."

담임이 가리킨 자리는 내 자리였다. 이틀 동안 짝이 없어 편하긴 했지만 가끔 심심하기도 했는데. 창가 쪽 책상에 앉은 내 옆으로 국연소가 앉았다.

"부반장 짝꿍아, 앞으로 잘 부탁해."

웃으며 녀석에게 말을 건넸지만 대답이 없었다. 난 고개를 숙이고 책을 뚫어져라 쳐다보는 녀석의 옆모습을 살폈다. 살짝 이마를 덮는 앞머리와 눈에 보일 정도로 긴 속눈썹. 유난히 대조되는 붉은 입술과 흰 피부. 녀석이 내 시선을 느꼈는지 손으로 얼굴을 가렸다. 귀엽다. 왜 녀석의 행동이 귀여워 보이는 걸까? 이런 녀석은 정말 싫은데. 이상하다.

담임이 교실을 나가고 잠을 자기 위해 책상에 몸을 엎드리려는 순간, 삼총사가 날 일으켜 세웠다.

"수지 말 들어보니까 키스까지 했다던데 어떻게 됐어?"

"데이트 잘했어? 연락처는? 언제 다시 만나?"

"키스 안 했고, 연락처도 안 받았어."

"정말? 정말 안 했어?"

채영이 눈을 반짝이며 얼굴을 가까이 가져왔다.

“관순이 언니를 걸고 말하는데 안 했어.”

“뭐야? 시시하잖아~ 연락처도 안 받구.”

“있지, 우리 부반장 공부해야 하니까 그만 가줄래?”

난 옆에서 열심히 책을 들여다보고 있는 연소를 가리키며 말했다. 그러자 녀석이 고개를 들어 날 쳐다봤다.

“난 신경 쓰지 않아도…….”

“학생이 공부를 해야지, 공부를! 그치, 수지야?”

“공부할 때 방해하면 짜증나니까 그만 가자.”

수지의 말에 채영과 완선이는 아무 소리 없이 각자의 자리로 돌아갔다.

“네 덕분에 살았다. 땡큐.”

녀석이 무슨 말이냐는 표정을 지었지만 웃음으로 대신했다.

4교시 끝나기 일 분 전, 슬금슬금 도시락을 꺼내 품에 안았다. 그리고 선생님이 나가자마자 도시락을 들고 삼총사에게 달려갔다. 맛있게 점심을 먹고 있는데 뒷문 열리는 소리와 함께 누군가가 큰 소리로 떠들어댔다.

“전따 냄새가 어디에서 나나 했더니 여기였군.”

뒷문 바로 앞에 놓인 휴지통을 걷어차고, 사물함 위에 있는 책들을 내던지며 교실로 들어오는 세 명의 남자가 보였다. 누군가를 찾는 듯 이리저리 둘러보던 놈들은 홀로 밥을 먹고 있는 국연소를 향해 걸어가기 시작했다. 그리고는 녀석을 둘러싸고 앉았다.

“전따의 제1수칙, 밥은 혼자 먹는다.”

“전따의 제2수칙, 반찬과 한몸이 된다.”

말을 마친 녀석이 갑자기 반찬통을 연소의 머리 위로 가져갔다. 나는 물론이고 반 아이들 모두가 숨을 죽이고 지켜봤다. 잠시 후, 연소의 머리 위로 콩나물과 시뻘건 콩나물 국물이 떨어졌다.

“이야~ 잘 어울리는데?”

“하지만 콩나물만 먹으면 맛이 없지.”

또다시 놈이 다른 반찬통을 집어 들며 말했다. 거기까지 지켜본 난 들고 있던 젓가락을 내려놓고 앞에 있는 김치를 들고 놈들 앞으로 걸어갔다. 그리고 반찬통을 들고 있는 놈의 얼굴에 김치를 던졌다.

“으악!!”

“내가 보기에 넌 김치랑 잘 어울린다.”

김치세례를 받은 놈은 눈이 아프다며 껑충껑충 날뛰었고, 나머지 두 녀석은 날 이리저리 훑어보고는 내 어깨에 손을 두르며 말했다.

“오호, 섹시한데? 지금 한 행동은 귀엽게 봐줄 테니 내 여자친구 해라.”

“이 자식 바람둥이니까 넘어가지 말고, 나 어때?”

“이것도 얼굴이라고 달고 다니냐? 역겨우니까 얼른 꺼져라.”

난 내 어깨에 손을 두른 놈의 턱을 툭툭 쳐가며 말했다. 그때 김치세례를 받은 놈이 나에게 달려드는 게 보였다. 난 재빨리 내 어깨에 손을 올린 녀석의 팔을 비틀어 놈을 바닥에 던지고, 달려오는 놈을 돌려차기로 날려 버렸다. 나머지 한 녀석은 언제 도망갔는지 이미 교실에 없었다. 바닥에 나가떨어진 놈들도 허겁지겁 교실을 나갔다.

자기보다 약하고, 힘없다고 가지고 놀다니. 국연소 주위에 얼쩡거리기만 해봐라! 다음엔 똥물에 빠뜨려 주겠어! 흥분을 가라앉히고 돌려차기 할 때 반 정도 뒤집어진 치마를 정리하려는 순간, 날 쳐다보는 시선이 느껴졌다. 난 단정하게 교복을 정리하고 교탁 앞에 섰다.

"앞으로 어렵거나 곤란한 일 있으면 말해. 무슨 일이든 반장인 나, 황주인이 책임지고 해결할 테니까."

"우와~ 우리 반장 멋지다!"

"휘익~"

나에게 박수와 환호성을 보내오는 반 아이들을 향해 손을 흔들고 국연소에게 걸어갔다.

아직까지 콩나물 국물이 흐르는 채로 멍하니 앉아 있는 놈의 모습에 화가 났다. 하지만 조용히 녀석의 머리에 있는 콩나물을 건져 쓰레기통에 버리고 놈의 팔을 잡아당겼다. 말로 해도 듣지 않을 것 같아 강제로 놈을 끌고 화장실로 향했다. 남자 화장실로 들어가 문을 잠그고 세면대에 있는 수도꼭지를 돌려 물을 틀었다.

"차갑지만 냄새나는 것보다는 나으니까 씻어."

하지만 녀석은 주먹을 꽉 쥔 채로 서 있을 뿐, 움직이지 않았다. 이번에도 강제적으로 세면대 앞까지 끌어당겼다.

"까마귀가 친구 하자고 하기 전에 얼른 씻어."

"……."

"너 내가 씻겨주길 바라서 일부로 안 씻는 거지? 좋아."

손에 물을 묻혀 녀석의 얼굴에 묻어 있는 국물을 닦았다. 그리곤 놈의 머리도 감겼다. 이번엔 콩나물 국물이 심하게 묻은 교복 재킷과 남방이 보였다. 난 차가운 물로 인해 언 손을 비벼가며 녀석의 교복 재킷과 남방을 벗겼다. 앙상하게 뼈만 남은 놈의 몸이 한눈에 들어왔다. 세면대에 재킷과 남방을 넣어 국물 자국이 사라질 때까지 비벼 빨았다. 깨끗하게 빤 녀석의 교복을 짜고, 턴 후에 잠갔던 화장실 문을 열었다.

"가서 체육복 가져올 테니까 기다려."

"그만 해."

"나도 너처럼 신경 쓰이는 녀석 질색이지만, 내 몸은 널 좋아하나 봐."

우선 교실로 가 연소의 교복을 창가에 널었다. 그리고 체육복을 찾아 나섰지만 아무도 없었다. 교실을 나와 이곳저곳을 뛰어다닌 끝에 2학년 교실에서 어렵게 구할 수 있었다.

"자, 입어."

잠시 머뭇거리던 놈이 내가 내민 체육복을 받아 들었다. 난 연소가 체육복을 입자마자 무작정 놈의 손을 잡고 매점으로 향했다.

"무슨 우유 좋아해?"

"……."

"아줌마! 커피 우유랑 옥수수 빵, 칸쵸랑 쿨피스 주세요."

먹을 것을 사들고 해가 드는 계단으로 가서 앉았다.

"먹자~"

연소에게 커피 우유와 빵을 건네고 쿨피스를 한 모금 마셨다. 옆에서 빵 봉지를 만지작거리기만 할 뿐 먹지 않는 녀석에게 칸쵸 하나를 내밀었다.

"내가 제일 좋아하는 과자인데 한번 먹어봐."

"나한테 왜 이러는 거야?"

"글쎄? 지금 내가 하는 질문에 대답하면 대답할게."

놈이 조심스럽게 내게로 고개를 돌렸다.

"용서할 수 없지만, 용서받을 수 없어."

"그게 무슨 말이야?"

"이게 질문이야, 대답해 봐."

내 질문에 입술을 만지작거리며 심각한 표정을 짓는 녀석. 국연소, 너도 그렇고 나도 평생 그 질문에 대답할 수 없을 거야.

"네가 내 질문을 대답을 못하기 때문에 나도 대답할 수 없어."

"난, 나 때문에 누군가가 다치는 거 원치 않아."

녀석의 말에 순간 속이 울렁거렸다. 닮지 않았는데…… 닮아
선 안 되는데.

"너, 내 실력 보고도 몰라? 내가 지켜줄게."

"넌 항상 이렇게 네 생각만 하니?"

"그럼 넌 항상 이렇게 도망만 다니냐?"

이때 점심 시간이 끝났음을 알리는 종이 울렸다.

"가자, 반장이랑 부반장이 수업에 늦어서야 되겠어?"

자리에서 일어서 놈을 잡아끌며 교실로 뛰어갔다.

수업을 모두 마치고 교실을 나가기 전, 연소에게 인사를 했
다.

"부반장, 내일 웃는 얼굴로 인사하고 더…….."

"늦었어! 얼른 나가자."

갑자기 채영이와 완선이가 잡아끄는 바람에 연소에게 인사도
제대로 못하고 복도로 나왔다.

"주인아, 소문 들어보니까 국연소랑 말만 해도 같이 전따 취
급하고 괴롭힌대."

"담임보고 짝 바꿔달라고 하고 다시는 걔랑 어울리지 마."

"그럼 너흰 왜 나 따위랑 어울리는 거야?"

"주인아."

"악(惡)보다는 선(善)과 어울려야지. 그럼 나 먼저 간다~"

마음이 편치 않았지만 웃으면서 삼총사에게 인사를 하고 집
으로 향했다. 기분을 업시키기 위해 펀치를 하고, 다시 집으로

발길을 돌리는 도중 내 앞에 자신의 몸보다 훨씬 큰 보따리를
머리에 얹은 할머니가 보였다. 난 얼른 달려가 할머니의 짐에
손을 뻗었다. 그런데 어디선가 불쑥 낯선 손 하나가 튀어나왔
다.

옆으로 눈을 찢어 손의 정체를 살폈다. 귀엽게 생긴 소년이었
는데, 놈은 파리가 그려진 스웨터에 사성공고 교복 바지를 입고
있었다. 그리고 보기 드문 깜찍한 외모를 가졌지만 자칫 잘못하
면 여자로 보일 정도로 몸이 왜소했다.

나와 눈이 마주치자 환하게 미소 짓는 귀여운 녀석. 하지만
난 녀석을 무시하고 할머니에게 말을 걸었다.

"할머니, 제가 들어드릴게요."

"아이고. 고마워, 학생."

할머니의 보따리를 들었는데 가벼웠다. 원래 가벼운 건가 하
고 보따리를 쳐다보니, 방금 전에 나와 같이 보따리에 손을 뻗
은 녀석이 보따리를 들고 있었다. 초롱초롱한 눈망울로 날 뚫어
져라 쳐다보던 놈이 갑자기 보따리를 자기 쪽으로 잡아당겼다.
갑자기 잡아당긴 거라 하마터면 넘어질 뻔했다. 녀석의 눈치를
살피며 보따리를 잡은 손에 힘을 주고, 녀석과 마찬가지로 한순
간에 내 쪽으로 잡아당겼다. 놈의 몸이 휘청거렸다. 하지만 자
세를 바로 잡고, 여유만만 미소를 짓는 똥파리 녀석. 긴장을 늦
추지 않고 놈의 손에 시선을 집중시켰다.

보따리를 서로 자신의 쪽으로 잡아당기기를 삼십 분!

“야, 똥파리! 내가 들 거니까 그 손 놔!”

“내가 왜 똥파리야? 그리고 이건 내가 들 거야.”

다시 보따리를 잡아당기기 시작한 우린 결국 일을 벌이고 말
았다. 보자기가 찢어지면서 팥과 콩, 그리고 여러 종류의 나물
들이 바닥을 나뒹굴었다. 동글동글한 콩과 팥은 저만치 굴러가
기 시작했다.

“똥파리! 너 때문이야!!”

“내가 왜? 힘만 무식하게 센 네 탓이지!”

“내가 손 놓으라고 할 때 놨어야지!!”

“아이고, 딸 주려고 힘들게 키워 지방에서 올라왔는데!”

녀석과 내가 다투는 사이, 할머니가 바닥에 널브러져 있는 곡
식들을 어루만지며 통곡을 하기 시작했다.

“이 귀한 걸 어쩌누.”

“죄송합니다.”

“죄송합니다.”

나와 똥파리는 동시에 죄송하다는 말을 하고, 바닥에 널브러
져 있는 것들을 줍기 시작했다.

나물은 쉽게 주워 담았는데 콩과 팥은……. 난 멍하니 서 있
는 똥파리 녀석에게 까만 봉지를 내밀었다.

“난 콩을 주울 테니까 넌 팥 주워.”

말을 마치고 쪼그려 앉아 콩을 봉지에 담기 위해 팔을 뻗는
순간,

“난 먼저 갈 테니까 넌 콩 열심히 주워~”

뒤에서 내게 하는 말로 추정되는 목소리가 들려왔다. 서둘러 돌아보니 아니나 다를까! 똥파리 녀석이 할머니와 함께 어디론가로 걸어가고 있었다.

“할머니! 이거 안 가져가세요?”

“그거 학생 다 가져!”

그렇게 할머니와 똥파리는 날 뒤로하고 사라졌다. 내 시선은 자연스레 왼쪽 손에 들려 있던 까만 봉지와 바닥에 흩어져 있는 팥으로 향했다.

이걸 다 가지라고? 앗싸~ 공짜다!! 규인이한테 매일 콩밥이랑 팥밥 해달라고 해야지~

왼손에는 팥, 오른손에는 콩을 든 내 발걸음은 가벼웠다.

“후아―”

“후아―”

“휴~”

“휴~”

채영을 따라 한숨을 내쉬었지만 아무런 반응이 없다. 난 앞에 있는 완선에게 눈짓으로 왜 그러냐고 물었지만 완선이도 모르기는 마찬가지.

“채영아, 무슨 걱정이라도 있어?”

“아니.”

“그럼 웬 한숨을 그렇게 쉬어?”

“그냥.”

이렇게 심각한 채영이의 모습은 처음이다. 채영의 그런 모습이 며칠째 계속되던 어느 날, 갑자기 채영이 날 잡아끌고 복도 끝으로 뛰어갔다. 그리고는 창문을 열어 손가락으로 어느 한곳을 가리켰다.

“왜 그래?”

“저기!”

채영이 가리킨 곳으로 눈을 돌렸다.

“쟤 저번에 너랑 데이트한 애 맞지?”

“응.”

오늘은 무슨 팬티를 입고 있을까? 혹시 빨간 레이스? 그때 본 검은색 레이스 팬티가 떠오르자 웃음이 터져 나왔다.

“주인아, 부탁이 있어.”

손을 잡고 간절한 눈빛으로 날 바라보는 채영이 상당히 불안하다.

“진짜 너 아니면 안 되는 거야.”

“뭔데?”

“그게…….”

이어 그녀는 내게 귓속말로 부탁을 해왔다.

“뭐라고?”

“친구를 위해서 한 번만~ 넌 걔랑 데이트도 했잖아.”

“그건 그거고, 죽어도 못 해! 아니, 안 해!!”

“정말 내 부탁 안 들어줄 거야?”

“당연하지!”

내 대답에 채영이 말없이 뒤돌았다. 축 처진 채영의 어깨에 자꾸만 시선이 갔다.

“김채영!!”

“…….”

결심을 하고, 힘없이 걸어가는 채영을 향해 소리쳤다.

“김채영! 네 부탁, 들어줄게.”

그러자 채영은 기다렸다는 듯이 뒤돌아 날 향해 달려왔다.

“역시 주인이 너밖에 없어~”

채영의 부탁이기는 하나, 나 역시도 궁금하다. 이유가 뭘까?

제2장

몇 시간 전, 학년과 이름을 제외하고는 아무런 정보도 갖고 있지 않다는 채영의 말에 안 하겠다 소리쳤지만 칸쵸라는 단어가 나오기 무섭게 오케이를 해버린 나.

그리하여 난 종례가 끝나자마자 뛰기 시작해 사성공고 교문 앞에 서서 교문을 빠져나가는 녀석들의 얼굴을 하나하나 살폈다. 그렇게 한 시간이 넘도록 레이스와 같이 있던 녀석이 나오기만을 기다렸지만, 녀석의 그림자조차 볼 수 없었다.

다음날도, 그 다음날도 무작정 사성공고 교문 앞에서 채영의 부탁을 들어주기 위해 녀석을 기다렸지만 내게서 멀어져만 가는 칸쵸여.

교문에서 그 녀석을 기다린 지 어느덧 일주일. 이렇게 해서는 졸업할 때까지 만나기는커녕 머리카락 한 올도 볼 수 없겠다! 점심 먹는 걸 포기하고 교실을 나와 사성공고 쪽으로 걸어갔다. 사성공고 건물 안으로 들어서자마자 안에 있던 많은 남자들의 눈이 나를 향하기 시작했다. 하지만 그런 시선들을 외면한 채 한 녀석을 잡고 물었다.

"1학년 교실은 몇 층이야?"

"삼층인데."

"고마워."

난 빠른 걸음으로 삼층으로 올라갔다. 이리저리 복도를 서성이는 녀석들 사이로 1학년 1반이라는 표지판이 보였다. 그래, 내 사랑 칸쵸를 생각하는 거야!! 1반 문 앞에 선 다음, 당당하게 문을 열어젖히고 소리쳤다.

"여기에 이하슬람이라는 녀석 있어?"

순식간에 쥐 죽은 듯 조용해진 교실. 하지만 교실 밖은 구경꾼들로 시끄러웠다. 다시 한 번 이하슬람을 찾았지만 아무 반응이 없어 교실을 나와 2반, 3반, 4반을 차례로 들어가 녀석을 찾았다. 그렇게 마지막 반인 11반 교실 문 앞에 서 호흡을 가다듬고 교실 문을 열었다. 신이시여, 제발 칸쵸를 먹을 수 있게 도와주소서. 기도를 마치고 입을 열었다.

"여기 이하슬람 있어?"

지금까지 거쳐 온 다른 반들과 마찬가지로 조용해진 분위기는 같으나 한 가지 다른 점이 있었다. 모든 아이들의 시선이 맨 뒤에서 엎드려 자고 있는 한 녀석에게로 쏠리는 것이었다.

확인을 위해 교실로 들어가 앞에 앉아 있는 놈에게 아이들의 시선이 향해 있는 놈을 가리키며 물었다.

"쟤가 이하슬람이야?"

고개를 끄덕여 내 질문에 대답하는 녀석에게 웃음으로 고맙다고 말하고, 힘들게 찾은 이하슬람에게 시선을 돌렸다. 그럼 채영이의 부탁을 실행해 볼까?

천천히 이하슬람의 자리로 걸음을 옮겼다. 녀석의 책상 앞에 서서 놈의 어깨를 살짝 두드렸다. 아무 반응이 없어 이번엔 놈의 어깨를 마구 흔들었다.

"쌍!! 어떤 새끼야!"

어깨에서 손을 떼기도 전에 놈이 소리를 지르며 몸을 일으켰다. 불만으로 가득 찬 표정으로 날 노려보는 이 녀석. 자기 방어가 심한 사람 여기 또 있다! 레이스 녀석과 비슷하지만 다른 게 있다면 이놈은 증오가 가득한 눈빛으로 날 노려본다는 것! 이런 반응을 보이니까 더 궁금하잖아?

"안녕?"

"꺼져."

"내 질문에 대답하면 꺼져 줄게."

"당장 꺼져."

얼굴도 싸가지없게 생긴 게 성격도 재수없다. 하지만 칸쵸 스무 개를 포기할 내가 아니지!

"왜 여자를 싫어하는 거야?"

내 질문에 녀석이 입꼬리를 살짝 올리며 웃었다.

"여자가 왜 싫은지 궁금하다?"

"응!"

"여자라서 싫다면?"

"그게 무슨 소리야? 여자를 싫어하는 특별한 이유가 있을 거 아니야?"

"없어."

"그럼 왜 여자를 싫어하는데? 너 혹시 동성애자야?"

내 말이 끝나기가 무섭게 이하슬람이 책상을 걷어차며 자리에서 일어섰다.

"너 지금 뭐라고 지껄였냐? 다시 한 번 말해 봐."

"동성애자가 아니면 여자를 싫어할 이유가 없잖아."

차갑게 변해 버린 녀석의 표정이 무서웠지만 꿋꿋하게 놈의 시선을 피하지 않고 말했다.

그때 뒷문이 큰 소리를 내며 열렸다. 어? 저 녀석들은? 레이스와 똥파리가 나란히 우리 쪽으로 걸어오기 시작했다. 레이스 녀석은 날 한번 쳐다보고는 이내 이하슬람 옆으로 다가갔다. 하지만 똥파리는 웃는 얼굴로 계속해서 내 얼굴을 쳐다봤다.

"무슨 일이야?"

레이스 녀석이 이하슬람에게 물었다. 그러자 이하슬람이 턱으로 날 가리키며 대답했다.

"저 재수없는 년 때문에 씨발."

내가 재수없는 걸까, 여자 자체가 재수없어서 저런 말을 하는 걸까? 그때 똥파리 녀석이 이하슬람에게 달라붙으며 말했다.

"슬람아, 쟤가 귀찮게 했어?"

"네가 더 귀찮으니까 떨어져."

"감히 우리 슬람이를 귀찮게 하다니!"

말을 마친 똥파리가 천천히 내 앞으로 걸어왔다.

"슬람이한테 꼬리치지 마! 슬람이는 내 거야!"

녀석의 말과 함께 이하슬람의 손이 똥파리의 뒤통수를 강타했다. 소리를 듣자하니 무지하게 아프겠다.

"왜 때려?"

"헛소리하지 마."

"난 사실을 말했을 뿐인데."

"더 지껄이면 죽여 버린다."

똥파리와 이하슬람이 다투는 사이 레이스 녀석이 날 쳐다봤다.

"이번에도 데이트 신청?"

"천만에! 이하슬람이 여자를 왜 싫어하는지 그 이유를 듣기 위해 온 거야."

"보아하니 누구한테 부탁받아서 온 것 같은데?"

헛! 어떻게 알았지? 채영이가 완선이랑 수지한테조차도 말하지 말라고 했는데.

"부탁은 무슨!"

"얼굴엔 부탁받아서 왔다고 써 있는데 정말 아니야?"

"절대 아니야!!"

"그럼 슬람이가 여잘 싫어하는 게 왜 궁금한데?"

난 레이스 녀석의 눈빛으로 인해 돌이킬 수 없는 말을 내뱉고야 말았다.

"내, 내가 좋아하니까!!"

나의 외침과 동시에 수업종이 울렸다. 그리고 똥파리 녀석이 내게로 걸어왔다.

"정말 우리 슬람이 좋아해? 그래서 여기까지 찾아온 거야?"

똥파리 녀석, 눈물까지 글썽거린다. 왠지 안타까운 마음에 아니라고 말하고 싶었지만 지금 와서 아니라고 하면.

"좋아하니까 왔지! 그러니까 이하슬람, 빨리 대답해."

"슬람이는 여자 싫어해! 왜냐하면……."

갑자기 똥파리의 입을 막고 나선 이하슬람.

"11반 뭐야? 다들 자리에 앉아!!"

어느새 교실로 들어온 선생님이 막대기로 칠판을 두드리며 소리쳤다. 큰일났다! 어쩌지? 그냥 나갈까? 아니야! 내가 어떻게 여기까지 왔는데. 무슨 일이 있어도 대답 듣고, 칸쵸를 내 품에 안을 거야!!

모든 아이들이 자리에 앉은 가운데 나와 이하슬람, 똥파리만

이 우두커니 서 있었다. 근데 저 녀석은 언제 앉았지? 레이스 녀석은 어느새 반듯한 자세로 앉아 있었다.

"거기, 제이고 교복 입은 여학생! 우리 학교엔 무슨 일로 왔나?"

"그러니까 그게……."

"남자 친구 만나러 왔어?"

여기저기서 웃음이 터져 나왔다.

"남자 친구가 누구야?"

"이하슬람이래요."

누군가의 대답으로 인해 교실은 아수라장으로 변했다.

"이하슬람, 여자 친구랑 앞으로 나와."

"슬람이 여자 친구 아니에요!"

날 도와주는 것 같으면서도 이상한 기분을 느끼게 하는 똥파리의 발언.

"넌 6반 다빈치지? 이 녀석아, 얼른 너희 반으로 돌아가!"

"얘가 가기 전엔 절대 안 가요."

무서운 눈으로 날 가리키며 소리치는 다빈치라는 녀석. 꼬여도 어쩜 이렇게 꼬일까. 원래 계획대로라면 이하슬람을 찾아와 대답을 듣고, 우리 학교로 돌아와 채영에게 말한 뒤 칸쵸를 맛있게 먹는 거였는데. 난 살짝 떨어져 있는 이하슬람에게 조심스럽게 다가가 녀석의 옆구리를 찔렀다.

"순순히 대답했으면 여기까지 안 왔잖아."

"순순히 꺼졌으면 여기까지 안 왔지."

"제이고 여학생!"

칸쵸가 내게서 멀어져 가는 소리가 들린다. 저 선생님이 내 존재를 알고, 우리 학교에 말하면 내 반장 자리는! 난 거의 속삭이다시피 이하슬람에게 말했다.

"우리 협상하자."

"협상?"

"칸쵸 스무 개 사주면 네 소원 들어줄게."

이런 상황에서도 난 칸쵸를 포기할 수 없었다.

"내가 왜 너한테 칸쵸를 사줘야 하는데?"

"그럼 여자 싫은 이유를 말하든지."

"간절하냐?"

웃는 얼굴에 침 뱉으랴!! 이거 누가 만든 속담인지 모르겠지만 당장이라도 이하슬람의 웃는 얼굴에 침을 한 바가지로 뱉고 싶다!! 하지만 배고픔에 아우성치는 배를 달래며 녀석을 향해 미소 지었다.

"칸쵸 사주면 소원 들어준다니까."

"간절하냐고 물었다."

"그래, 무지하게 간절하다. 간절해 미치겠다."

"얼마만큼?"

우아, 도저히 못 참아!! 녀석을 향해 소리를 지르려는 순간, 이하슬람이 날 잡고 교실을 나와 옥상으로 올라왔다. 난 갑작스런 이하슬람의 돌출 행동에 한동안 멍해 있었다.

"이하슬람, 너 무슨······."

"이름이 뭐냐?"

"내 이름은 왜?"

"그럼 내 맘대로 부른다? 헤이, 애마부인."

녀석의 마지막 말에 이성의 끈은 끊어졌다. 정신을 차렸을 때 녀석은 이미 바닥에 쓰러져 고통스런 신음 소리를 내고 있었다. 예전에 규인이가 내 칸쵸를 몰래 훔쳐 먹은 일을 제외하면 아무리 화가 나도 이런 일로 폭력을 사용한 적은 없었는데. 난 쓰러져 있는 놈 옆에 쪼그리고 앉았다.

"난 누구든 내 몸에 대해 말하는 걸 제일 싫어해."

"사실대로 말해, 너 성전환 수술 했지?"

"뭐? 동성애자 주제에."

"성전환 수술로 애마부인 된 주제에."

또다시 주먹에 힘이 들어갔지만 칸쵸를 생각했다. 이하슬람, 너 오늘 칸쵸 때문에 여러 번 목숨 구하니까 칸쵸에게 감사해라!!

"너 말이야."

놈이 누운 상태로 담배를 꺼내 꼬나 물며 입을 열었다. 속삭이는 듯한 나지막한 목소리여서 저절로 침이 넘어갔다.

"칸쵸 스무 개 사주면 소원 들어준다고 했지?"

"아까는 들어주고 싶었는데 지금은 들어주기 싫어졌어."

“씨발, 장난하냐?”

“차라리 칸쵸를 안 먹고 만다.”

사실은 미친 듯이 먹고 싶은데 녀석에게 괜히 심술을 부리고 싶어 마음에도 없는 말이 나왔다.

“백 개.”

“필요없어.”

“오백 개.”

오백 개? 칸쵸가 오백 개면 무려 이십오만 원?!

“정말 칸쵸 오백 개 사줄 거야?”

“안 먹고 만다며?”

“내가 언제? 말만 해!! 소원이 뭐야?”

더 이상 그 무엇도 필요없었다. 저 녀석 소원만 들어주면 칸쵸 오백 개가 날 행복하게 해줄 텐데. 난 이하슬람의 눈을 똑바로 응시하며 녀석이 대답하기를 기다렸다.

녀석이 막 입을 열어 말하려는 순간, 덜컹 하는 소리와 함께 옥상 문이 열렸다. 문을 열고 나타난 레이스 녀석은 옥상 둔에 기대어 더 이상 움직이지 않고 이하슬람을 향해 말했다.

“가자.”

“안 들어가.”

“내 입장도 생각해라.”

“제기랄!”

오만상을 찌푸리며 자리에서 일어나는 이하슬람의 모습을 지켜보던 레이스 녀석이 몸을 돌렸다. 하지만 레이스 녀석을 따라 가지 않고 내 앞에서 얼쩡거리는 이하슬람.

"너 아까 나 좋다고 소리친 거."

"아, 그거? 친구 부탁 때문에 어쩔 수 없이 그렇게 말한 거였어."

"그럼 날 좋아해서가 아니라 친구의 부탁 때문에 여자 싫은 이유가 궁금하시다?"

"그렇지만 이젠 나도 궁금해."

굳어진 얼굴로 날 쳐다보던 녀석이 갑자기 주머니에서 핸드폰을 꺼내 내 주머니에 넣고는 안으로 들어가 버렸다. 난 잠시 멍하니 있다 주머니에서 녀석의 핸드폰을 꺼냈다. 와, 최신형이다!! 잠깐, 이럴 때가 아니지. 녀석을 붙잡기 위해 서둘러 계단을 내려왔지만 녀석은 이미 사리진 후였다. 그런데 왜 핸드폰을 줬지? 내가 불쌍해 보였나? 뭐, 아무튼 비싼 거니까 찾으러 오거나 연락이라도 하겠지.

사성공고를 나와 우리 학교로 향했다. 5교시가 끝날 때까지 기다리다 종이 울리자마자 교실로 뛰어들어 가니 제일 먼저 채영이 날 반겼다.

"너 문자 보내도 연락없고, 수업도 빼먹고!! 어떻게 된 거야?"

"이하슬람이 왜 여자를 싫어하는지 알아보러 갔다 왔어."

"뭐? 정말? 알아왔어?"

그때 완선이와 수지가 우리 쪽으로 걸어왔다.

“반장이 수업도 빼먹고, 잘한다~”

“주인이가 우리 슬람이가 왜 여자 싫어하는지 알아왔대!”

채영아, 분명히 완선이랑 수지한테는 비밀이라 하지 않았었니?

“정말? 황주인, 이유가 뭐래? 여자가 왜 싫대?”

“나도 몰라. 죽어도 말을 안 해.”

“뭐? 왜? 왜 말을 안 하는데!!”

갑자기 채영이가 소리를 질러가며 내 팔을 잡고 흔들기 시작했다. 안 그래도 점심 못 먹어서 기운없어 죽겠는데 머리까지 핑핑 도는구나. 아, 그렇지! 핸드폰!! 난 일단 채영이를 진정시키고 주머니에서 핸드폰을 꺼내 채영의 손에 쥐어주었다.

“뭐야?”

“그거 누구 핸드폰인 줄 알아?”

“누구 건데?”

채영은 물론 수지와 완선도 궁금한 눈빛으로 날 쳐다봤다.

“이하슬람.”

“슬람이? 이게 슬람이 폰이라고?”

“응. 채영이 너 가져.”

“정말? 우리 슬람이 거야? 거짓말하는 거 아니지?”

이렇게 기뻐하는 걸 보니 정말 그 녀석을 좋아하는 모양이다. 난 웃음으로 대답을 대신하고 내 자리로 와 앉았다. 그런데 연소 녀석의 자리가 비어 있다.

점심 시간조차 자리에서 꼼짝 안 하는 녀석인데 이 시간에 어
딜 갔지? 하지만 연소의 자리는 종이 울리고, 6교시 윤리 선생
님이 들어올 때까지도 여전히 비어 있었다.

"국연소."

선생님이 연소의 이름을 호명했다.

"이 녀석, 오늘도 결석이야?"

"아니요, 연소 학교 왔어요."

내 대답에 선생님과 반 아이들이 내게로 눈을 돌렸다.

"근데 왜 없어?"

"제가 데리고 올게요."

"어디 갔는데?"

"찾으면 바로 끌고 올게요!"

"반장!!"

윤리 선생님의 외침을 뒤로하고 교실을 나와 연소를 찾아 나
섰다. 몸 약한데 어디 쓰러져 있는 거 아니야? 설마 맞고 있는
건!! 불안한 느낌에 건물 안 구석구석을 뒤졌지만 그 어디에도
녀석은 없었다. 이번엔 밖으로 나와 이리저리 뛰어다니다 수돗
가 뒤, 안 쓰는 창고 건물 뒤에서 여러 남자 목소리가 들려왔다.
발소리를 죽여 가까이 간 그곳엔 네 명의 남자들 사이로 피범벅
이 된 연소 녀석이 쓰러져 있었다.

"헤이, 너희들 지금 뭐 해?"

갑작스런 내 등장에 놈들이 잠시 주춤하더니 이내 하나둘씩

내 앞으로 걸어오기 시작했다.

"혹시 네가 소문의 그 신입생이냐? 생각보다 미끈한 게 맘에 든다?"

"그래, 저런 병신 같은 놈은 신경 쓰지 말고 우리랑 노는 게 어때?"

"싫다면?"

"튕기는 것도 귀엽네, 이거."

사마귀처럼 생긴 놈이 내 머리를 쓸어 내리며 말했다.

"사마귀, 이 손 치우고 저 녀석 내놔."

"오빠들이랑 조금만 놀자니까."

그때 네 놈 중 그나마 멀쩡하게 생긴 놈이 손을 뻗어 내 블라우스 단추 하나를 끄르며 말했다.

"놀자고? 좋아. 오랜만에 피 터지게 놀아보는 것도 좋지."

옆에 있는 사마귀 놈을 시작으로 사정없이 주먹을 휘둘렀다. 자신보다 약한 사람 괴롭히고, 때리는 게 그렇게 재미있냐? 난 때리는 놈보다 맞는 놈이 더 싫지만 너희처럼 치사한 새끼들이 더 싫어!!

"큭!! 커헉."

"그만!! 너희들 지금 뭐 하는 짓들이야?"

행동을 멈추고 소리나는 곳으로 얼굴을 돌렸다. 벌게진 얼굴로 날 향해 손가락질하고 있는 교감 선생님이 보였다. 그 자리에서 바로 야단을 맞고 교장실로 끌려간 난 교장 선생님의 훈계

를 받고 손 들고 벌을 섰다. 그놈들도 연소 때렸는데 왜 나만 교
장실까지 끌려와서 벌을 받아야 하는 거야!! 이 사실을 오빠가
알면 안 되는데.

삼십 분 넘게 홀로 교장실에서 손 들고 있는데 종소리와 함께
교장실 문이 열렸다. 교장 선생님과 함께 안으로 들어오는 규보
오빠.

"손 내리고 일어나요."

교장 선생님의 말씀에 손을 내리고 자리에서 일어났다. 오빠
가 지금 어떤 얼굴을 하고 있는지는 보지 않아도 알 수 있다.

"황주인 학생, 오빠 때문에 이번 일은 넘어갈 테니까 앞으로
조심하세요."

"네."

"이만 가보세요."

"감사합니다."

오빠가 교장 선생님께 고개 숙여 인사를 하고 교장실을 나갔
다. 나 역시 인사를 하고 오빠의 뒤를 따랐다. 앞서 걸어가는 오
빠의 뒤를 죄인마냥 고개를 푹 숙이고 따라갔다. 교문을 통과할
즈음 갑자기 오빠가 걸음을 멈추고 돌아섰다.

"두 번 다시는 싸움 안 한다고 약속했었지?"

"오빠, 오늘은……."

"자꾸 이런 모습만 보일 거야?"

"……."

"싸움이 그렇게 하고 싶으면 마음대로 해. 더 이상 신경 쓰지 않을 테니까."

"오빠!"

내게서 냉정하게 등을 돌려 성큼성큼 걸어가는 오빠의 모습이 점점 멀어져 갔다. 아, 울면 안 되는데. 울지 않기로 했는데. 웃으라고 했는데. 하지만 마음과는 다르게 뜨거운 게 얼굴을 타고 흘러내렸다. 아니야, 난 울지 않아. 절대 울지 않을 거야.

단걸음에 오락실로 달려가 한 시간 넘게 오락을 하고, 노래방으로 가 목이 터져라 노랠 불렀다. 노래를 다 부르고 밖으로 나온 시간이 밤 아홉 시. 집 앞에서 들어갈까 말까 고민하던 난 발길을 돌려 근처 공원으로 향했다. 공원 계단에 쪼그리고 앉아 고개를 들어 하늘을 쳐다봤다. 왜 이렇게 깜깜하지? 사람이 죽으면 별이 된다는 말은 거짓말인가? 오늘은 무척이나 보고 싶은데. 이젠 오늘 같은 날, 날 위로해 줄 사람이 없네.

작은 별이라도 찾기 위해 눈에 힘을 주고 하늘을 올려다보고 있는데 어디선가 불빛이 날아와 내 얼굴을 비추기 시작했다. 손으로 불빛을 가리고 불빛의 정체를 살피기 위해 자리에서 일어났다. 그러자 빛을 내는 불이 꺼지고, 내 앞으로 자전거 한 대가 멈춰 섰다.

"야, 타!"

자전거 뒷자리를 가리키며 야타족 흉내를 내는 녀석! 난 레이스 녀석이 타고 있는 자전거 쪽으로 걸음을 옮겨 말을 건넸다.

"안녕? 여긴 어쩐 일이야?"

"지나가다 불쌍하게 앉아 있는 꼴이 노숙자 같아서 한번 와봤다. 집에 안 들어가?"

"그냥, 오늘은 밤하늘 좀 구경하고 싶어서. 너도 같이 볼래?"

녀석은 잠시 고민하는가 싶더니 자전거를 세워놓고 내 옆으로 와 앉았다.

"깜깜한데 뭘 보겠다고?"

"아니야, 자세히 보면 희미하지만 별이 반짝거려."

"안 보여."

"집중해서 봐봐."

"눈알 빠질 것 같아."

옆에서 투덜거리는 녀석이 신경 쓰여 나 역시도 별 찾는 걸 포기하고 젖힌 고개를 바로 세웠다.

"아무것도 안 보이는 하늘은 그만 쳐다보고, 재미있는 거 하러 가자."

"재미있는 거? 어떤 거?"

"뒤에 타."

녀석이 자전거에 올라타며 말했다. 따라갈까, 말까.

"안 탈 거야?"

"잠깐만."

깔고 앉았던 가방을 들어 먼지를 털고 자전거 뒷자석에 앉았다.

“떨어지지 않게 잡아.”

“어딜? 손잡이 없는데?”

“내 허리.”

두근두근. 녀석의 말에 심장이 빠르게 뛰었다. 난 살며시 녀석의 옷을 잡았다.

“준비됐지?”

“오케이~”

“그럼 출발한다.”

얼마 만에 타보는 거지? 오랜만에 타보는 자전거라 설레었다. 그런데 출발한다고 말한 지 꽤 된 것 같은데 제자리다.

“야, 너 몸무게 얼마나 나가냐?”

“왜?”

“무거워서 자전거가 앞으로 나아가질 않잖아.”

“네가 약해 빠진 거야!! 무슨 남자가 이렇게 힘이 없어?”

민망함에 레이스 녀석의 등을 때리는데 자전거가 조금씩 움직이기 시작했다.

“타이어 바람 빠지면 물어내.”

“치사해! 타라고 한 사람이 누군데!!”

“움직이지 마, 흔들거리잖아.”

겨우 자전거 가지고 야타족 흉내 내고, 타이어에 바람 빠질까 걱정하는 모습이 처음 이미지와 달라도 너무 다르다. 물론 아직까지 잊혀지지 않는 레이스 팬티는 제외다.

하지만 이내 생각보다 빠른 속도로 바람을 가르며 달리는 자전거. 녀석이 앞에서 막아주고 있다지만 바람 때문에 추워죽겠다. 작게 중얼거린 내 말을 들었는지 잠시 후, 자전거가 멈췄다. 도착한 곳은 우리가 처음 만나 데이트를 즐기고, 마지막으로 왔던 펀치 기계 앞이었다.

"내려."

"오자는 곳이 여기였어?"

"저거 하면 스트레스 풀린다며? 네 말이 맞는지 확인해 보려고."

자전거를 기계 옆에 세운 녀석이 동전을 넣고 멀찌감치 뒤로 물러났다. 기계를 뚫어져라 쳐다보던 놈이 빠르게 달려가 주먹을 날렸다. 삐비비비빅— 800점. 주먹을 사용하지 않는 이상, 저런 점수는 나오지 않을 텐데.

"한 번으론 부족한 것 같은데?"

"너, 권투 배워? 아님 격투기?"

"아니."

"그럼 쌈질하고 다니지?"

"난 힘만 믿고 설쳐 대는 것들이 제일 싫어."

녀석의 말에 가슴이 뜨끔거렸다. 놈은 다시 동전을 넣고 샌드백을 넘겼다. 이번엔 910점.

지금까지 내가 본 가장 큰 점수는 940점이고, 내 최고 점수는 880점이다. 아무리 봐도 레이스 녀석, 수상하다. 녀석을 의심스런 눈빛으로 쳐다보고 있는데 놈이 내 등을 떠밀었다.

"이번엔 네 차례."

"좋아!!"

온 힘을 주먹에 모으고, 샌드백을 향해 주먹을 날렸다. 770점.

"저번보다 낮잖아? 오늘은 스트레스 풀 일 없어?"

내 마음을 아는 것처럼 말하는 녀석. 난 다시 한 번 주먹을 쥐고, 샌드백을 쳤다. 기계 전광판에 830이라는 숫자가 새겨졌다.

"난 스트레스 풀렸는데, 넌?"

"덕분에."

"이제 집에 가야지."

"고마워."

"뭐가?"

"그냥. 그럼 난 버스 타고 갈게. 안녕~"

녀석에게 손을 흔들어 인사를 하고 돌아섰다. 하지만 녀석이 붙잡는 바람에 다시 몸을 돌렸다.

"오늘은 그냥 가?"

"무슨 말이야?"

"짧았지만 이것도 일종의 데이트인데 나 안 데려다 줘?"

놈의 질문에 할 말을 잃은 난 눈만 껌뻑이며 녀석을 쳐다봤다.

"좋아, 오늘은 내가 데려다 주지. 타!"

어느새 자전거를 내 앞으로 끌고 온 녀석이 말했다. 데려다

준다는 녀석의 성의를 무시할 수 없어 뒷자리에 올라탔다. 집으로 오는 도중, 나도 모르게 놈의 옆구리를 간질이는 바람에 자전거가 뒤로 넘어진 걸 제외하면 그래도 무사히 집에 도착했다.

"그럼 들어가라."

"잠깐!!"

난 돌아서 자전거 타려는 녀석을 불러 세웠다.

"한 가지 궁금한 게 있는데 물어봐도 될까?"

"뭔데?"

"그게 말이야…… 오늘은 무슨 팬티 입었어?"

내가 무슨 말을 하는지 감을 잡지 못하는 녀석을 위해 다시 한 번 말했다.

"설마 빨간 레이스 팬티 입은 건 아니지?"

그제야 내 말뜻을 이해했는지 놈의 얼굴이 구겨졌다. 하지만 녀석은 금세 웃는 표정으로 바꿔 내게 다가왔다.

"그게 그렇게 궁금해? 보여줄까?"

"정말? 보여줘!"

이럴 땐 같이 맞짱 뜨는 게 최고다! 역시나 예상치 못한 내 행동에 당황하는 녀석.

"이스야~"

"이스?"

"'레' 라는 성에, '이스' 라는 이름이야."

레이스! 생각할수록 웃기다.

“피호세.”

“응?”

“내 이름이다. 넌?”

“황주인.”

“손 내밀어봐.”

녀석의 행동을 살피며 앞으로 손을 내밀었는데 묵직한 무언가를 내 손에 쥐어주고는 자전거에 올라타는 피호세. 난 그 정체불명의 물건을 살폈다.

“야, 이거 누구 핸드폰이야?”

“피호세.”

“네 거? 근데 날 왜 줘?”

“때가 되면 알게 되니까 항상 몸에 지니고 있어라.”

녀석의 자전거가 빠른 속도로 내 앞에서 멀어져 갔다. 때가 되면 알게 된다고? 근데 오늘 무슨 날이길래 남의 핸드폰을 두 번씩이나 받는 거지? 괜히 기분이 찜찜해졌다.

다음날 아침, 오늘도 늦잠으로 인해 허겁지겁 준비하는 규인이를 뒤로하고 집을 나섰다. 재킷 양쪽 주머니에 핸드폰이 각각 하나씩 들어앉아 있어 몸이 꽤 무거웠다. 하지만 오늘이 토요일이라는 사실이 떠오르자 몸이 가벼워지면서 노래가 절로 나왔다.

“사실은 오늘 너와의 만남을 정리하고 싶어. 널 만날 거야. 이런 날 이해해~”

노래를 흥얼거리며 깡충깡충 뛰어가고 있는데 네 개의 검은 그림자가 내 앞을 가로막았다. 난 노래 부르는 걸 멈춘 채 내 앞을 가로막고 선 청솔중학교 여학생들의 얼굴을 살폈다. 곧이어 익숙한 이름이 새겨져 있는 명찰 하나가 눈에 들어왔다.

네 명 모두 비장한 얼굴로 뭔가 할 말이 있는 듯해서 아무 말 않고 가만히 있었는데 갑자기 아이들이 내 앞에 무릎을 꿇었다. 나한테 뭐 잘못한 거 있나? 한미래라는 아이 빼고 처음 보는 얼굴들인데.

“언니, 제발 도와주세요.”

“우선 일어나서 얘기해.”

“아니요! 언니가 도와준다는 말씀 해주실 때까지 일어나지 않을 거예요!”

지나가던 개 한 마리가 우릴 쳐다봤다. 난 아이들 앞에 쪼그려 앉아 말했다.

“내가 뭘 도와주면 되는데?”

“제가 예전에 편지 드린 거 기억하세요?”

한미래가 동그랗고 커다란 눈을 반짝이며 날 쳐다봤다. 그땐 얼굴을 제대로 못 봐서 몰랐는데 무지 귀엽게 생겼다!

“응, 기억해. 규인이한테 쓴 편지.”

“읽어보셨는지 모르겠지만 그거 규인님한테 팬클럽 만들어도 되는지 묻는 편지였어요.”

같은 학년이고, 같은 나이인데 규인님이라는 말이 나올까?
그리고 그때 녀석은 편지를 갈기갈기 찢어버렸는데.

"그런데 일주일도 훨씬 넘었는데 아직까지 연락이 없어요."

"처음으로 규인님에게 인정받는 팬클럽을 만들고 싶어요!"

"규인님이 여자 싫어하는 거 알지만 우린 좋은 걸 어떡해요!"

"언니는 규인님 누나시니까 제발 규인님이 허락할 수 있도록
설득해 주세요."

왼쪽을 기준으로 해서 오른쪽에 있는 아이까지 네 명 모두 말
을 마쳤다. 잘난 동생 뒤도 고생이다.

"꼭 팬클럽이 아니더라도 그냥 좋아하면 되잖아."

부드럽게 웃으면서 말했지만 아이들은 동시에 날 째려봤다.
계속 째려보길래 시선을 돌리려는데 한미래가 내 앞으로 종이
가방을 내밀었다.

"이게 뭐야?"

"작지만 저희 마음이에요."

난 종이 가방을 들여다봤다.

"도와주시면 규인님 선물 챙겨 드릴 때마다 언니 것도 챙겨
드릴게요."

"좋아, 나만 믿어."

칸쵸가 가득 든 종이 가방을 끌어안았는데 아이들의 시선이
한곳으로 집중되어 있었다. 뒤를 돌아보니 고맙게도 규인이 녀
석이 걸어오고 있었다. 난 녀석을 향해 손짓하며 자리에서 일어

섰다.

"뭐야? 또 애들 때리고 물건 뺏는 거야?"

아무래도 아이들이 무릎을 꿇고 있으니 그런 상상을 할 만도 하지만 내가 언제 무고한 아이들을 때리고, 물건을 빼앗았다고!! 헛소리하는 놈의 배를 팔꿈치로 쳤다.

"황규인, 내 부탁 좀 들어줘야겠어."

"부탁? 무슨 부탁?"

이상하다는 느낌을 받았는지 놈이 경계를 하고 나섰다. 규인아, 비록 폭력과 협박이 들어갈 부탁이지만 칸쵸가 걸린 일이라 어쩔 수 없구나. 이 누나를 이해해다오.

"야, 너희들 일어나 봐!"

난 아직까지 무릎 꿇고 있는 아이들에게 말하고 그 아이들을 가리키며 규인에게 말했다.

"애네들이 네 팬클럽 만들고 싶다니까 허락해."

"뭐? 팬클럽?"

"자, 따라해 봐. 오케이!!"

"또 칸쵸 뇌물로 받았지?"

놈이 내가 들고 있는 종이 가방을 쳐다보며 말했다.

"네가 상관할 일이 아니야! 너, 나와 같은 생각이지? 애들아~ 팬클럽 만들어도 돼."

"누구 맘대로? 뇌물 받은 거나 돌려줘."

"규인아, 우리 잠깐 저쪽 가서 얘기 좀 할까?"

“싫은데? 여기서 해.”

내가 사람들 앞이면 못 때릴 줄 알고 간이 배 밖으로 나왔는데, 나에게 칸쵸가 있다는 걸 잊었구나! 난 재빠르게 녀석의 팔을 꺾었다.

“으악!”

“규인님!”

“흑, 규인님!”

여기저기서 비명이 터져 나왔다.

“빨리 팔 풀어!!”

“나도 가슴이 너무너무 아프지만, 대답을 해야지.”

“우선 손 놓고 해!!”

손을 놓자 녀석이 팔을 흔들기 시작했다.

“이제 규인이가 대답할 거야.”

난 규인이를 안쓰럽게 쳐다보는 아이들에게 말하고, 아이들과는 반대로 웃으면서 녀석을 쳐다봤다.

“맘대로 해.”

“꺄아악~”

“단, 내 주위에서 얼쩡거리거나 귀찮게 굴면 당장 해체시킬 거야.”

“애들아, 축하하고 칸쵸 잊지 마.”

“네! 언니, 감사합니다.”

아깐 잘난 동생 둬서 고생이라고 생각했는데, 잘난 동생은 필요하다!

"규인아, 집에 일찍 들어오고 나 먼저 간다."

"잠깐!"

"앗, 규인님! 우리 학교는 이쪽이에요."

"씨발, 이거 안 놔? 내 몸에 손대지 마!!"

"뭐 어때요? 우린 공식 팬클럽 규인프린스잖아요."

"싫어! 팬클럽이고 뭐고 다 취소야!!"

아이들에게 붙잡혀 끌려가는 규인이의 모습이 처량해 보였다. 집으로 달려가 종이 가방을 놓고 다시 학교로 향했다. 학교에 도착하자 이곳저곳에서 바구니를 든 여학생들과 남학생들의 모습이 눈에 띄었다. 오늘 무슨 날인가? 난 교실로 들어가자마자 완선이에게 물었다.

"우리 반에도 바구니가 있네? 오늘 무슨 행사 해?"

"너, 나 웃으라고 하는 말이지?"

"아닌데?"

"화이트데이!"

"아, 그렇구나. 난 또."

그때 채영이 교실로 뛰어들어 와 우리에게 다가왔다.

"황주인, 네가 준 핸드폰 정말 슬람이 거 맞아?"

"응. 왜?"

"그럼 어디서 났어?"

직접 줬다고 하면 왜 줬냐고 물을 테고, 왜 줬는지는 나도 모르고. 뭐, 그놈 핸드폰이니까 어쨌든 연락은 올 것이고.

"놈이 모르고 놓고 가는 걸 주워온 거야."

"정말? 그런데 왜 연락이 안 와?"

"조금만 기다려 봐."

"전화 오면 뭐라고 하지? 내 소개부터 해야 하나? 아, 떨려."

"잘해봐～"

채영에게 윙크를 해 보이고 내 자리로 향했다.

비어 있는 내 옆자리. 어제 바로 교감 선생님한테 끌려가는 바람에 어떻게 됐는지도 모르고. 약한 놈인데 크게 다친 건 아닌지 걱정이다.

수업을 마치고 담임이 적어준 주소를 찾아갔다. 잠시 후, 내 앞에 어마어마한 대문과 담벼락 안으로 이층집이 나타났다. 철문 사이로 잘 꾸며진 정원도 눈에 들어왔다. 집의 위용에 눌려 그냥 돌아갈까 하다 여기까지 오는 데 투자한 시간과 차비가 아까워서라도 그냥은 못 가겠다! 싶어 힘차게 초인종을 눌렀다.

―누구세요?

"안녕하세요, 전 연소의 짝이자 6반 반장 황주인입니다."

―무슨 일이니?

"연소가 오늘 학교 안 나온 게 걱정돼서요."

―연소는 괜찮으니 그만 가봐.

뚝 하고 인터폰 끊기는 소리가 들려왔다. 난 다시 한 번 초인종을 눌렀지만 들려오는 건 무거운 정적뿐. 생각해서 찾아왔는데 이대로 돌아갈 수는 없지!

"국연소!! 많이 아프냐? 그래도 월요일엔 학교 나와! 안 나오면 부반장 자른다!! 밥 많이 먹고, 월요일에 보자!!"

힘껏 소리 지르고 뒤돌아 걸어가는데, 철컹 하고 대문 열리는 소리가 들려왔다. 하얀 남방을 입고 힘겹게 벽에 기대고 서 있는 놈 앞으로 걸어가 웃으면서 말했다.

"오늘 날씨 정말 좋다."

"우리 집은 어떻게 알았어?"

"반장이 모르는 게 어디 있어? 몸은 좀 어때?"

"괜찮아."

국연소, 많이 아파 보이는데 웃으면서 괜찮단다.

"월요일에는 학교 나올 거지?"

"잘 모르겠어."

"밥이 보약이야. 밥 많이 먹고 나와. 그럼 난 간다."

금방이라도 쓰러질 것 같은 녀석을 뒤로하고 돌아섰다.

"오늘 와줘서 고마워."

난 걸음을 멈추지도, 뒤를 돌아보지도 않은 채 녀석을 향해 손을 흔들었다.

집에 도착해 문을 열고 들어가자 규인이 녀석이 달려들었다.

"이거 봐, 나 두드러기났어!"

녀석이 배를 걷어 보이며 말했다. 배에는 울긋불긋한 반점들이 가득했다.

"죽을병도 아닌데 왜 이리 호들갑이야? 밥이나 차려."

"팬클럽 어쩌고저쩌고해서 오늘 백 명도 넘는 기지배들이 달라붙었다고!!"

"너 인기 많아서 좋겠다. 배고프다~"

"쌍!! 이제 어떻게 할 거야?"

옆에서 시끄럽게 떠들어대는 녀석을 발로 걷어찼다.

"지금 말하면 세 번째다. 나 배고파."

"굶어 죽어버려!"

"규인아~"

"내 이름 부르지 마!"

어떻게 화를 내도 저렇게 귀여운지. 소파에 앉아 주방으로 걸어가는 녀석의 뒷모습을 쳐다봤다. 우리 집은 남자들이 요리를 더 잘한다. 규인이도, 오빠도 음식 솜씨가 보통이 아니다. 녀석이 만들어준 쫄면을 맛있게 먹고 있는데, 이층에서 잘 차려입은 규인이가 내려왔다.

"어디 가?"

"칸쵸귀신은 알 필요 없어."

"또 나이트 가는 거야?"

"칸쵸돼지랑은 말 안 해."

단단히 삐친 모양이다. 오빤 오늘도 분명 늦을 테니 규인이나 따라가서 놀까?

"황규인, 잠깐만 기다려."

난 얼른 이층으로 올라가 세수와 양치질을 하고 옷을 갈아입었다. 평소에는 잘 입지 않는 원피스를 입고, 핀으로 머리를 틀어 올렸다. 이 정도면 규인이랑 같이 다녀도 꿀리지 않겠지?

교복 재킷에서 내 핸드폰과 피호세의 핸드폰을 꺼내 가방에 넣었다.

"나 빨리 가야 되는데 뭐 하는 거야?"

"내려가!"

꾸미고 나타난 내 모습에 녀석이 얼굴을 구기며 말했다.

"누나도 약속있어?"

"응. 가자."

밖으로 나와 규인이의 팔에 팔짱을 꼈다.

"남들이 오해해."

"사랑하는 동생인데 무슨 상관이야?"

"오늘 남자라도 소개받아? 치마까지 입고."

"아니, 너랑 놀려고."

놈이 걸음을 멈추고 날 내려다봤다.

"나도 데려가~"

"안 돼!"

"같이 놀자~"

"절대 안 돼!!"

"그래? 그럼 재미있게 놀다 와. 난 아무도 없는 쓸쓸한 집에 가서 집이나 볼게."

힘없는 목소리로 말하고 돌아섰다. 몇 발자국 가지 않았는데 녀석이 날 불렀다.

"잠깐!!"

난 속으로는 웃으며 겉으론 불쌍한 얼굴을 하고 뒤돌았다.

"따라와."

"아니야, 나 혼자 있어도 괜찮아."

녀석이 자발적으로 날 데리고 갈 수 있게 다시 쓸쓸한 모습으로 돌아서는데 녀석이 다가와 내 손을 잡고 걸었다.

"내 친구들이지만 남자들만 있으니까 조심해."

조심해야 할 사람은 내가 아니라 너의 친구들이 아닐까?

규인이를 따라 들어간 곳은 단골로 보이는 술집이었다. 주인 아저씨와 인사를 나누고 안쪽으로 들어가는 녀석의 뒤를 따라갔다. 구석의 커다란 테이블엔 여섯 명의 남자들이 앉아 있었다. 규인이가 그 테이블에 앉으며 날 자신의 옆에 앉히자 여섯 명의 남자들이 신기한 듯 쳐다봤다.

"얘들아, 안녕?"

난 그런 아이들을 향해 인사했다.

"황규인, 네가 여자를 다 데려오고 웬일이야?"

"너 혹시 책임져야 할 일을 저지른 거냐?"

"이야~ 얼굴도 예쁘고, 몸매도 죽인다."

"내 누나야."

규인이의 한마디에 녀석들이 또다시 날 신기한 듯 쳐다봤다.

"안녕하세요, 지형근이에요."

내 앞에 앉아 있던 녀석이 손을 내밀며 인사했다. 그러자 옆에 있던 녀석이 지형근이라는 아이의 손을 걷어내며 자신의 손을 내밀었다.

"누나, 전 천화용이에요."

"야! 내가 먼저 인사했어."

"넌 여자 친구 있잖아."

"걔 여자 친구 아니라니까."

지형근과 천화용이 서로 먼저 나와 악수하겠다고 싸우고 나섰다. 난 조용히 앞에 있는 소주병을 들고 테이블에 내려쳤다.

쾅—!!

다행히 병은 깨지지 않았으나 주위는 금세 조용해졌다. 난 소주 뚜껑을 따 위로 번쩍 들어 올리며 말했다.

"자, 건배!"

망설이던 녀석들이 하나둘씩 잔을 들었다. 녀석들과 건배를 하고 병을 입에 물고 마시기 시작했다. 열심히 마시고 있는데 규인이 녀석이 병을 빼앗았다.

"미쳤어? 그만 마셔."

"괜찮아, 나 술 세."

"이럴 거면 집에 가."

"싫어! 애들아, 나랑 놀고 싶지?"

"당연하죠!!"

친구들의 대답에 규인이는 어쩔 수 없다는 듯 말했다.

"많이 마시지 마."

"걱정 마! 그럼 우리 게임하면서 마실까?"

"누나, 멋있어요!!"

500cc 잔에 소주와 맥주를 섞고 게임을 시작했다. 게임이라면 자신있는데 오늘따라 계속 걸려 연속으로 폭탄주를 세 잔이나 마셨다.

"그만 해."

"아직 시작도 안 했는데 뭘 그만 해?"

"그래, 황규인 넌 빠져."

잠시 후 규인이가 전화를 받기 위해 자리를 비우자 지형근 녀석이 내 앞에 소주 한 병을 내려놓으며 말했다.

"누나, 누가 한 병을 더 빨리 마시나 내기해요."

"지는 사람은?"

"벌주 마셔야죠."

"너 후회할 거다."

"누나나 벌주 마실 준비 하세요."

시작 소리와 함께 녀석과 난 병나발을 불었다. 원샷 내기에서 한 번도 져본 적이 없던 난 이번에도 이겼다.

"와, 누나 대단하다."

"야, 벌주 마셔."

녀석에게 벌주 잔을 건네고 의자에 등을 기댔다. 소주 두 병

이랑 폭탄주 다섯 잔밖에 안 마셨는데 어지러우면서 잠이 쏟아
졌다. 그때 어디선가 핸드폰 벨소리가 들려왔다. 하지만 받질
않아 계속 울려대는 벨소리.

"누구 거야? 전화 받아."

"누나 가방에서 나는 것 같은데요?"

"이거 내 벨소리 아닌데."

가방을 열자 작게 들리던 벨소리가 커졌다. 아! 레이스 핸드
폰!! 난 녀석의 핸드폰을 꺼내 전화를 받았다.

"안녕?"

[누군 줄 알고 인사하는 거야?]

"레이스 아니야?"

[그래, 레이스다.]

재미없게 쉽게 인정해 버리다니.

[지금 당장 51번 버스 타고 시네마극장 앞으로 와.]

"지금? 왜?"

[내 핸드폰 계속 갖고 있을 거야?]

"내가 그냥 가지면 안 될까?"

[얼른 출발이나 해. 여섯 시 십오 분까지다.]

시계를 보니 다섯 시 오십오 분이었다. 거기까지 이십 분 안
에 못 가는데. 뭐, 기다리겠지.

가방을 챙겨 자리에서 일어났다.

"어? 누나, 어디 가요?"

“약속이 있어서.”

“누나 그 상태로 어딜 간다고 그래요? 앉아요.”

“나 멀쩡해, 그럼 다음에 또 보자~”

“누나!!”

날 잡는 녀석들을 뿌리치고 밖으로 나와 버스 정류장으로 걸어갔다. 발이 꼬여 몇 번이고 넘어질 뻔했지만 무사히 정류장에 도착해 51번 버스를 탔다.

버스에 올라 의자에 앉자마자 잠이 쏟아졌다. 자면 안 되는데. 시네마극장에서 내려야 하는데. 하지만 점점 눈이 감겼다. 그러다 창문에 머리가 부딪히면서 눈이 떠졌다.

아야, 여기가 어디지? 그때 마침 다음 정류장이 시네마극장이라는 안내 방송이 나왔다. 서둘러 벨을 누르고 버스에서 내려 몸의 중심을 잡으려는 순간,

“황주인!!”

뒤에서 누군가가 내 이름을 크게 불렀다. 돌아보니 굳은 표정의 호세 녀석이 서 있었다. 내 앞으로 걸어온 녀석이 갑자기 내 몸을 잡고 마구 흔들기 시작했다. 윽!! 울렁거려.

“내가 십오 분까지 오랬잖아!!”

“우욱!”

놈의 손을 뿌리치고 골목으로 들어와 먹은 음식들을 뱉어냈다. 잠시 후, 내 등을 두드리는 손길이 느껴졌다.

“자.”

난 녀석이 내민 휴지를 받아 들어 입을 닦고 일어섰다.

"학생이 벌써부터 술이나 마시고, 잘하는 짓이다."

"한 번도 이런 적 없었는데."

"유관순도 술 마시고 오바이트했대?"

"네가 흔드는 바람에 이렇게 됐잖아!"

안 그래도 민망해 죽겠는데 놀리다니.

"근데 난 왜 오라고 한 거야?"

"일 좀 시키려고 했는데 취해서 해롱거리니, 원. 내 핸드폰이나 내놔."

"일 시키려고 불렀다고? 그럼 핸드폰은 왜 준 거야?"

말없이 내 얼굴을 뚫어져라 쳐다보던 녀석이 대답했다.

"너 힘세잖아. 그래서 필요할 때 일 좀 시키려고 준 거야."

"그래? 날 부려먹지 못해서 많이 아쉽겠다."

난 당장 가방에서 핸드폰을 꺼내 놈의 손에 쥐어주고 돌아섰다.

"야!!"

날 부르는 소리에 걸음을 멈추고 몸을 돌렸다.

"이거 내 핸드폰 아니야."

이런!! 달아오른 얼굴을 감추기 위해 고개를 숙이고 다시 가방에서 녀석의 핸드폰을 꺼내 앞으로 내밀었다. 녀석이 내 손에서 자신의 핸드폰을 가져가고, 내 핸드폰을 돌려줬다.

"그리고 슬람이를 진심으로 좋아하는 게 아니라면 접근하지 마.”

“무슨 말이야?”

“한순간의 감정이라면 접어. 그렇지 않으면 한 사람이 많이 힘들어할지도 몰라.”

“그때 내가 이하슬람 좋다고 소리친 거 때문에 이러는 거야?”

호세의 눈빛이 처음 만났을 때처럼 차갑게 변했다.

“자세한 얘기는 할 수 없지만, 그건 나도 모르게 나온 말이었어. 난 놈에게 요만큼도 관심없어.”

“그래? 그럼 다행이고. 들어가라. 인연이 되면 다시 만나게 되겠지.”

말을 마치고 내 옆을 지나가는 녀석을 잡았다. 앗!! 내가 지금 무슨 짓을 한 거지?

“왜?”

“아, 무슨 향수 써? 좀 있음 남동생 생일인데 향수 냄새 좋다.”

내가 지금 무슨 말을 하는 거야? 규인이 생일은 아직도 멀었는데.

“쿡— 비치샤인.”

“고마워.”

요상한 미소를 짓던 녀석이 몸을 숙여 내 귀에 닿을 듯 말 듯 입을 가져다 대고는 말했다.

“동생한테 이건 여자를 부르는 향기라 조금만 뿌려야 한다고 말하는 거 잊지 마.”

녀석은 이미 사라졌지만, 내 귀엔 녀석의 허스키한 목소리와 숨결이 맴돌았다.

집으로 가는 길, 채영에게서 전화가 걸려왔다.

“여보세요?”

[날 이렇게 비참하게 만들어도 되는 거야?]

“응? 무슨 소리야?”

[나 지금 너희 집 앞이니까 빨리 와.]

“다 왔으니까 조금만 기다려.”

도대체 무슨 일이지? 버스에서 내리자마자 집으로 달려갔다. 우리 집 계단에 쪼그리고 앉아 있는 채영의 모습이 보였다. 내 발소리를 들었는지 채영이가 고개를 들었다. 내가 가까이 다가가자 채영이 자리에서 일어나 핸드폰을 내밀었다.

“뭐야?”

“슬람이가 너 갖다 주래.”

“이하슬람? 걔가 왜?”

“으흑…… 으아앙…….”

갑자기 울음을 터뜨리며 주저앉는 채영. 난 채영이의 옆에 앉아 채영이를 달랬다.

“울지 마. 무슨 일 있어?”

“슬람이가…….”

“슬람이가 왜? 전화 왔었어?”

"슬람이가 너 준 거였는데 왜 주웠다고 거짓말했어?"

"그건……."

감출 이유가 없었는데 내가 왜 거짓말을 했을까?

"방금 전에 슬람이 만났는데 날 보더니 왜 내가 나왔냐고."

"미안해."

그때 채영이 내 손에 이하슬람의 폰을 쥐어주며 일어섰다.

"잘되면 한턱 쏴."

"잘되다니, 뭐가?"

"난 괜찮으니까 신경 쓰지 마."

"무슨 말이야?"

"난 정말 괜찮아. 그럼 월요일에 봐."

"김채영!!"

내 부름에도 채영인 뒤도 돌아보지 않고 뛰어갔다. 이하슬람, 도대체 채영이한테 무슨 말을 한 거야? 그리고 왜 또 핸드폰을 나한테 갖다 주라고 한 거지? 이하슬람!! 만나기만 해봐!!

다음날 아침 벨소리에 잠이 깼다. 눈을 뜨자 옆에서 이하슬람의 폰이 신나게 울려대고 있었다.

"여보세요?"

[누구야?]

자기가 전화해 놓고 누구라니.

"너야말로 누구야?"

[그 핸드폰 주인이다. 애마주인이냐?]

"이하슬람, 내가 그렇게 부르지 말랬지?"

[지금 당장 우리 집으로 와.]

난 이불을 걷어내고 시계를 확인했다. 아침 아홉 시 십 분.

"지금이 몇 신 줄 알아?"

[지금이 몇 신데 아직까지 자? 얼른 일어나!]

"난 일요일엔 열두 시까지 잔단 말이야."

[미쳤군! 당장 일어나서 준비하고 우리 집으로 와!]

점점 잠이 깨는 게 더 자긴 그른 것 같다.

"야! 너 어제 채영이한테 무슨 말을 한 거야?"

[나도 할 말 있으니까 빨리 오기나 해. 칸쵸 안 먹고 싶냐?]

"칸쵸? 맞다!! 칸쵸 오백 개."

[열 시까지 와. 우리 집 주소는…….]

녀석의 집 주소를 메모하고 욕실로 달려갔다. 처음 가보는 동네여서 택시를 타고 갔다. 도착한 녀석의 집은 연소네 집보다 훨씬 좋았다. 난 택시에서 내려 계단을 올라가 초인종을 눌렀다.

—누구세요?

"아, 저 슬람이 친구인데요."

—들어와요.

철컹 하고 열리는 대문을 밀고 안으로 들어갔다. 정원을 지나 현관문 앞에 서서 조심스럽게 문을 열자 인상 좋은 아줌마가 서 있었다.

"안녕하세요."

"슬람 군, 친구 왔어! 들어와요."

이하슬람 엄마인 줄 알았는데 아니네.

신발을 벗고 집 안으로 들어갔다. 거실은 난생처음 보는 장식품과 가구들로 꾸며져 있었다. 이층에서 내려오던 녀석이 날 향해 손가락을 까닥하고는 다시 올라갔다.

"올라가 봐요."

"네."

아줌마는 무슨 즐거운 일이라도 있는지 계속 웃으셨다. 이층으로 올라가자 방문 앞에 서 있는 녀석이 보였다. 회색 면 츄리닝을 한 벌로 입고 있었는데 꽤 잘 어울렸다. 귀여웠다.

"기분 나쁘게 왜 웃어?"

"네가 귀여워서."

녀석이 얼굴을 살짝 붉혔다.

"헛소리 그만 하고, 준비됐지?"

"무슨 준비?"

"칸쵸 안 먹고 싶어?"

"먹고 싶어!"

"이 안에 있으니까 열심히 해라."

갑자기 녀석이 방문을 열더니 내 등을 떠밀었다. 녀석의 손에 떠밀려 순식간에 방 안으로 들어오게 된 난 몸의 중심을 잃고 넘어지면서 누군가의 품에 안기고 말았다. 눈동자를 들어 그 사람의 얼굴을 살폈다. 짧은 스포츠 머리에 약간 그을린 얼굴, 맑고 깊은 눈이 인상적이다.

"두 사람! 언제까지 그러고 있을 거야?"

이하슬람의 말에 남자가 날 밀어내더니 옆에 있는 테이블로 가 자리를 잡고 앉으며 말했다.

"이하슬람, 시작하게 앉아."

"과외 받을 사람만 있으면 내가 아니더라도 상관없다고 그랬지? 얘가 받을 거야."

녀석이 날 가리키며 침대에 걸터앉았다.

"나? 내가 뭐?"

"칸쵸 오백 개 주면 소원 들어준다며?"

"그래."

"나 대신 과외 받으면, 올 때마다 칸쵸 오십 개씩 줄게."

잠깐, 계산 좀 해보자. 겨우 과외 열 번만 받아도 칸쵸 오백 개는 내 거? 그 비싸다는 과외를 공짜로 받는 것도 모자라 올 때마다 칸쵸 오십 개씩을 먹을 수 있다니. 이건 이하슬람의 소원이 아니라 나의 소원 성취다!!

"그냥 과외만 받으면 칸쵸 주는 거지?"

"다시 말하는 거 입 아파."

"할게. 나중에 무르기 없기다."

"과외 끝나면 칸쵸 받으러 옆방으로 와."

　말을 마친 녀석이 자리에서 일어서 방을 나갔다. 난 이하슬람이 나가자마자 남자의 맞은편으로 가 앉았다. 눈이 마주친 우린 어색하게 웃었다.

"만나서 반가워. 오빠 이름은 서원구, 나이는 스물두 살이야."

"안녕하세요, 전 황주인이에요."

"슬람이한테 이렇게 예쁜 여자 친구가 있는 줄 몰랐네?"

"여자 친구라뇨! 우리 사이엔 엄연히 칸쵸 계약이 존재해요."

원구 오빠가 보일 듯 말 듯 미소 지었다.

"근데 하기 싫으면 그만두지, 왜 나한테까지 과외를 받으라고 하는 거죠?"

"대타를 이용해서라도 죽어도 해야 할 이유가 있기 때문이지."

"죽어도 해야 할 이유요?"

"이거 슬람이가 비밀이라고 했는데."

난 몸을 앞으로 숙여 계속 얘기하라는 눈빛을 보냈다.

"어떻게 해서든 돈을 많이 써서 가난뱅이 집으로 만들 거래."

"말도 안 돼! 거짓말이죠?"

"내가 거짓말할 이유가 있을까?"

"그럼 왜 자기 집을 가난뱅이로 만들겠대요?"

"나도 거기까지밖에 몰라. 하지만 대타든 뭐든 난 대충 넘어가지 않아."

원구 오빠의 두 눈이 굳은 의지로 무섭게 불타올랐다. 이거 예감이 좋질 않다.

"난 내 할 일은 완벽히 해야 해! 준비됐지?"

오빠의 뜨거운 눈빛에 고개가 절로 끄덕여졌다.

"시작하자. 문학 중에서 아는 고전소설 전부 말해 봐."

"고전소설이요?"

"그래, 많잖아."

고전소설이라, 갑자기 잠이 쏟아진다. 난 오빠의 시선을 피해 앞에 놓인 연습장에 열심히 낙서를 했다.

"주인아?"

"모르겠는데……."

"정말 몰라?"

끄덕끄덕— 긴 한숨 소리가 들려왔다.

"만복사저포기, 홍길동전, 구운몽, 심청전, 양반전! 들어봤지?"

"음, 들어본 것 같기도 하고, 아닌 것 같기도 하고……."

"다른 건 모른다 해도 심청전은 알잖아! 인당수에 몸 던진 심청이 몰라?"

간절한 오빠의 눈빛. 알기에 고개를 끄덕였지만 몰랐다 하더라도 마찬가지로 끄덕였을 것이다.

"그런 것들이 고전소설이야. 그럼 우선 구운몽부터 시작해 보자. 구운몽은 김만중이라는 사람이 쓴 국문소설인데 현실—

꿈—현실로 짜여진 몽유 구조를 바탕으로 몽유록계 소설
의……."

오빠가 입을 연 순간부터 몸에서 힘이 빠지고 자꾸만 눈이 감
겼다. 한참을 뭐라고 중얼거리던 오빠가 책을 덮으며 말했다.

"이젠 구운몽이 무슨 글이고, 무슨 내용인지 알겠지?"

"네."

"그럼 질문할게."

질문이라는 단어에 정신이 번쩍 들었다. 기억나는 건 남자 주
인공이 바람둥이라는 것밖에 없는데 큰일났다!

"이 소설 제목인 구운몽의 의미가 뭔지 말해 봐."

"구운몽이란……."

"계속 말해."

"그러니까 구운몽이란……."

에라, 모르겠다!

"여덟 명의 여자를 가진 바람둥이 이야기."

"바람둥이? 너 지금 바람둥이라고 그랬어?"

눈물을 글썽이며 되묻는 원구 오빠. 바람둥이가 아닌가? 분
명히 여덟 명이나 되는 여자들을 만나는데.

"바람둥이라니…… 흐흑."

"오빠……?"

"내 가르침이 부족한 탓이야!"

갑자기 자리에서 벌떡 일어선 오빠가 창문으로 걸어갔다.

"이래서 무슨 선생님이 되겠다는 거냐, 서원구! 그냥 죽어버려!"

창문을 열고 밖으로 뛰어내리려는 오빠를 간신히 잡았다.

"오빠, 진정하세요!"

"놔! 난 선생님이 될 자격이 없어!!"

다시 뛰어내리려는 오빠를 잡아당겨 침대 위로 던지고 창문을 닫았다.

"십 분, 아니, 오 분만 기다려요."

오빠에게 다섯 손가락을 펴 보이고 문제집을 들고 구운몽을 읽기 시작했다.

오호라, 빙고~ 난 우연히 발견한 그것을 열심히 외운 후 문제집을 집어 던지며 당당하게 말했다.

"구운몽은 양소유와 여덟 부인 등의 아홉 등장인물이 일생 동안 누린 부귀영화가 뜬구름과 같이 헛된 것이라는 주제를 꿈이라는 형식을 통해 밝히고 있어요."

짝짝짝짝짝—

침대 위에서 감격스런 눈빛으로 내게 박수를 보내는 원구 오빠. 끝에 정리되어 있는 거 그대로 말한 건데, 말 안 하는 게 좋겠지?

훌륭하다며 내게 사탕을 쥐어주는 오빠를 배웅하고, 오빠가 가자마자 옆방으로 뛰어들어 갔다. 우와, 영화관이다! 들어간 방은 한쪽 벽면이 큰 화면으로 이루어져 있었고, 그곳에선 한 편의 영화가 상영되고 있었다.

난 헤드폰을 낀 채 소파에 편하게 누워 영화를 감상하고 있는 녀석의 뒤로 걸어가 놈의 머리를 두드렸다. 그러자 녀석이 헤드폰을 빼고 고개를 돌렸다.

"내 몸에 손대지 마!"

"과외 끝났어. 칸쵸 줘."

지 몸이 무슨 국보라도 되나? 차가운 음성으로 말한 녀석이 화면을 끄고 불을 켜자 방이 환해졌다.

"우와, 우와!!"

난 환호성을 지르며 녀석이 누워 있던 소파 앞으로 뛰어갔다. 그곳엔 아주 커다란 바구니에 칸쵸가 가득 담겨져 있었다.

"나 주려고 사다 놓은 거야?"

"어쩜 그렇게 똑같냐?"

"응? 뭐가 똑같아?"

"그런 게 있어."

"이거 나 먹어도 돼?"

귀찮다는 듯 손짓으로 먹으라고 대답하는 이하슬람. 난 우선 하나를 뜯어 칸쵸에 새겨진 그림을 감상하며 맛있게 먹기 시작했다.

쾅!!

그런데 갑자기 방문이 큰 소리로 열리면서 검은색의 타이트한 옷을 한 벌로 입은 다빈치 녀석이 나타났다. 나와 눈이 마주친 녀석이 무섭게 달려들며 소리쳤다.

"너!! 용서 못해!!"

뻔한 움직임이어서 쉽게 피했는데, 녀석이 다시 달려들어 손에 있던 칸쵸를 빼앗아갔다.

"이 칸쵸 어디서 났어?"

"저기."

난 칸쵸 바구니를 가리키며 대답했다.

"이거 내 칸쵸야!! 누가 먹으래?"

내가 이하슬람을 쳐다보자 녀석이 이하슬람 앞으로 걸어가 칸쵸를 흔들어 보이며 입을 열었다.

"내 칸쵸를 왜 쟤한테 주는 거야?"

"또 사줄 테니까 쟤 오십 개 줘."

"오십 개나?"

"백 개 더 사줄게."

백 개 더 사준다는 이하슬람의 말에 금세 표정이 밝아진 다빈치가 빼앗아갔던 칸쵸를 내밀었다.

"이거 먹고, 딱 사십구 개만 가져가."

저 많은 칸쵸가 이 녀석의 칸쵸라면 설마 녀석도? 난 칸쵸를 받아 들며 놈에게 물었다.

"너 혹시 칸쵸 좋아해?"

"세상에서 제일 좋아."

세상에서 칸쵸가 제일 좋다는 사람이 있다니. 감격스런 맘에 녀석을 안았다.

"야, 뭐야!!"

"나도 칸쵸가 세상에서 제일 좋아."

"정말?"

"응! 우리 그림 맞히기 놀이하자."

"우와, 그림 맞히기 놀이!!"

나와 녀석은 바닥에 주저앉아 칸쵸를 펼쳐 놓고 그림 맞추기 놀이를 시작했다.

"뭐게?"

"원숭이."

"땡. 토끼!"

녀석이 못 맞혔기 때문에 토끼 칸쵸는 내 거!

"그럼 이번엔 네가 맞춰."

"음, 코알라."

"우씨."

"어서 칸쵸 내놔."

난 다빈치가 들고 있던 칸쵸를 빼앗았다. 그때 이하슬람이 칸쵸 한 통을 집어 들고는 물었다.

"그거 재미있냐?"

"얼마나 재미있는데?"

"슬람이도 같이 하자."

"재미없으면 죽어."

이렇게 해서 이하슬람까지 합세해 칸쵸 그림 맞히기 놀이는 시작되었다. 잠시 후, 이하슬람이 칸쵸를 집어 던지며 소리쳤다.

"씹, 너희 지금 나 갖고 노는 거지?"

"못 맞히는 네가 바보지. 안 그래, 다빈치?"

"슬람이 바보 아닌데 왜 이렇게 못 맞히지?"

"이따위 놀이 집어치워!!"

결국 성질을 내며 방을 나가는 이하슬람. 칸쵸에 그려져 있는 토끼, 돼지, 코알라, 고양이, 코끼리를 말하는 나와 다빈치와는 반대로 생전 보지도, 듣지도 못한 몽구스, 친칠라, 레오폰, 타란튤라를 말한 이하슬람이 칸쵸를 먹는다는 건 하늘의 별 따기.

"슬람이한테 가보자."

일어서는 다빈치를 따라 방을 나자가 언성을 높여 소리치는 이하슬람의 목소리가 들려왔다.

"왜 칸쵸에 몽구스, 친칠라, 레오폰, 타란튤라 그림은 없는 거예요?"

설마 그 일로 칸쵸 회사에 전화한 건 아니겠지?

"다음부터는 내가 좋아하는 몽구스, 친칠라, 레오폰, 타란튤라 꼭 넣어요!"

들려오는 목소리를 따라 일층으로 내려가자 소파에서 분을 삭이고 앉아 있는 이하슬람의 모습이 보였다. 다빈치가 이하슬람 옆으로 달려갔다.

"슬람아, 화났어?"

"화 안 났어."

"우리만 칸쵸 먹어서 심술난 거지?"

"내 앞에서 다시는 칸쵸의 ㅋ 자도 꺼내지 마!"

자기가 못 맞힌 걸 가지고 다빈치에게 화를 내는 싸가지없는 녀석.

"이하슬람, 괜히 다른 사람에게 화풀이하는 모습 보기 안 좋아."

"뭐? 다시 한 번 말해 봐."

"누가 맞히지 말랬나?"

"야!!"

깜짝이야! 어느새 내 옆으로 온 빈치 녀석이 내 귀에 대고 크게 소리쳤다.

"슬람이 욕하지 마! 슬람이 바보 아니야!"

타악!!

"아야~"

나를 대신해 이하슬람이 다빈치 녀석의 머리를 한 대 때리며 소리쳤다.

"아줌마!"

"아줌마 없어."

아줌마를 찾는 이하슬람의 외침에 찬물을 끼얹는 다빈치의 대답.

"네가 그걸 어떻게 알아?"

"나 왔을 때 오늘은 일찍 가야 한다고 말하고 가셨어."

"제길, 그럼 다빈치 네가 밥 차려."

"밥 없어. 아줌마가 바빠 보여서 내가 슬람이 네가 하면 된다고 말했거든."

다빈치의 말에 점점 굳어지는 이하슬람 얼굴. 살아 있는 석고상이라는 이름을 붙여도 손색이 없을 정도였다.

"슬람아, 나 배고파."

다빈치 녀석, 분위기 파악이 전혀 안 되는 걸까? 보아하니 이번엔 한 대로 끝날 것 같지 않은데. 결국 심하게 구타당한 피해자는 구석에 쪼그리고 앉아 콧물을 훌쩍거렸고, 가해자는 어울리지도 않는 푸우 앞치마를 둘러매고 요리를 하기 시작했다.

잠시 후, 콧속으로 스며드는 이 향기! 잡채다!! 난 냄새가 이끄는 곳으로 걸음을 옮겼다. 옆에서 군침을 흘리며 얼쩡거리는 내게 녀석이 젓가락을 내밀었다.

젓가락을 받아 든 난 잡채 한 움큼을 집어 한입에 넣었다. 우와, 규인이랑 오빠보다 훨씬 맛있다!

"너 요리 배웠어?"

"남자새끼가 쪽팔리게 그딴 걸 왜 배워?"

"요즘은 요리 잘하는 남자가 일등 신랑감이야!"

"흠, 흠! 맛은?"

난 엄지손가락을 펴 최대한 뒤로 젖히며 잡채 맛을 표현했다.

근데 왜 이렇게 뒤통수가 따갑지? 돌아보니 다빈치가 눈이 찢어
져라 날 노려보고 있었다. 난 그런 녀석을 끌고 와 직접 잡채를
먹여줬다.

"맛있지?"

"당연하지! 누가 만든 건데."

잠시 후, 우린 식탁에 둘러앉아 잡채를 먹었다.

"이하슬람, 또 언제 오면 돼?"

"매주 금, 토, 일."

"몇 시까지?"

"잠깐! 너 정말 슬람이 좋아하는 거야?"

그릇에 얼굴을 박고 열심히 먹던 다빈치가 고개를 들며 말했
다. 지금 과외 얘기하는데, 왜 뚱딴지 같은 소리를 하는지.

"안 좋아해."

"저번에 좋아한다고 고백했잖아!"

"그거 뻥이야."

"정말? 정말 슬람이 좋아한다는 거 뻥이야?"

다빈치가 동글동글한 눈을 더 동그랗게 뜨며 물었다.

"칸쵸를 걸고 맹세해."

"그럼 슬람이네 집엔 왜 오겠다는 거야?"

"슬람이 대신 과외 받기로 했으니까."

다빈치 녀석, 이제야 상황 파악이 됐는지 다시 말없이 잡채를
먹기 시작했다.

"번호 찍어."

난 이하슬람이 내민 핸드폰을 받아 들고 번호를 찍은 후 다시 녀석에게 건넸다.

"앗! 피구왕 통키 할 시간이다!"

갑자기 다빈치가 자리에서 일어나 TV 앞으로 뛰어갔다. 그러자 이하슬람도 말없이 의자에서 일어나 거실로 걸어가 소파에 앉았다. 한 번도 TV에서 피구왕 통키 나오는 거 못 봤는데. 화면에서 눈을 떼지 못하는 녀석들 뒤로 가자 정말 TV에서 피구왕 통키가 나오고 있었다.

"이거 몇 번에서 나오는 거야?"

"31번."

"31번? 31번 채널도 있어?"

"너희 집 케이블 안 달았지?"

아, 예전에 규인이가 오빠한테 케이블 달자고 한 게 이거였구나. 오빠가 안 된다고 해서 나쁜 건 줄 알았는데 좋은 거잖아? 다음에 규인이랑 같이 졸라봐야겠다.

피구왕 통키에 정신을 빼앗겨 시간 가는 줄 몰랐는데 어느덧 저녁 여섯 시 이십 분. 큰일났다! 일곱 시까지 집에 도착하지 못하면 난! 서둘러 이층 이하슬람 방에서 가방을 가지고 내려왔다.

"가냐?"

"나 일곱 시까지 안 가면 큰일나!! 맞다! 칸쵸!"

하마터면 제일 중요한 칸쵸를 안 가져갈 뻔했네. 난 다시 이층으로 올라가 칸쵸 사십구 개를 가방에 넣고 내려왔다.

"그럼 얘들아, 안녕~"

그리곤 뒤도 안 돌아보고 녀석의 집에서 나와 달렸다. 그러나 얼마 안 가 뛰는 걸 멈추고 주위를 둘러봤다. 길을 몰라 올 때 택시 타고 왔다는 사실이 왜 이제야 생각이 나는 걸까?

우리 집에서 여기까지 택시를 타도 삼십 분인데. 다시 이하슬 람 집으로 가려 해도 너무 많이 와버려서 어디가 어딘 줄 모르겠다. 시간은 점점 흘러 여섯 시 사십 분. 이제 일곱 시까지 남은 시간은 겨우 이십 분!!

빠앙!!

시계만 쳐다보며 발을 동동 구르는 그때, 뒤에서 클랙슨이 울렸다. 돌아보니 오토바이를 타고 있는 다빈치 녀석이 보였다. 살았다! 난 얼른 뛰어가 오토바이에 올라탔다.

"타라는 말도 안 했는데 왜 맘대로 타?"

"빨리 출발해."

"싫어!"

"나 일곱 시까지 가야 한단 말이야."

녀석의 목을 잡고 흔들어보았지만, 전혀 출발할 기미가 보이지 않았다. 벌써 여섯 시 사십삼 분 삼십오 초. 안 되겠다, 폭력을 사용해서라도 출발하게끔 만드는 수밖에.

"내가 왜 이러는지 이해할 수 없지만 꽉 잡아."

이상한 말을 한 녀석은 오토바이를 출발시켰다. 숨 쉴 수 없을 정도의 빠른 속도로 달리는 오토바이. 이 느낌, 오랜만이다.

"너희 집 어디야?"

"장서동 726—7번지."

어느 정도 달렸을까? 바람의 저항이 차츰 줄어들더니 오토바이가 멈췄다.

"다 왔어."

벌써? 몇 분 만에 온 거지? 핸드폰을 꺼내 시간을 확인했다. 여섯 시 오십삼 분! 거기에서 여기까지 단 십 분 만에 오다니.

"다빈치, 고마워! 다음에 주먹 쓸 일 있으면 말해."

"싸움은 나쁜 거야."

"오토바이도 나빠."

"아니, 좋아. 달리면 잊을 수 있으니까. 내가 원하는 곳이면 어디든 데려다 주니까."

어딘가 모르게 쓸쓸해 보이는 녀석의 얼굴과 목소리. 왜 이렇게 가슴이 아프고, 답답하지? 빈치의 작고 여린 뒷모습에 자꾸 심장이 따끔따끔거렸다. 난 녀석을 등을 시원하게 한 대 때리고 오토바이에서 내리며 말했다.

"다빈치! 난 언제나 네 편이야."

지금 상황과 전혀 맞지 않는 말이지만 왠지 녀석에게 해주고 싶었다.

"그럼 정식으로 친구 해."

“정식으로 친구?”

“응, 칸쵸친구.”

말을 마치고 환한 미소를 짓는 녀석. 난 그런 녀석을 향해 똑바로 서 손을 뻗었다.

“황주인이야.”

“난 다빈치.”

잡은 빈치의 손은 따뜻하고 부드러웠다.

“어? 여섯 시 오십구 분이다.”

녀석이 시계를 보더니 소리쳤다.

“일 분!! 그럼 다음에 보자. 안녕~”

“빠빠~”

녀석에게 손을 흔들어 보이며 집으로 뛰어들어 왔다. 이미 규인이와 오빠 식탁에 앉아 있었다. 내가 조용히 규인이 옆에 앉자 오빠가 젓가락을 들어 식사를 시작했다.

내가 일곱 시까지 와야 했던 이유가 바로 이것이다. 다른 날은 몰라도 일요일 저녁 일곱 시에는 항상 가족이 모두 모여 저녁을 먹는다. 엄마, 아빠가 살아 계셨을 때부터 지켜오던 우리 가족만의 약속. 밥을 먹는 내내 누구 하나 입을 열지 않았다.

식사를 마치고, 오빠 자신의 방으로 가 공부를 시작했다. 규인이 녀석은 식탁 의자에 그대로 앉아 설거지하는 날 쳐다봤다.

“어젠 말도 없이 그냥 가고, 오늘은 하루 종일 어디 있었어?”

“어제는 약속이 있었고, 오늘도 약속이 있었어.”

“아까 안 들어오는 건 아닌가 하고 얼마나 가슴 졸였는 줄 알아?”

“미안, 미안.”

“누가 미안하다는 소리 듣고 싶데?”

고무장갑을 벗고 뒤돌아 규인이를 바라보며 말했다.

“나 오늘 칸쵸 오십 개 받았다?”

“오십 개? 그렇게 많은 걸 누가 줘? 사실대로 말해.”

“감히 누나 말을 못 믿다니.”

녀석의 머리를 쥐어박고 가방에서 칸쵸 열 개를 꺼내 녀석의 앞에 놓았다.

“먹어.”

“왜 이래?”

“먹기 싫어?”

“지금까지 칸쵸 한 개조차 그냥 주지 않던 사람이 갑자기 한 통 전체를 열 개씩이나 주는데 그냥 받을 수 있겠어?”

내가 그랬었나? 하긴 난 칸쵸라면 눈에 보이는 게 없으니까.

“황규인, 줄 때 받아.”

“부탁이나 조건이 있는 뇌물은 아니지?”

“규인아?”

난 웃으면서 천천히 녀석의 머리를 쓰다듬었다.

“잘 먹을게.”

“누나가 특별히 주는 거니까 맛있게 먹어.”

　말을 마치고 가방을 들고 내 방으로 들어왔다. 그리고 책상 옆에 있는 칸쵸 상자에 삼십구 개의 칸쵸를 넣고 침대에 누웠다.

　보여? 널 위해서 이렇게나 많은 칸쵸를 모았어. 혼자 먹는 칸쵸는 맛이 없어서 너랑 같이 먹으려고 이렇게나 많이 모았는데. 너랑 같이 먹고 싶어서…… 너랑 같이…….

제3장

다음날인 월요일 아침, 평소보다 일찍 집을 나서 연소네 집으로 향했다. 집 앞에서 녀석이 나오기를 이십 분 넘게 기다렸지만 나오지 않아 자리에서 일어서는데 차고 문이 열리면서 차 한 대가 빠져나왔다. 내리막길을 가던 차가 멈추더니 연소 녀석이 내렸다. 가까이서 본 녀석의 얼굴은 이틀 전보다 많이 창백했다. 마음이 아팠지만 웃으면서 인사를 했다.

"좋은 아침!"

"여긴 어쩐 일이야?"

"너랑 같이 학교 가려고. 자, 출발!!"

국연소의 손을 잡고 걸음을 옮겼다. 국연소, 너 왜 이렇게 말

랐냐? 나 약한 사람은 싫은데.

학교에 거의 도착했을 즈음 녀석이 바닥에 주저앉았다.

"조금만 쉬었다 가자."

"힘들어? 내가 업어줄까?"

내 말에 녀석이 자리에서 벌떡 일어서더니 걷기 시작했다. 난 녀석의 옆으로 다가가 다시 말했다.

"힘들면 말해, 업어줄게."

"하나도 안 힘들어."

"그럼 왜 쉬었다 가자고 그랬어?"

"네가 힘들어하는 것 같아서."

어설픈 놈의 변명에 웃음이 났다. 교문을 통과하고 학교 건물 뒤쪽으로 걸어가 뒷문으로 들어선 그때, 양동이를 들고 우리 앞에 서 있던 여자가 국연소를 향해 물을 끼얹었다. 때문에 연소 옆에 있던 나 역시도 물세례로 교복이 젖었다.

"뻔뻔하게 다시 학교를 다니다니. 성희가 누구 때문에 죽었는지 벌써 잊은 모양인데, 앞으로 똑똑히 기억나게 해주지."

증오로 가득한 눈빛으로 연소를 노려보던 여자가 뒤돌아 사라졌다. 멈춰 선 자리에서 얼어붙은 듯 꼼짝도 안 하는 국연소의 팔을 잡아끌었지만 움직이지 않았다.

"교복 말리러 가자."

다시 한 번 녀석을 잡아끌어 옥상으로 올라갔다. 교복 재킷을 벗어 난간 위에 놓고, 가방을 바닥에 깔고 앉았다.

“앉아.”

멍한 눈으로 날 내려다보고 있는 녀석을 향해 옆자리를 가리키며 말했다. 내 옆에 앉는 녀석에게서 파란 하늘로 시선을 옮겼다.

“저기 봐봐, 저 구름 뭐 같아?”

대답을 기대하지 않고 말했는데,

“종이 비행기.”

작고 힘없는 목소리로 대답하는 연소.

“종이 비행기? 난 큐피트 화살 같은데?”

“종이 비행기야.”

“왜?”

“성희에게 쓴 편지가 종이 비행기로 바뀌어 날아가니까.”

아까 그 여자 입에서 나온 성희라는 이름이 연소의 입에서도 나왔다. 난 다시 한 번 그 구름을 쳐다봤다. 정말 종이 비행기가 어딘가로 날아가는 모습 같았다. 그리곤 고개를 돌려 천천히 연소의 옆모습을 살폈다. 이상하다. 왜 자꾸 연소가 그 녀석이랑 겹쳐질까? 느낌부터가 다른 두 사람인데.

“기분 나빠.”

“…….”

“기분 나쁘다고.”

“왜?”

왜냐고 조심스레 묻는 녀석.

“닮아서, 너무 닮아서. 하지만 미안하기도 하고 설레기도 해.”

“그래.”

“미안해.”

“뭐가?”

“너한테 하는 말 아니야.”

미안하다는 말, 용서해 달라는 말. 수백 번, 수천 번, 수만 번 해도 소용없겠지?

“작년 이맘때쯤이었나?”

연소가 종이 비행기 구름에 시선을 둔 채 입을 열었다.

“성희라는 아이가 있었어. 웃는 게 밝고, 참 예뻤어.”

나 역시도 하늘을 바라보며 녀석의 목소리에 귀를 기울였다.

“몸이 약하다는 이유만으로 입학 당시부터 날 괴롭히는 아이들이 있었는데 성희가 그런 날 도와주면서 친구가 되었어. 너처럼.”

난, 약한 녀석은 싫으니까.

“몸이 아파 며칠씩 학교에 가지 못하면 항상 찾아왔고, 나랑 어울린다고 같은 취급을 당해도 언제나 내 옆에 있어줬어. 그런데…….”

녀석의 목소리가 차츰 떨려왔다.

“그런데 성희가 며칠 동안 학교에 나오지 않아 집으로 찾아가 보니 성희는 이미 떠나고 없었어. 성폭행을 당해 자살을…….”

끝내 말을 잇지 못하고 울먹이는 녀석을 안았다.

"네 잘못이 아니잖아."

"아니, 성희를 성폭행한 놈들이 바로 날 괴롭히던 놈들이었어. 나 때문에…… 내 편을 들어줘서 그렇게……."

그래서 네가 그랬던 거구나. 나도 성희라는 아이처럼 될까 봐. 하지만 난 강해. 몸도, 마음도 강해. 특히 마음이, 마음이 강해.

"황주인, 알아들었으면 이제 그만 해."

"어쩌지? 오히려 더 네 곁에 있고 싶어졌어."

"그만 해! 더 이상 날 괴롭히지 마, 제발!"

"성희한테 용서 구하고 싶지 않아? 용서받고 싶지? 그럼 강해져야지!"

자리에서 일어서 녀석을 향해 소리쳤다. 닮지만 않았어도, 닮지만 않았어도 나도 너 같은 거 신경 쓰지 않았을 거야. 하지만 보면 볼수록 잊고 싶은 기억들이 내 숨통을 조여와. 널 대신해서라도 용서받고 싶은 걸까? 용서받을 수만 있다면, 그럴 수만 있다면.

녀석을 홀로 두고 옥상에서 내려와 교실로 들어왔다. 책상에 가방을 내려놓기도 전에 채영이가 내 등을 있는 힘껏 치며 말했다.

"어때? 진전은 있어?"

"채영아, 너무 아프다."

“엄살 피우지 말고 빨리 말해 봐.”

“뭘?”

“슬람이 안 만났어?”

아, 토요일에 그 녀석 때문에 채영이가.

“김채영, 너야말로 그놈한테 무슨 소리 들은 거야?”

“아무것도.”

“거짓말해서 미안해.”

“뭐가? 나야말로 슬람이랑 단둘이 만나고, 얘기도 해봐서 좋았어.”

거짓말.

“채영아, 나 이하슬람이랑 약속 때문에 핸드폰 받은 거야. 그것뿐이니까 걱정하지 마.”

“정말? 정말 약속 때문에 받은 거야? 다른 이유는 없고?”

“사실 칸쵸가 걸린 약속이었거든.”

“뭐라고? 이 칸쵸귀신!!”

기뻐하는 채영이의 얼굴을 보니 마음이 놓였다. 이하슬람, 싸가지없는 게 맘에 안 들지만 요리도 잘하고, 채영이가 이렇게 좋아하니 연결시켜 줘야겠다.

1교시 시작 전에 들어온 연소와 마지막 수업까지 말 한 번, 눈 한 번 마주치지 않았다. 하지만 종례를 마치고 자리에서 일어나 교실을 나가기 전, 녀석에게 큰 소리로 말했다.

“국연소, 내일도 웃는 얼굴로 보자!”

오랜만에 삼총사와 밖으로 나와 이곳저곳을 구경하고, 떡볶이를 마지막으로 먹고 각자 집으로 향했다. 충동구매로 산 큐빅 핀 때문에 차비가 모자라 먼 길이었지만 걸어서 갈 수밖에 없었다.

빠른 길로 가기 위해 골목으로 들어왔는데 얼마 안 가 휠체어를 타고 있는 남자가 놀이터 문턱을 넘기 위해 안간힘을 쓰고 있는 모습이 보였다. 저런 사람들은 자존심이 강해 도와주는 걸 싫어할 텐데.

그러나 오 분이 넘도록 휠체어는 밖으로 나오지 못했다. 내가 다가오는 걸 느꼈는지 남자가 내 쪽으로 고개를 들었다. 그리곤 뜻하지 않게 웃으면 먼저 말을 걸어왔다.

"괜찮으시면 좀 도와주시겠어요?"

가까이서 보니 상당히 어려 보인다. 중학생 정도? 그리고 꽤 괜찮은 얼굴이었다. 난 웃음으로 대답하며 휠체어 뒤로 가 손잡이를 잡고 앞바퀴를 든 다음 힘을 주고 밀었다. 간단하게 문턱을 넘기고 남자에게 물었다.

"집이 어디예요?"

"이쪽으로 조금만 가면 나와요. 감사합니다."

"저도 그쪽으로 가던 길이었는데 같이 가요."

계속 휠체어를 밀어줄까 하다 이내 생각을 접고 그 남자 옆에서 나란히 걸었다.

"어려 보이는데 몇 살이에요?"

"열여섯 살이요."

“어? 내 동생이랑 동갑이다.”

“그래요? 그럼 말 놓으세요.”

웃는 게 어쩜 이리 해맑을까? 꾸밈이 전혀 없는 순수한 미소
였다.

“겨우 한 살 차이니까 너도 말 놔.”

“그래도 괜찮을까요?”

“말 놓고 싶어하는 거 다 알아.”

“헤헷— 누나 눈치 짱이다.”

처음 만난 사이라고는 믿기지 않을 정도로 서슴없이 대화하
며 가던 도중, 녀석이 멈춰 서며 말했다.

“다 왔다.”

“응?”

“여기가 우리 집이야.”

녀석의 손을 따라 옆으로 몸을 돌렸다. 어? 이 집은? 난 녀석
을 바라보며 물었다.

“여기가 너희 집이라고?”

“응!”

“너희 형 사성공고 다니지?”

“어? 누나가 그걸 어떻게 알아? 우리 형 알아?”

이 녀석이 그 녀석의 동생이라니. 약간 비슷하게 생긴 것 같
지만 느낌이나 분위기가 너무 다르다.

“혹시 누나, 우리 형 여자 친구야?”

"그냥 아는 사이. 지금 집에 형 있겠다?"

"없어. 우리 형 매일 아르바이트해서 밤 열두 시 넘어서 들어와."

"아르바이트? 무슨 아르바이트?"

"그건 형이 안 가르쳐 줘서 몰라. 나 혼자라서 심심한데 누나 놀다 가라."

근사한 집 구경을 공짜로 할 수 있다는 생각에 녀석을 따라 집으로 들어갔다. 하지만 의리의리한 외관과는 달리 단순하고, 아담한 거실 풍경.

"누나, 뭐 마실래?"

"시원한 물."

"물 말고 피부에 좋은 당근 주스 마셔."

"당근 주스 싫어."

싫다고 분명히 말했는데 이따만한 컵에 당근 주스를 가득 담아온 녀석. 다른 손엔 콜라가 들려 있었다.

"나 콜라 마실래."

"안 돼."

"그럼 물 줘."

"나처럼 건강에 피부까지 생각해 주는 사람도 없으니까 고맙게 생각하고, 조금도 남기지 말고 다 마셔."

어쩔 수 없이 당근 주스를 받아 들긴 했지만 손이 움직이질 않았다. 어릴 적 당근 주스 마시고 체한 이후론 당근조차 거들 떠보지 않는다.

"빨리 마셔."

그런 나의 사정도 모르고 계속 마시라고 재촉하는 이 녀석. 에이, 죽기야 하겠어? 건강에 좋다는데. 한 손으로 코를 막고 당근 주스를 원샷했다.

"우와, 난 맛없어서 안 먹는데 되게 잘 마신다~ 더 줄게."

맛없어서 안 먹는 걸 나한테 억지로 먹여? 내가 그냥 당하고만 있을 줄 알고? 냉장고로 뛰어가 당근 주스 통을 통째로 꺼내 들고 녀석 앞에 섰다.

"누나, 그거 다 마시려고? 당근 주스가 그렇게 좋아?"

"이거 먹을 사람~ 내가 아니라 너야. 자, 입 벌려."

"나 당근 알레르기 있어!"

누가 그런 말에 속을 줄 알고? 내가 규인이 자식한테 얼마나 많이 당했는데. 안 속아!! 도망가는 녀석을 잡아 당근 주스를 먹였다.

"어때? 맛있지? 피부에도 좋고 건강에……."

난 차마 말을 잇지 못하고 황급히 녀석에게서 몸을 뗐다. 녀석의 얼굴과 목이 씨뻘겋게 변하기 시작했다.

"으악, 간지러워!!"

그리곤 윗옷을 벗어 이곳저곳을 긁기 시작하는 녀석.

"너, 알레르기 사실이었어?"

"왜 사람 말을 못 믿어? 한 시간 동안 가렵단 말이야!!"

빨개져 두드러기가 난 녀석의 몸을 보고 있자니 미안함에 고개가 숙여졌다. 이게 다 황규인 때문이야!!

"뭐 해? 빨리 긁어!"

"어딜?"

"내 몸!!"

난 열심히 온몸을 긁고 있는 녀석의 뒤로 가 등을 긁기 시작했다.

"좀 더 빡빡 긁어!"

"이렇게?"

"아니, 더 세게!!"

세게라는 말에 힘을 주어 긁었더니 다섯줄로 길게 살이 벗겨지고 말았다.

"시원하다. 지금처럼 긁어."

"괜찮아? 안 아파?"

"시원해. 그러니까 그런 식으로 긁어."

"피 나오는데도 괜찮아?"

내 말이 끝나기가 무섭게 녀석이 손을 뒤로 뻗어 피가 나오는 곳을 만진 후, 눈으로 확인하고는 괴성을 질렀다.

"누나—!!"

피 사건 이후로 얌전히 소파에 앉아 혼자 열심히 긁고 있는 녀석을 바라봤다. 시간이 지나자 몸이 차츰 정상적인 색을 찾기 시작했다. 심심함에 자리에서 일어나 집 탐험에 나섰다.

  '멋쟁이 하세 방'이라는 푯말이 붙여져 있는 문. 저 녀석 이름인 모양이네? 문을 열자 온통 여자 사진들로 도배가 되어 있었다. 중간중간 선정성이 짙은 사진들도 눈에 띄었다. 규인이가 이 방에 들어오면 기절하겠군.

  문을 닫고 하세 방 앞에 '노크'라는 푯말이 붙어 있는 방문을 열었다. 보아하니 호세의 방 같았다. 잘 들어가진 않지만 오빠 방보다 더 깔끔하게 정리되어 있었다. 그리고 책들이 정말 많았다.

  "형 알면 죽어. 얼른 나와."

  "호세 책 읽는 거 좋아하나 봐?"

  "밥은 안 먹어도 하루에 책 한 권은 꼭 읽어."

  "난 책만 보면 졸리던데."

  "우리 형 누가 자기 방에 들어왔었는지 다 아니까 빨리 나와."

  방을 나와 거실로 가자 뻐꾸기 시계가 아홉 시를 알렸다. 벌써 시간이 이렇게 됐나? 그냥 가자니 혼자 이 큰 집에 있을 하세가 걸렸다. 어차피 오빠도 늦게 들어오는데 조금만 더 있다 가자.

  "하세야, 배 안 고파?"

  "내 이름 어떻게 알았어?"

  "멋쟁이 하세 방."

  "혹시 내 방 봤어?"

"그 여자들은 좋겠다~ 네게 사랑도 받고."

"부러우면 누나 사진도 줘. 기왕이면 끈 비키니 수영복 입은 사진으로."

귀여운 녀석, 내 주먹이 근질근질한 건 어떻게 알아가지고. 이번엔 등짝이 아니라 코에서 피가 나오게 해주겠어! 녀석을 향해 손을 뻗는 순간, 현관문이 열리며 호세가 들어왔다.

"형, 왜 벌써 들어와?"

"일찍 끝났어. 들어와."

호세의 뒤를 따라 집으로 들어오는 귀엽게 생긴 여자 아이.

"누구야?"

하세가 눈짓으로 그 여자를 가리키며 물었다.

"같이 일하는 친구. 근데 넌 어떻게 우리 집에 와 있는 거냐?"

날 보는 둥 마는 둥 하며 말하는 호세의 모습에 괜스레 화가 났다.

"너 보러 온 거 아니야!"

"그럼?"

"날 도와줬어."

날 대신해 하세 녀석이 대답했다.

"지금 이 시간까지 집에 안 들어가도 부모님이 걱정 안 하시나 봐?"

내가 호세에게 무슨 잘못이라도 했나? 핸드폰 준 그때도 그렇고, 지금도 차가운 눈빛과 말투로 날 대하는 피호세.

“이쪽으로 와.”

무심히 날 지나친 녀석은 같이 온 여자와 함께 자기 방으로 들어갔다. 피호세, 치사해서 간다, 가!! 가려고 걸음을 옮겼지만 호세 방 앞에서 몰래 엿듣고 있는 하세 녀석이 보였다. 단둘이 저 방에서 뭘 하는 걸까?

현관으로 향하던 걸음을 호세 방으로 돌렸다. 내가 가까이 다가가자 하세가 손가락으로 조용히 하라는 행동을 취했다. 손으로 알았다고 대답하고 하세와 함께 문에 귀를 가져다 댔다. 아무 소리도 들리지 않아 귀를 아예 문에 찰싹 붙인 순간, 벌컥 하고 문이 열렸다. 그와 함께 내 몸은 중심을 잃고 딱딱하고 차디찬 바닥에 중심을 잃고 그대로 꼬꾸라졌다.

“아얏—”

“피하세, 애 데리고 네 방으로 들어가.”

억양은 없었지만 화난 듯한 호세의 목소리. 얼굴을 살짝 들어올리는데 의자에 앉아 있는 여자 아이와 눈이 마주쳤다. 난 어색한 미소를 지으며 자리에서 일어났다.

“피하세!”

“누나, 나와.”

“아, 응.”

내겐 시선 한 번 주지 않는 호세 옆을 지나 방을 나왔다. 그리고 수많은 여자들이 있는 하세 방으로 들어갔다. 난 이번엔 여자들을 자세히 살피며 침대에 앉았다.

"이 많은 사진들은 다 어떻게 구한 거야?"

"취미 생활."

"어디서? 어떻게?"

"사나이만의 비밀이야."

탁—!!

옆에 있는 브로마이드 뭉치로 하세 녀석의 머리를 내려쳤다.

"왜 때려?"

"나만의 비밀이야."

"뭐?"

무슨 말도 안 되는 소리냐는 표정으로 머리를 감싸 쥐던 녀석이 손으로 턱을 괴며 말했다.

"흠, 수상해."

"뭐가?"

"우리 형."

"호세? 호세가 왜?"

대답은 안 하고 고개만 갸우뚱거리는 하세.

"뭐가 수상하다는 거야? 말해 봐."

"집에 여자 데려온 거 처음이야."

"그게 왜?"

"여자한테 관심도 없던 형이야. 누굴까? 좋아하는 여자? 아니면 여자 친구?"

관심도 없는데 집에 여자를 데리고 왔다? 그럼 하세 말처럼 좋아하는 여자거나 여자 친구일 가능성이 높다.

잠시 후, 밖에서 문이 열리고 이내 닫히는 소리가 들려왔다. 눈이 마주친 우린 누가 먼저랄 것도 없이 방을 나왔다.

"형, 같이 온 누나는?"

"갔어. 밥 먹었어?"

"아니, 형은?"

"아직."

아까는 하세가 혼자 있어서 같이 있어주려고 했지만 이젠 호세가 왔으니 가야겠다 싶었다.

"나 그만 갈게."

"누나, 저녁 먹고 가."

"됐어. 둘이 오순도순 맛있게 먹어."

사람이 간다는데 호세 녀석, 주방에서 뭘 하는지 뒤 한 번 돌아보지 않는다. 그래서 일부로 크게 소리치며 말했다.

"하세야, 누나 진짜로 갈게!!"

그러자 호세 녀석이 몸을 돌려 나에게 오라고 손짓했다. 녀석의 앞으로 걸어가자 말없이 계란 두 개를 내미는 녀석.

"뭐야?"

"계란 후라이."

"계란 후라이가 뭐?"

"설마 계란 후라이도 못 하는 건 아니겠지?"

녀석이 가스레인지 위에 기름을 두른 프라이팬을 올려놓고는 감자를 깎기 시작했다. 지금 나보고 계란 후라이를 하라는 소린가? 내가 아무리 요리를 못한다고 하지만 계란 후라이조차 못할까 봐? 가스레인지에 불을 켜고 잘 달구어진 프라이팬에 계란을 깼다. 계란이 지글지글 소리를 내며 익어갈 때쯤 그 위에 소금을 뿌렸다. 하지만 너무 조금 뿌린 것 같아 더 뿌리려다 그만 뚜껑이 열리면서 소금이 왕창 쏟아졌다. 옆에서 당근과 양파를 썰던 호세와 눈이 마주쳤다.

"헤헷—"

결국 난 주방에서 쫓겨나 하세와 함께 음식이 완성되기를 기다렸다. 잠시 후, 김이 모락모락 나는 음식들이 놓인 식탁에 앉았다.

"누나, 많이 먹어."

"응, 하세도 많이 먹어."

젓가락을 들고 밥그릇 옆에 있는 계란 후라이를 조금 떼어 입에 넣었다.

"윽! 뭐야~"

"왜, 누나?"

난 대답 대신 호세를 노려봤다.

"자신이 만든 건 자신이 먹어야지."

"이렇게 짠 걸 어떻게 먹어?"

"함부로 음식 버리면 벌받아."

나 또한 음식을 남기거나 버리는 걸 싫어한다. 하지만 이 계란 후라이는 진짜 짠데. 난 눈이 마주친 하세에게 계란 후라이를 가리키며 말했다.

"하세야~ 이거 맛 좀 볼래?"

"NO!"

"우선 먹어봐!"

"나 계란 알레르기 있어! 절대 안 돼!!"

의심스러웠지만 몇 시간 전에 있었던 당근 주스 사건이 떠올랐다. 한 개도 아닌 두 개나 되는 소금 범벅 계란 후라이를 어떻게 먹지? 우선 계란을 반으로 자르고 밥을 한 숟가락 가득 떴다. 숨을 크게 한번 들이마시고 반쪽 계란을 입에 넣고 곧바로 밥도 입에 넣었다. 그리고 씹지 않고 그냥 삼켰다. 나머지 반쪽 계란 역시 같은 방법으로 먹고 나니 목이 메었다.

"캐캑캑—"

"미련하기는."

호세 녀석이 물이 든 컵을 건네며 말했다. 난 컵을 받아 들고 물을 마셨다. 아, 이제야 살 것 같다. 하지만 아직도 입 안 어딘가에서 짠맛이 강하게 느껴졌다.

밥을 다 먹어갈 때쯤, 뻐꾸기가 열 시를 알렸다. 규인이 녀석, 혼자 있는 거 싫어하는데 큰일이다! 남은 밥을 한 번에 다 먹고 의자에서 일어섰다.

"잘 먹었어, 나 이만 갈게."

"조금만 더 놀다 가~"

하세 녀석이 내 교복 치마를 잡아당기며 말했다.

"다음에 또 놀러 올게."

"정말? 그럼 약속."

녀석과 새끼손가락까지 걸어 약속하고 현관으로 걸어갔다.

"하세, 호세! 안녕~"

"누나, 잘 가~ 다음에 꼭 놀러 와~ 아니, 내일 놀러 와!"

하세 녀석의 외침을 뒤로하고 재빠르게 밖으로 나와 집으로 달려갔다.

다음날 아침, 아직까지 화가 안 풀렸는지 규인이 녀석이 말도 없이 먼저 집을 나갔다. 어제 집에 들어갔을 때, 녀석은 이미 삐쳐 있었다. 녀석의 화를 풀 방법을 생각하며 걷다 보니 어느새 학교에 도착했다. 교실로 들어가 비어 있는 연소 자리를 쳐다보며 가방을 내려놓는데,

"6반 반장, 너희 담임이 내려오래!"

날 찾는 목소리가 들려왔다. 교실을 나와 일층에 있는 교무실로 가기 위해 계단에 발을 내디디는 순간, 갑자기 뒤에서 누군가가 내 등을 힘껏 밀었다. 난 피할 틈도 없이 그대로 계단에서 굴러 떨어졌다.

"으윽―"

순간적으로 감긴 눈을 떠 계단 위를 바라보았다. 한 여자애가 얼핏 보였는데 이내 사라졌다. 난 상체를 일으켰다. 으아, 온몸

이 쑤신다. 계단 옆에 있는 손잡이를 잡고 일어서려는 찰나 누군가가 내 팔을 잡아당겨 몸을 일으켜 주었다. 굳이 보지 않아도, 말하지 않아도 알 수 있는 익숙한 향기, 익숙한 느낌. 혹시라도 걱정할까 아픈 몸과는 반대로 웃으면서 인사했다.

"좋은 아침!"

하지만 녀석은 눈조차 마주치지 않고 날 부축하며 계단을 내려가기 시작했다. 일층에 도착하고, 내가 가려는 곳이 교무실인 걸 어떻게 알았는지 교무실 쪽으로 향하는 연소 녀석. 난 교무실 앞에서 걸음을 멈추고 말했다.

"고마워."

그리고 몸을 돌려 교무실로 들어가려는 순간 녀석이 다시 내 팔을 잡고 복도 끝으로 걸어가기 시작했다.

"국연소, 어디 가는 거야?"

"……."

"나 담임한테 가봐야 해."

연소가 날 데리고 간 곳은 양호실. 갑자기 처음 연소를 만나 이곳까지 업고 온 일이 생각났다. 그땐 내가 녀석을 데리고 왔는데 오늘은 상황이 바뀌었네? 우리가 양호실로 들어가자 방금 전에 왔는지 분주하게 물품을 정리하는 양호 선생님이 보였다.

"무슨 일이니?"

"계단에서 굴렀어요."

"어머, 어쩌다가? 괜찮니?"

걱정스런 얼굴로 우리 앞으로 걸어온 양호 선생님이 연소 몸을 살피기 시작했다.

"제가 아니라 얘가 다쳤어요."

연소가 옆에 있는 날 가리키며 말하자 양호 선생님이 어색하게 웃으며 연소 볼을 꼬집었다.

"알고 있었어. 그래, 아픈 곳은?"

양호 선생님의 질문에 그 자리에서 몸을 움직이며 아픈 곳이 없다는 걸 증명했다.

"정말 계단에서 구른 거 맞니?"

"발을 헛디뎌서 살짝 굴렀어요."

"지금은 괜찮을지 모르지만 나중에 증상이 나타나는 경우가 많으니까 아프면 바로 병원에 가봐."

"네, 그럼 가보겠습니다."

정중하게 인사를 하고 연소를 끌고 양호실을 나왔다. 난 아직까지도 굳은 얼굴로 있는 녀석의 어깨에 팔을 둘렀다.

"어제 내가 한 말, 벌써 잊은 거야?"

"미안해."

"웃는 얼굴로 인사하자고 했잖아. 생각나지?"

"우리 그만 하자."

가슴이 답답하다. 떠난다, 또다시 떠나간다.

"국연소, 난 말이야. 이젠 절대 보내지 않을 거야. 억지로라도 꼭 붙잡고 있을 거야."

“무슨 말이야?”

“나, 내 욕심으로 널 잡아도 되지?”

연소의 얼굴을 보면 간신히 추스른 마음이 한순간에 풀어질까 다른 곳을 바라보며 말했다.

“황주인, 난 말이야. 이젠 보낼 거다. 심한 상처를 줘서라도 꼭 내 곁에서 떠나보낼 거야.”

“그럼 우린 극과 극이네? S극과 N극은 아무리 떨어지려 해도 붙는데 어쩌지? 난 담임한테 가봐야 하니까 먼저 올라가.”

말을 마친 난 교무실로 들어가 담임 앞으로 걸어갔다.

“선생님, 부르셨어요?”

“어? 안 불렀는데?”

“네? 안 부르셨어요?”

“그래. 내가 널 부른다고 하던?”

“아니에요, 제가 잘못 들었나 봐요.”

계단을 구를 때 잠깐이지만 내 등을 민 아이의 얼굴을 봤다. 그럼 그 아이가 일부로?

점심 시간, 밖으로 나가 밥을 먹자는 삼총사의 성화에 못 이겨 나왔는데 너무 춥다. 하지만 삼총사는 연신 날씨가 좋다는 말을 내뱉었다.

“참, 주인아!”

완선이와 어제 본 드라마 얘기에 삼매경이던 채영이가 날 불렀다.

“왜?”

“슬람이랑 했다는 약속, 뭐야?”

“그 녀석 대신 과외 받는 거.”

“과외? 슬람이네 집에서?”

내가 고개를 끄덕이자 채영이가 젓가락을 내려놓고 내 옆으로 바짝 붙었다.

“어떻게 하다 슬람이 대신 과외를 받게 된 거야?”

난 차근차근 그때의 일을 설명했다. 물론 녀석에게 좋다고 소리친 건 빼고 말이다.

“근데 여자 싫어하는 슬람이가 왜 너한테 폰을 줬을까?”

“과외 받기 싫어서 그랬겠지.”

“그런가? 그럼 슬람이네 집에 가봤어?”

“응.”

“정말? 부럽다! 슬람이네 집도 가보구.”

둘이 잘되려면 자주 만나는 게 좋겠지?

“금요일에 과외하러 슬람이네 집에 가는데 같이 갈래?”

“뭐? 정말? 나도 가도 돼?”

“당연하지! 넌 내 친구잖아.”

좋아서 펄쩍펄쩍 뛰던 채영이가 갑자기 침울한 표정을 지으며 말했다.

“만약 저번처럼 나보고 왜 왔냐고 소리치면? 나 슬람이에게 그 소리 또 들으면 죽을지도 몰라.”

"걱정 마! 그 싸가지없는 자식, 내가 확실하게 혼내줄게."

"안 돼!! 슬람이 때릴 거면 차라리 날 때려."

우리 둘의 대화를 지켜보던 수지와 완선이가 고개를 좌우로 저으며 도시락을 챙겼다.

"채영아, 갈 거지?"

"당연하지!"

"누구는 좋겠다~ 그만 들어가자."

완선이가 자리에서 일어서며 말하자 수지와 채영이가 자리에서 일어섰다. 나 역시도 도시락을 챙겨 일어난 후, 삼총사와는 반대 방향으로 걸음을 옮겼다.

"주인아, 어디 가?"

"매점."

"또 칸쵸 사 먹으로 가는 거야?"

"응. 너희 먹고 싶은 거 있음 말해. 사다 줄게."

"칸쵸나 많이 드슈~"

"그럼 조금 있다 교실에서 봐."

삼총사에게 손을 흔들고 매점으로 달려갔다. 우리 학교와 사성공고 사이에 큰 건물이 하나 있는데 그곳이 매점이다. 학교 구조와 마찬가지로 같은 건물 안에 우리 학교와 사성공고 매점이 따로 분류되어 있다.

매점 문을 열고 들어가 '제이고 매점'이라는 화살표가 있는 왼쪽으로 몸을 틀었다. 안으로 들어가 칸쵸가 놓여 있을 진열대로 눈을 돌렸다. 앗! 마지막 하나! 얼른 달려가 마지막 칸쵸를 집어 며칠 전에 극도로 친해진 아줌마 앞으로 걸어갔다.

"아줌마, 칸쵸가 왜 하나밖에 없어요?"

"그것도 억지로 남겨둔 거야."

"무슨 일 있었어요?"

"점심 시간 종이 울리자마자 사성공고 교복 입은 남자 아이가 오더니 여기 있는 칸쵸를 몽땅 사가려고 하지 뭐겠어!"

한 개도, 그렇다고 두 개도 아닌 칸쵸를 모조리 다? 어떤 녀석이 내 칸쵸를 탐내는 거야!!

"워메? 저 녀석, 왜 또 왔지?"

아줌마의 놀란 두 눈을 따라 내 시선도 움직였다. 칸쵸친구! 반가운 마음에 녀석에게로 달려가 녀석의 등을 치며 소리쳤다.

"야호!!"

"어? 주인아?"

"우리 매점엔 어쩐 일이야?"

"아까 못 가져간 칸쵸 가져가려고."

매점 아줌마가 말한 녀석이 빈치였구나. 난 들고 있던 칸쵸를 빈치 눈앞에서 흔들었다.

"칸쵸!"

"내 거야."

칸쵸를 보자마자 달려드는 녀석을 피하며 말했다.

"너희 학교 매점엔 칸쵸 없어?"

"다 사먹었어."

"그렇다고 우리 학교 칸쵸를 다 가져가면 어떡해!"

"슬람이가 먹고 싶다고 했단 말이야."

이하슬람도 칸쵸 좋아하나?

"그 녀석 지금 어디 있어?"

"호세랑 같이 운동장에."

호세랑 같이? 빈치 녀석을 뒤로하고 매점을 빠져나왔다. 운동장으로 가 녀석들을 찾는 데 그리 오랜 시간이 걸리지 않았다. 농구 하는 아이들을 제외하고 운동장 주변엔 호세와 슬람이뿐이었다. 최대한 발소리를 죽여가며 걸어갔는데 책을 읽던 호세가 내 쪽으로 얼굴을 돌렸다. 난 웃으면서 호세 옆에 앉았다.

"무슨 책 읽어?"

호세는 대답 대신 책의 겉표지를 들어 보였다.

"소피의 세계? 되게 두껍다. 어떤 내용이야?"

"철학."

"애마, 여긴 어떻게 알고 왔냐?"

책으로 얼굴을 덮고 누워 있는 슬람이의 목소리가 들려왔다. 자는 줄 알았는데 아니었나? 근데 날 또 애마라고 부르다니!

"이하슬람, 그렇게 부르지 말랬지? 나도 이름 있어."

"애마 말고 다른 이름이 있다고?"

"황주인이니까 앞으로 애마라고 부르면 각오해."

"애마주인, 좋은 이름이네~"

도저히 말로 해서는 안 되는 놈이군! 누워 있는 이하슬람의 앞으로 걸어가 녀석을 배를 향해 주먹을 날리는 순간, 다빈치가 이하슬람을 끌어안으며 내 주먹을 대신 맞았다.

"뭐야?"

이하슬람이 얼굴 위에 있던 책을 집어 던지며 몸을 일으켰다.

"다빈치, 저리 꺼져."

"슬람아, 괜찮아?"

"당장 내 몸에서 떨어져!"

아하슬람의 차가운 말투에도 불구하고 빈치의 얼굴에는 미소가 떠나질 않았다. 난 빈치를 대신해 이하슬람의 머리를 팔꿈치로 내리찍었다.

"황주인! 네가 아무리 칸쵸친구지만 슬람이한테 손대면 용서 못해!"

차가운 눈빛으로 내게 소리친 빈치 녀석이 이하슬람의 옆에 앉아 껌을 씹으며 풍선을 불기 시작했다. 이하슬람이 뭐라고 저렇게까지 반응하는 거야?

난 시끄러운 주변 상황에도 굴하지 않고 열심히 철학에 관한 책을 읽고 있는 호세 옆에 앉았다.

"빈치, 원래 저래?"

"슬람이에 관해선."

"이하슬람이 뭔데?"

"칸쵸 물주."

아! 다빈치 녀석, 돈 많은 이하슬람한테 칸쵸를 얻어먹으려고!! 그렇다면 나도 이번 기회에 이하슬람에게?

"어제."

"응?"

"하세랑 놀아줘서 고마워."

"하세 너무 좋아!"

어제 일을 떠올리자 하세 방에 붙어 있던 많은 여자들의 사진과 호세와 같이 온 여자가 생각났다.

"한 가지 물어봐도 돼?"

"말해 봐."

"어제 같이 온 여자애, 왜 온 거야?"

"그건 왜?"

"아니, 하세가 궁금해하는 것 같아서."

사실 나도 아주 조금 궁금하기도 하고.

"책 빌리러 왔을 뿐이야."

"아~ 책 빌리러."

하세 녀석 때문에 괜히 고민했잖아? 여자 친구가 아니라서 다행이다.

"호세야, 칸쵸 먹을래?"

난 억지로 교복 재킷 주머니에 넣은 칸쵸를 꺼내며 말했다.

"너도 칸쵸 신도자냐?"

"응! 그래서 빈치랑 칸쵸친구야."

"이유가 뭘까?"

호세가 내 얼굴을 뚫어져라 쳐다보자 정상 박동수를 유지하던 심장이 갑자기 쉴 새 없이 뛰기 시작했다. 잘생긴 호세 얼굴 때문인가?

"애마주인!!"

이때 내 기분을 왕창 깨는 이하슬람 목소리가 들려왔다. 저렇게 부르지 말랬더니 자꾸 부르네? 내가 이번에도 그냥 넘어갈 줄 알고?

"왜 불러, 동성애자!"

눈에는 눈, 이에는 이! 어떻게 나오나 이하슬람 쪽으로 고개를 돌렸는데 일어선 이하슬람이 내 손을 잡고 어딘가로 걸어가기 시작했다.

"슬람아."

"따라오지 마."

이하슬람의 한마디에 멈춰 서는 빈치.

녀석의 걸음이 멈춘 곳은 매점 앞에 있는 작은 정원 벤치였다. 내가 동성연애자라고 해서 화난 건가? 하지만 누가 먼저 애마라고 했는데! 난 잘못없어!

"황주인."

애마가 아닌 황주인이라는 이름으로 날 부르는 녀석.

"나도 미칠 만큼 짜증나는데, 다시는 빈치 앞에서 동성애자라는 말은 물론 그와 비슷한 단어조차 꺼내지 마."

이하슬람 녀석, 지금 무슨 말을 하는 거지?

"빈치? 빈치가 왜?"

"누군가에게 잊을 수 없는 상처를 주고 싶다면 맘대로 해."

"그게 무슨 소리야? 못 알아듣겠으니까 자세히 말해 봐."

"당사자가 말하는 게 낫겠지?"

그때 우리 앞으로 걸어오는 빈치 녀석이 보였다.

"슬람아, 내가 말할게."

"제길!"

거칠게 자리에서 일어서 사성공고로 걸어가는 이하슬람. 빈치가 내 옆으로 앉으며 풍선껌 하나를 내밀었다.

"고마워."

"나 슬람이 좋아해."

풍선껌을 까던 손을 멈추고 빈치에게로 눈을 돌렸다. 고백을 받은 양 심장이 마구 뛰었지만, 아무렇지 않은 얼굴로 녀석에게 물었다.

"호세는?"

"응?"

"호세도 좋아하지?"

"응, 그렇지만……."

띵띵띵띵—

점심 시간이 끝났음을 알리는 종소리가 들려왔다.

"앗! 종쳤다! 빈치야, 그만 들어가자."

“주인아~”

우리 학교 건물 복도 끝 창문에서 날 부르는 채영이와 완선이가 보였다.

“빈치야, 그럼 안녕~”

누군가 그랬다. 진실이라 해도 외면해야 할 때가 있는 거라고. 난 그렇게 녀석을 외면하고 교실로 뛰어갔다. 교실엔 이미 5교시 영어 선생님이 들어와 수업 준비를 하고 계셨다.

“반장양반, 왜 이리 늦으셨나?”

“죄송합니다.”

“어서 자리에 앉아.”

자리에 앉으며 연소를 쳐다봤지만 녀석은 칠판에 둔 시선을 돌리지 않았다. 국연소, 언제쯤 네 마음이 열릴까?

수업을 마치고 집에 도착했을 즈음, 집 앞에서 익숙한 얼굴들의 소녀들을 만났다.

“언니, 안녕하세요.”

규인프린스라는 규인이 팬클럽을 만든 한미래와 두 명의 아이들.

“안녕? 오늘은 무슨 일이야?”

“우선 이거 받으세요.”

난 한미래가 내민 종이 가방을 받아 들었다.

“오호~”

“언니, 규인님 방 한 번만 보게 해주세요!”

"규인이 방을?"

"네! 규인님에 관한 책자를 만드려고 하는데 아는 게 없어서요!"

거절하자니 왼손에 들려 있는 칸쵸가 걸리고, 허락하자니 규인이가 알면 가만있지 않을 테고.

"언니 제발 한 번만요."

"너희 언제부터 여기 있었어?"

"수업 끝나자마자 바로 왔어요."

"규인이 따라온 거야? 규인이 집에 있으면 못 보어주는데."

"그건 걱정하지 마세요! 규인님은 친구들이랑 어디 가셨어요."

내 저녁 식사를 위해 수업 끝나면 바로 집으로 오던 녀석인데, 역시 어제 일 때문에.

"들어와."

대문을 열고 들어가며 말했다. 현관문을 열고 집 안으로 들어오자 난리가 났다.

"내가 규인님이 생활하는 곳에 들어오다니!"

"언니, 규인님 방은 어디예요?"

"이층이야."

계단을 올라 치타 인형이 걸려 있는 방을 가리켰다. 한참을 규인이 방 앞에서 망설이던 아이들이 조심스럽게 문을 열고 들어갔다.

“아~ 규인님의 향기!!”

“남자 방이 이렇게 깔끔하다니.”

“야! 빨리 사진 찍고, 적어야지.”

한 아이는 사진기로 방 이곳저곳을 찍고, 또 한 아이는 노트에 무언갈 열심히 적기 시작했다. 그리고 한미래는 규인이의 침대에 앉아 행복한 미소를 지으며 이불을 어루만지기 시작했다.

“뭐 하는 짓이야?”

그때 바로 뒤에서 들려오는 규인이의 차가운 목소리. 나와 세 명의 아이는 놀란 얼굴로 규인이를 쳐다봤다.

“나가.”

“규인아, 언제 왔어?”

“당장 나가!!”

크게 소리치는 규인이의 모습에 재빠르게 방을 빠져나가는 아이들. 어쩌지? 규인이 정말정말 화났다. 나 또한 녀석의 눈치를 살피며 방을 나가려 할 때 간신히 화를 억누른 듯한 규인이의 목소리가 들려왔다.

“나 누나한테 실망하고 싶지 않아.”

“미안해, 다시는 이러지 않을 테니까 나 미워하지 마.”

“칸쵸가 중요해, 내가 중요해?”

웃으면 안 되는데 웃음이 터져 나와 소리 내어 웃고 말았다. 그제야 예쁜 내 동생으로 돌아온 규인이가 내 손을 잡으며 입을 열었다.

"누나, 배고프지? 오늘은 뭐 먹고 싶어?"

"네가 해주는 건 뭐든지 좋아."

"그럼 오늘은 칼국수다!"

내 손을 더욱 꽉 잡은 녀석과 일층으로 내려갔다.

다음날, 결석한 국연소. 그리고 그 다음날인 목요일에도 연소를 만날 수 없었다. 수업을 마치고 연소 집으로 가 초인종을 수십 번도 넘게 눌렀지만 대답이 없었다.

무슨 일이라도 생긴 걸까? 금요일 아침 일찍, 연소 녀석 집으로 가 녀석이 나오기만을 기다렸다. 십 분, 이십 분, 삼십 분. 그렇게 두 시간이라는 시간이 흘러 어느덧 아홉 시. 자리에서 일어나 녀석의 집을 향해 크게 소리쳤다.

"국연소!! 어디 아픈 거라면 빨리 기운 차리고 학교 나와!! 기다릴게!!"

만약 나 때문에 곤란해서 힘들어서 학교 나오지 않는 거라면 내가 한 발짝 뒤로 물러설게.

도착한 학교는 수업이 시작되어 조용했다. 건물 안으로 들어간 순간, 교무실에서 나오는 연소와 마주쳤다. 처음으로 먼저 웃으면서 내게 걸어오는 연소는 교복이 아닌 사복 차림이었다.

"반장, 지각이야."

"일곱 시부터 너희 집 앞에서 기다렸는데 학교엔 언제 왔어?"

"지금까지 우리 집에서 날 기다렸어?"

"응, 너랑 같이 등교하고 싶어서."

내 대답에 활짝 웃는 연소의 얼굴을 볼 수 있었다. 하지만 웃는 얼굴 뒤로 슬픔이 느껴진다. 그리고 이상하게 자꾸 내 눈에선 눈물이 나려 한다. 웃는데, 연소는 웃고 있는데 왜 난 울고 싶지? 여전히 웃는 얼굴로 날 바라보던 녀석이 가느다란 팔을 내밀며 천천히 입을 뗐다.

"그동안 고마웠어, 반장."

이 녀석 지금 무슨 말을 하는 거지?

"국연소?"

"나 팔 떨어지겠다, 악수 안 해줄 거야?"

"싫어!"

녀석의 손을 잡으면 영영 떠나 버릴 것 같아 두렵다. 보내지 않을 거야. 용서받아야 해.

"주인이 네 얼굴 못 보고 가는 줄 알았는데 다행이다."

"나 때문이야?"

"너도 알잖아, 나 몸 안 좋은 거. 그래서 스페인으로 떠나."

말을 마친 녀석이 가방에서 노란색 상자 하나를 꺼내 내 손에 쥐어줬다.

"열어봐."

망설이던 난 상자의 뚜껑을 열었다. 안엔 반짝거리는 보라색 머리핀과 나비 모양의 거울, 그리고 태양을 본떠 만들었는지 해 형태의 시계가 들어 있었다.

“주인이 넌 마음만큼이나 얼굴이 예쁘니까 잘 어울릴 거야.”

“연소야.”

“걱정하지 마. 건강해지면 다시 꼭 돌아올 테니까. 그리고 성
희 앞에 당당히 설 수 있을 때 오려고.”

국연소, 도망치는 건 아니지? 네가 그 녀석과 닮은 이유도 있
지만 어쩌면 같은 고통을 짊어지고 있어서 네게 더 끌렸었던 건
지도 몰라. 보내줄게. 보내줄 테니까 절대 네 자신에게 지지 말
고 돌아와.

“어때? 잘 어울려?”

난 머리핀을 꺼내 머리에 대고는 포즈를 취했다.

“응, 예뻐. 근데 주인아, 부탁이 있어.”

“말해 봐.”

“웃는 건 좋은데 억지로 웃지는 마.”

억지로라도 웃지 않으면? 나 억지로라도 웃지 않으면 어떻게
될지 몰라.

“부탁이 겨우 그거야?”

“들어줄 수 있지?”

“나 억지로 웃은 적 없으니까 걱정 마!”

“그래.”

그때 잘 차려입은 여자가 건물 안으로 들어오며 소리쳤다.

“연소야! 비행기 놓치면 어쩌려고 이러고 있어?”

“황주인, 넌 최고의 친구야.”

여자의 손에 이끌려 밖으로 나가는 연소가 엄지손가락을 힘차게 치켜 올렸다. 나 또한 멀어져 가는 연소를 향해 엄지손가락을 치켜 올리며 웃었다. 억지로 웃지 말라는 녀석의 부탁에도 불구하고 난 그렇게 웃을 수밖에 없었다.

제4장

"**주**인아, 오늘 슬람이네 가는 거 맞지?"

수업을 마치고 가방을 챙길 때 채영이 다가와 물었다.

"응."

"언제 가?"

"아직 연락 안 왔어."

말이 끝나기가 무섭게 내 핸드폰이 울려댔다.

"여보세요?"

[끝났냐?]

"누구세요?"

[끝났으면 후문으로 와.]

잘못 걸려온 전화 같아 종료 버튼을 눌렀다. 그러자 또다시 울려대는 핸드폰. 그리고 방금 전과 같은 번호.

"전화 잘못 거신 것 같은데요?"

[씹, 귀는 장식이냐? 그리고 누가 전화 끊으래?]

목소리와 말투를 듣자하니 이하슬람 같다. 아니, 확실히 녀석이다.

"내가 누구냐고 물어봤을 때 대답했어야지."

[수업 끝났어, 안 끝났어?]

"종례 남았어."

[후문에 있으니까 끝나자마자 튀어와.]

"그만 끊자."

전화를 끊자 채영이가 눈을 반짝이며 내 얼굴을 잡고 말했다.

"슬람이야? 뭐래?"

"후문으로 오래."

"그럼 슬람이랑 같이 가는 거야?"

"그런가?"

"아~ 이게 꿈은 아니지? 잠깐! 이러고 있을 시간이 없어!"

자기 자리로 돌아간 채영은 그 비싼 거울을 꺼내 얼굴을 살피며 파우더를 바르기 시작했다.

종례를 마치고 수지와 완선이의 응원을 받은 채영이와 함께 후문으로 향했다. 후문이 가까워오자 쪼그리고 앉아 있는 이하슬람이 보였다.

“주인아, 진짜 슬람이야!”

채영이 작게 소리쳤다. 발소리를 들었는지 녀석이 일어서 우리 쪽을 쳐다봤다. 그리곤 내 옆에 있는 채영이를 가리키며 물었다.

“뭐야?”

“저번에 본 적 있지? 내 친구야. 이름은…….”

“뭐냐고.”

“못 들었어? 그럼 다시 말할 테니 잘 들어.”

“저기, 주인아.”

채영이 내 팔을 잡아끌며 말했다.

“나 그냥 갈게.”

“왜?”

“급한 약속이 있는 걸 깜빡했어. 그럼 내일 보자.”

“채영아!”

채영을 따라 가려는 날 이하슬람 녀석이 잡았다.

“놔!”

“어디 가?”

“너 때문에 채영이 상처받았어.”

“나 때문에? 내가 뭘 어쨌는데?”

“채영이, 널 좋아한단 말이야!”

날 잡고 있는 이하슬람의 손에 힘이 빠졌다.

“저번에 나한테 여자 싫어하는 이유 알아봐 달라고 했던 애가 쟤냐?"

"그래."

"친해?"

"뭐?"

"너랑 친한 사이냐고."

"친하지. 근데 그건 왜?"

하지만 이하슬람은 내 질문을 외면하곤 걷기 시작했다. 난 녀석을 따라가며 다시 한 번 물었다.

"친한 건 왜 물어?"

"궁금해?"

"궁금하니까 묻지."

"심심해서 물어봤다. 됐냐?"

채영이한테 관심있어서 물어본 줄 알았는데.

"이하슬람!"

"왜?"

"다음에 채영이 만나면 오늘처럼 상처 주지 마."

"그런 적 없어. 그리고 상처받기 싫으면 내 앞에 나타나지 말라고 전해."

"아무리 여자가 싫어도 자신을 진심으로 좋아해 주는 사람에게 일부러 상처 주는 건 나쁜 짓이야."

그게 사랑의 감정이든 아니든 간에 진심인 사람에겐 상처가 되는 법이니까.

"너 남자한테 크게 차인 적 있냐?"

"없어."

"하긴 너 같은 애를 어떤 정신 나간 놈이 상대하겠냐~"

"누가 할 소리! 누가 너 같은 싸가지없는 놈을……."

"입 다물고 가방이나 들어."

녀석이 자신의 가방을 내게 던지더니 다시 걸음을 옮겼다.

"내가 왜 네 가방을 들어? 가져가!"

"칸쵸 열 개."

"필요없어! 내가 칸쵸면 다 오케이하는 줄 아나 본데."

"곱하기 십."

"과외비까지 합쳐서 백오십 개야. 명심해."

도착한 이하슬람의 집엔 가정부 아줌마와 원구 오빠가 차를 마시며 대화를 나누고 있었다.

"예쁜 주인이, 안녕?"

"안녕하세요."

"교복 입은 모습 보니까 느낌이 색다른데?"

"변태 같은 소리 집어치우고 올라가서 시작해!"

슬람이 녀석이 원구 오빠를 걷어차며 소리쳤다.

"싸가지 슬람! 감히 형의 엉덩이를 함부로 차? 오랜만에 한번 해볼까?"

"그전에 형의 기록을 말해줄까? 50전 49패! 날 이긴 건 딱 한 번뿐인데 그것도 그날 내가 봐줘서 이긴 거였지."

“봐줬다고? 봐준 거였어?”

“당연하지. 형은 죽었다 깨어나도 나한테 안 돼.”

“좋아! 봐주지 말고 어디 한번 해봐.”

서로를 견제하며 날 중심으로 돌기 시작하는 두 남자. 갑자기 이하슬람이 왔다 갔다 정신없이 몸을 움직이더니 순식간에 원구 오빠 뒤로 가 엉덩이에 똥침을 날렸다.

분위기가 심상치 않아 주먹 싸움인 줄 알았더니만. 바닥에 몸을 웅크리고 손으로 엉덩이를 감싸고 있는 원구 오빠가 안쓰러운 반면, 터져 나오는 웃음을 막을 수 없었다.

“푸힛~”

“주인아!”

“아, 오빠.”

난 힘겹게 일어서는 오빠를 부축했다.

“슬람이 이 자식 어디 갔어?”

방금 전까지 내 뒤에 있었는데 어디 갔지?

“우선 올라가자.”

난 걸을 때마다 힘겨워하는 오빠를 부축해 가며 슬람이 방으로 들어갔다. 앉을 때 역시 얼굴을 심하게 찡그리는 원구 오빠.

“오빠, 괜찮아요?”

“당연히, 안 괜찮지.”

“그럼 좀 쉬세요.”

“오늘은 영어랑 과학이다.”

그렇게 시작된 영어 공부는 두 시간이 지난 후에야 끝이 났다. 그리고 쉬는 시간 없이 시작된 과학.

"화학의 기초가 되는 연소와 불연소에 대해 한번 알아볼까?"

연소, 국연소. 연소 생각에 침울해지려는 찰나 일층에서 뭔가 깨지는 소리와 함께 여자 비명 소리가 들려왔다. 그리고 뒤이어 상당히 격조된 슬람이의 큰 목소리도 들려왔다.

"닥쳐!! 그 더러운 주둥이로 내 이름 부르지 마!!"

무슨 일이지? 눈이 마주친 원구 오빠와 난 서둘러 아래층으로 내려갔다.삼십대 초반으로 보이는 젊은 여자는 겁에 질린 얼굴로 소파에 기대어 있었고, 슬람이는 그런 여자를 무섭게 노려보고 있었다. 그리고 바닥엔 유리 파편들이 널브러져 있었다.

"이하슬람."

조심스럽게 녀석의 옆으로 다가갔다.

"제기랄!!"

녀석은 날 밀치고, 앞에 있는 꽃을 걷어차며 밖으로 나갔다. 난 소파에 기대어 서 있는 여자를 한번 쳐다보고 슬람이를 쫓아갔다. 일곱 시가 넘은 시간이어서 밖은 어두웠다.

"이하슬람!"

빠른 걸음으로 걸어가는 녀석을 불렀지만 반응이 없어 뛰어가 녀석을 잡았다.

"놔!!"

"무슨 일이야?"

“씨발, 참견 마!”

내 손을 뿌리치고 다시 걸어가는 녀석의 앞으로 펀치 기계가 보였다. 난 얼른 펀치 기계로 달려가 동전을 넣고 펀치 판에 주먹을 날렸다. 750점. 다시 정신을 집중하고 연소를 생각하며 주먹을 쥐었다. 전광판에 820이라는 숫자가 나타났다.

“성전환 수술한 게 확실하군.”

뒤에서 팔짱 끼고 날 바라보고 있는 녀석.

“너도 해볼래?”

“됐어.”

“난 힘들거나 괴로울 때, 혹은 화가 날 때 이걸 해. 그러면 기분이 조금은 나아지거든.”

녀석, 잠시 고민을 하는가 싶더니 스트레칭으로 몸을 풀고는 자세를 잡으며 말했다.

“동전 넣어.”

동전을 넣자 펀치 판이 위로 올라왔다. 뚫어져라 쳐다보던 녀석이 어설픈 자세로 펀치 판을 쓰러뜨렸다. 660. 뒤로 쓰러졌던 펀치 판이 다시 올라오고 슬람이 역시 다시 주먹을 휘둘렀다. 이하슬람, 잘하고 있어. 마음이 편해질 때까지 마음껏 휘둘러.

하지만 난 지금 내가 한 말을 땅을 치며 후회하고 있다. 한 시간째 펀치 기계를 떠날 줄 모르는 녀석. 녀석이 또다시 만 원을 내밀었다.

“그만 해.”

“바꿔와.”

“십칠 년 스트레스를 다 풀 셈이야? 벌써 여덟 시야.”

“씨발, 쪽팔리게 너보다 점수가 낮잖아! 빨리 바꿔와.”

오, 세상에. 그럼 내 점수인 820보다 적게 나와서 지금까지 이 난리를 피우고 있는 거란 말이야?

“이하슬람, 무리야.”

“820 넘기기 전엔 죽어도 안 가! 아니, 못 가!”

저 똥꼬집을 어찌 말릴 수 있을까. 만 원을 동전으로 바꾼 후 기계에 오백 원을 넣었다.

“으아악!!”

악을 쓰며 펀치 기계를 향해 달려드는 녀석. 펀치 판이 뒤로 넘어가고 점수가 올라가기 시작했다. 821.

“우와!!”

기다림에 많이 지쳐 있던 난 이하슬람을 끌어안고 소리쳤다. 이제 집에 갈 수 있다!!

“내 몸에서 떨어져!”

녀석이 갑자기 날 밀치는 바람에 바닥으로 넘어지며 엉덩방아를 찧었다.

“아야야~”

아픈 엉덩이를 비벼가며 녀석을 노려봤지만 녀석은 모른 척 딴곳을 쳐다봤다. 모르는 척하시겠다?

“아이고, 사람 살려!!”

내 목소리에 지나가던 커플이 우리 쪽을 쳐다봤다. 난 더 큰 목소리로 소리쳤다.

“나 죽네, 나 죽어! 누가 저 좀 살려주세요!!”

오버액션까지 해가며 소리치는데 갑자기 몸이 누군가에 의해 번쩍 하고 들어 올려졌다. 날 안은 이하슬람은 반대편에 있는 놀이터로 들어가 그네에 날 내려놓았다. 그리곤 옆에 있는 그네에 앉으며 투덜거리기 시작했다.

“너 여자 맞냐? 살 좀 빼라! 그렇게 무거워서 누가 데리고 가기나 하겠냐?”

“키 크고 덩치 큰 남자 만나면 되지.”

“곰탱이 같은 놈이 퍽도 좋겠다!”

신경질적인 사람에겐 칼슘이 좋다고 했는데.

“무슨 우유 좋아해?”

“왜?”

“우유 먹자. 초코? 딸기? 바나나?”

“white milk.”

“갔다 올게!”

슈퍼로 가 흰 우유 두 개와 칸쵸를 사 다시 놀이터로 달려갔다. 발로 모래 장난을 치는 녀석에게 우유를 던지고 그네에 앉았다.

“야!”

그네를 조금씩 움직이며 우유와 칸쵸를 먹는 날 부르는 녀석

에게 칸쵸를 내밀었다. 하지만 녀석은 칸쵸가 목적이 아니었는
지 칸쵸를 외면하고는 그네를 발로 밟고 올라서 타기 시작했다.

"내가 잼있는 동화 하나 얘기해 줄까?"

"동화? 무슨 동화?"

"전광녀(錢狂女)."

전광녀? 처음 들어보는 제목인데.

"그런 동화도 있어?"

"돈에 미친 여자에 관한 동화인데 아마 처음 듣는 얘길 거
다."

난 흔들거리는 그네를 고정시키고 이하슬람을 쳐다봤다.

"아주 먼 옛날에 돈 많은 남자와 결혼한 여자가 있었어. 아들
까지 낳아 행복하게 잘살고 있었는데 어느 날 갑자기 여자는 모
든 걸 버린 채 멀리 떠났지."

슬람이의 그네가 하늘에 닿을 만큼 높이 올라갔다 내려왔다.

"혼자 된 남자에게 여자들은 돈을 보고 접근하기 시작했어.
그리고 하나같이 돈만 챙겨서 도망가고. 결말이 어떻게 날지 뻔
한 동화지만 지금 다섯 번째 여자랑 살고 있다더라."

슬람아, 혹시 지금 말한 동화 네 애기니? 그래서 그렇게 슬픈
눈으로, 슬픈 목소리로 말하는 거야? 내가 어떻게 위로해 줘야
할까? 하지만 넌 자존심이 세니까. 마지막으로 널 잡고 있을지
도 모르는 자존심, 건드리고 싶지 않아. 말 대신 웃는 얼굴로 널
위로해 줄게.

전광녀(錢狂女) 159

"이하슬람, 동화 잘 들었어."

"미치게 잼있지?"

"응, 내가 들은 동화 중에 젤 재미있는 것 같아."

그네에서 뛰어내린 녀석이 미끄럼틀로 뛰어가 타기 시작했다. 재미있는지 비명까지 질러가며 미끄럼틀을 타는 녀석으로 인해 내 발걸음은 자연스레 그곳으로 향했다. 그리고 녀석을 따라 미끄럼틀을 탔다.

갑자기 어릴 때 규인이랑 오빠와 함께 늦은 시간까지 놀이터에서 놀던 기억이 떠올랐다. 그땐 오빠랑도 잘 놀았었는데. 녀석과 놀이터에 있는 것들을 모두 다 타고 나서 시간을 확인하자 밤 열 시가 훌쩍 넘어 있었다. 앗! 규인이 녀석 또 삐쳤겠다!

집으로 전화를 걸었지만 신호만 갈 뿐 받질 않았다. 이번엔 규인이 핸드폰으로 전화를 걸었다.

[누나, 미안! 지금 가고 있어!]

규인이는 전화를 받자마자 자기 할 말만 하고 전화를 끊었다. 저 말인즉, 녀석도 아직 집에 안 들어갔다는 소리? 다행이다.

"슬람아, 이만 집에 가자."

"너희 집?"

"너는 너희 집, 나는 우리 집. 벌써 열 시 이십삼 분이야."

"가."

녀석은 집에 갈 맘이 없는 건지 그네에 앉아 껌을 씹으며 풍선을 불기 시작했다.

“집에 안 가?”

“안 가.”

“부모님이 걱정하실 거야.”

“걱정? 크하하하~”

갑자기 실소를 터뜨리는 이하슬람.

“거긴 그런 거 없으니까 너나 들어가.”

“여기에 계속 있다간 감기 걸려. 어서 들어가.”

“너 지금 나 걱정해 주는 거냐?”

그런 슬픈 눈은 싫어. 이하슬람, 너한테 안 어울려. 난 그네에서 녀석을 일으켜 세우며 말했다.

“당연하지! 자, 어서 집으로 갑시다!”

집에 가기 위해 돌아서긴 했는데 어느 쪽으로 가야 우리 집이 나오는지 모른다.

“저기, 장서동으로 가려면 어느 쪽으로 가야 돼?”

“너 바보냐?”

“모를 수도 있지!”

“변명은. 따라와.”

놀이터를 빠져나가는 녀석을 뒤따라갔다. 슈퍼 앞으로 걸어간 녀석은 폰을 꺼내 어딘가로 전화를 하기 시작했다.

“삼일아파트 하나슈퍼 앞이요.”

난 전화를 끊고 슈퍼 앞에 놓인 의자에 앉는 녀석에게 물었다.

“어느 쪽이야?”

“기다려.”

“나 빨리 집에 가야 돼.”

“이 시간에 거기까지 걸어가겠다고? 앉아서 기다리기나 해.”

하긴 우리 집까지 걸어서 가려면 한 시간도 넘게 걸리지. 잠시 후, 우리 앞에 택시 한 대가 섰다. 그러자 슬람이 녀석이 일어나 택시 가까이 걸어갔다. 택시 아저씨와 잠시 얘기를 나눈 녀석이 내게 오더니 날 잡아끌며 택시에 태웠다.

“야! 뭐야?”

“내일은 다섯 시다. 잘 가라.”

택시가 출발하자 이하슬람의 모습이 점점 멀어지기 시작했다.

“남자 친구가 참 자상하네.”

“네?”

“집이 장서동 어디야?”

“726—7번지요.”

그럼 아까 전화하고, 기다리라고 한 게 날 택시 태워서 보내려고? 녀석, 의외로 자상한 면도 있네? 이하슬람~ 나 아주 조금 감동받았다!

다음날 아침, 거실 소파에 앉아 규인이가 내려오기만을 기다렸다. 십 분 뒤 사복을 입은 규인이가 내려왔다.

“황규인, 너 학교 안 가?”

“당근 가지~”

“근데 왜 교복이 아니야?”

“특기적성 날! 그러는 누나는 가방도 없이 학교 가?”

“가방?”

난 내 몸을 훑어보고 소파로 눈을 돌렸다. 방에서 안 가지고 내려왔나? 하지만 내 방은 물론, 규인이 방, 주방, 심지어 화장실까지 뒤졌지만 가방은 찾지 못했다.

이상하다? 어제 분명히 슬람이네 집까지…… 아! 과외 받다가 슬람이가 소리쳐서, 그리고 밖으로 나가는 녀석을 따라 나왔다가 그대로 집으로 와버렸지! 핸드폰 착신 목록에 있는 이하슬람의 번호를 찾아 통화 버튼을 눌렀다. 여섯 번 정도의 신호음이 가고.

[뭐야?]

“이하슬람, 네 방에 내 가방 있지?”

[몰라.]

“한번 찾아봐.”

투덜대는 녀석의 목소리와 부시럭거리는 소리가 들려왔다.

[태극기 들고 있는 이 촌스런 인형은 뭐냐?]

“유관순 언니야!”

[유관순? 쪽팔려라~ 가방 어쩔 거야?]

“토요일이라 괜찮아. 어차피 오늘 너희 집에 가니까 그때 가져가지 뭐.”

[그럼 왜 전화했어? 오늘 늦으면 죽어.]

뚝!

전화 받을 때도 그렇고 끊을 때도 제멋대로라니까.

"누구야?"

규인이 녀석이 눈을 흘기며 내게 다가왔다.

"그냥."

"어떤 놈이야? 남자 친구야?"

"남자 친구는 아니고, 어떤 놈인지 나도 잘 몰라. 여자 싫어하는 거 빼고."

"여자를 싫어한다고? 나와 같은 이유인가?"

"글쎄? 앗, 늦었다!"

서둘러 신발을 신고 밖으로 나가자마자 뛰었다.

"같이 가!"

규인이 녀석이 내 뒤를 따라오며 소리쳤지만 멈추지 않고 학교까지 뛰었다.

교실로 들어서자 유난히 눈에 들어오는 책상 하나가 있다. 이젠 정말 빈자리가 된 건가? 주인 없는 책상. 아니지, 연소 없는 책상. 우울해지려는 마음을 말도 안 되는 유머를 해가며 자리에 앉았다.

"주인아, 잠깐 얘기 좀 해."

내 옆자리, 즉 연소의 자리에 앉으며 채영이 말했다. 난 채영이 쪽으로 몸을 돌려 앉았다.

"네 마음, 고맙지만 사양할래."

"무슨 소리야?"

"슬람이한테 미움받고 싶지 않아."

"눈치챘어?"

"그래, 한 번만 더 그러면 정말 화 낼 거야. 내 일은 내가 알아서 해."

"맘 상했다면 미안해."

채영인 대답 대신 내 손을 잡으며 밝게 웃었다.

종례까지 무사히 마치고 가방을 챙겨 교실을 나가려할 때, 수지가 우리를 붙잡고 말했다.

"애들아, 우리 서점 가자!"

"나 오늘 엄마랑 백화점 가기로 했어."

"나도 일이 좀 있어서 못 갈 것 같은데."

"그럼 주인이 넌?"

"다섯 시 전까진 괜찮아."

그리하여 난 수지와 단둘이 서점으로 향했다. 어쩌다 문제집을 사기 위해 서점 가는 거 빼고는 책을 사기 위해 서점에 가는 것은 처음이었다. 우리가 간 서점은 내가 가본 서점 중에 가장 컸다.

"우와, 정말 크다."

"여기 처음이야?"

"응."

그렇다고 대답했지만 민망함에 관심도 없는 책들을 만지작거리며 대답했다.

"수지야, 무슨 책 사려고?"

"소피의 세계."

어디서 많이 들어본 것 같은 책 제목인데. 소피의 세계? 철학! 피호세!! 책 읽는 호세의 모습과 동시에 녀석의 동생 하세가 생각났다. 혹시 내가 놀러 오기만을 기다리는 건 아닐까? 당근 주스 사들고 언제 한번 놀러 가야겠다!

생각에 잠겨 있는 사이 높이 있는 책을 뽑기 위해 안간힘을 쓰는 수지가 보였다. 수지보다 오 센티미터가량 컸던 난 책을 대신 뽑아주기 위해 수지 쪽으로 걸어갔다. 그때 어디에서 나타났는지 호세가 책을 뽑아 수지에게 건넸다.

"피호세!"

녀석이 왜 이렇게 반갑지? 몇 년 만에 만나는 친구마냥 반가운 얼굴로 호세 앞에 섰다.

"책 사러 왔어?"

난 수지 손에 들린 소피의 세계라는 책에서 눈을 떼지 못하는 호세에게 물었다. 하지만 호세의 대답을 듣기도 전에 호세 집에 갔을 때 본 여자 아이가 호세 옆에 찰싹 붙으며 날 노려봤다.

"호세야, 여기에서 뭐 해?"

"언제 왔어?"

"방금. 어머? 근데 쟤 뭐야? 저번엔 호세 너희 집, 오늘은 일하는 곳까지 쳐들어왔네? 쟤 혹시 스토커 아니야?"

지금 저 말, 나한테 하는 소리야? 날 언제부터 알았다고 막말을 하는 거지?

"스토커? 그래, 나 스토커다!"

"당장 경찰에 신고해야겠네. 안 그래, 호세야?"

"내 친구야. 말 함부로 하지 마."

호세의 말에 그 아이의 얼굴이 붉게 물들어 사과가 따로 없었다. 쌤통이다!! 씩씩거리며 날 노려보던 그 아인 뒤돌아 어딘가로 가버렸다.

"피호세, 쟤랑 친해? 그리고 너 여기에서 일해?"

"같이 일하니까 아는 정도. 그리고 하세한텐 비밀이다."

"저기, 주인아."

지금까지 내 뒤에서 조용히 있던 수지가 입을 열었다.

"왜?"

"나 먼저 가볼게."

"책 다 샀으면 나가자."

"아니, 넌 더 있다 가. 이따 전화할게~"

급한 일이라도 생겼나? 난 서둘러 계산을 마치고 밖으로 나가는 수지의 뒷모습을 지켜봤다.

"같이 온 친구, 책 좋아해?"

"응, 공부도 무지 잘해."

"넌?"

"나야 뭐, 뭘 그런 걸 물어봐! 근데 여기에서 일하는 거 왜 하세한테는 비밀이야? 나쁜 곳에서 일하는 것도 아니잖아."

"별로 말하고 싶지 않으니까. 아무튼 비밀 지켜. 우리 둘만의 비밀이다."

찡긋— 두근두근. 내게 윙크하는 녀석의 모습에 심장이 두근거렸다.

"혹시 읽고 싶은 책 있어?"

"글쎄? 음~ 생각 좀 해보구."

참으로 곤란한 질문이다. 관순이 언니 위인전 읽은 기억을 제외하면 내 머리 속엔 아무것도 떠오르지 않았다.

"아! 잠시만 기다려."

잠시 후, 다시 내 앞에 나타난 호세 손엔 관순이 언니 위인전이 들려져 있었다.

호세야, 우리 통했다. 근데 무슨 책이 그렇게 두꺼운 거니?

"네가 유관순 좋아해서 특별히 주는 선물이야."

"정말? 고마워."

"유관순은 선물 받으면 선물 준 사람에게 뽀뽀해 줬다던대~"

녀석이 손가락으로 자신의 볼을 가리키며 말했다.

"난 그런 소리 들어본 적 없는데?"

"공부 안 했지? 오늘 내가 준 그 책 보면 다 나와 있으니까 집에 가자마자 읽어봐. 아무튼 자, 어서 해."

녀석이 몸을 숙여 내 입술 가까이 얼굴을 가져왔다. 아무리 생각해도 말이 안 돼! 난 받은 책을 녀석에게 펴 보이며 소리쳤다.

"관순이 언니가 선물 준 사람에게 뽀뽀해 줬다는 얘기가 어디 있어?"

"내 말을 못 믿겠다? 뽀뽀해 주면 어디 있는지 말해 줄게."

"먼저 찾아줘!"

"싫음 말고~ 집에 가서 열심히 읽으면서 찾아봐."

아무리 관순이 언니에 관한 책이라 해도 이걸 언제다 읽냐고!! 난 돌아서 가려는 녀석의 옷을 잡아당겼다.

"야, 야! 옷 늘어나~"

녀석이 날 향해 몸을 돌렸을 때 녀석의 몸을 끌어당겨 볼에 살짝 입술을 갖다 댔다. 그와 동시에 상큼한 녀석의 향기가 내 코를 자극해 왔다.

"됐지? 이젠 그 얘기가 어디 있는지 찾아줘."

"그거 거짓말인데."

"다시 한 번 말해 봐."

"난 네가 진짜로 뽀뽀할 줄 몰랐다~"

라고 말한 녀석이 내게서 도망가기 시작했다.

"이 변태 레이스! 너 거기 안 서?"

"내가 미쳤냐? 그리고 레이스라고 부르지 말랬지!"

"감히 관순이 언니랑 날 희롱하다니. 용서 못해!!"

그렇게 시작된 녀석과 나의 쫓고 쫓기는 달리기는 얼마 안 가

서점에서 쫓겨나며 끝이 났다.

"피호세!! 넌 해고야!!"

잔뜩 열받은 사장이 호세에게 소리치고는 안으로 들어갔다.
난 바닥에서 가방을 집어 드는 호세에게 다가가 조심스럽게 말
을 건넸다.

"미안해."

"때려치우고 싶었는데 잘됐다."

"야, 거짓말하려거든 티 안 나게 해야 내가 덜 미안하지."

"미안하지? 그럼 나 배고프니까 밥 먹으러 가자."

호세가 내 손을 잡고 막 걸음을 옮기려는 순간, 내 핸드폰이
울려댔다. 폰을 꺼내 확인하자 '싸가지 바가지'라는 이름과 번
호가 깜빡거리고 있었다. 통화 버튼을 누르고 '여보세요'라는
말을 하기도 전에 녀석의 말이 먼저 튀어나왔다.

[뭐 하냐?]

"밥 먹으려고. 왜?"

[지금 당장 우리 집으로 와.]

"다섯 시까지잖아. 늦지 않게 갈 테니까 끊어."

[나 배고프니까 얼른 와라. 그리고 대문 열어뒀으니 알아서
들어오고.]

"여보세요? 야!!"

이미 끊어진 전화. 난 다시 싸가지 바가지 녀석에게 전화를
걸었다. 하지만 들려오는 건 핸드폰의 전원이 꺼져 있다는 음성

안내뿐이었다.

"슬람이지?"

"어떻게 알았어?"

"가봐."

"과외는 다섯 시부터야. 계속 말하니까 진짜 배고프다. 뭐 먹을까?"

"철판낙지볶음 먹어봤어?"

고개를 좌우로 저으며 녀석의 말에 대답했다. 호세를 따라간 곳은 철판낙지볶음을 전문으로 하는 음식점이었는데 기다리는 줄이 상당히 길었다.

"호세야, 다른 데로 가자."

"오늘은 아무것도 아니야. 저번엔 두 시간도 넘게 기다렸어."

"저기, 나 갑자기 라면이 먹고 싶어졌어. 우리 라면 먹자."

"나 밀가루 음식 소화 안 돼서 싫어. 기다리는 시간에 내가 준 유관순 책 읽어."

녀석의 마음을 돌리기는 불가능한 것 같아 들고 있던 책의 첫 장을 펼쳤다. 비장한 표정의 관순 언니 얼굴이 그려진 그림이 나타났다. 역시 멋있어! 하지만 난 몇 장 넘기지 못하고 책을 덮었다.

"왜? 재미없어?"

옆에서 같이 책을 보던 호세가 날 내려다보며 말했다.

"배가 고파서 그런지 책이 눈에 안 들어오네."

“아~ 배고파서~?”

의심 가득한 녀석의 눈초리.

“그래, 뻥이다! 이렇게 재미없는 관순이 언니 책은 처음이야.”

“책 자체가 낯선 건 아니고?”

“나 책 좋아해! 책에 파묻혀 살 정도로 내 방에 책이 얼마나 많은데.”

“그래? 그럼 놀러 가도 되지? 내일 어때?”

“내일은 안 되는데.”

“그럼 월요일.”

“월요일도……”

찌릿— 녀석의 째림에 말을 바꾸어 말했다.

“월요일은 괜찮아.”

이렇게 된 이상 어쩔 수 없다. 오빠 방을 내 방이라고 속이는 수밖에.

한 시간을 기다린 끝에 힘들게 먹게 된 철판낙지볶음은 땀이 날 정도로 매우면서도 입에 쫙쫙 달라붙는 게 환상적인 맛이었다. 낙지를 다 먹고 남은 양념에 밥까지 비벼 먹었다. 그때 핸드폰이 울렸는데 싸가지 바가지 이하슬람이었다.

“뭐 해? 안 받아?”

핸드폰을 쳐다보며 받을까 말까 고민하는 내게 호세가 말했다.

“여보세요?”

[……]

“여보세요?”

하지만 반대편에선 아무런 대답도 들려오지 않았다. 지하라서 안 터지나? 전화를 끊고 다시 수저를 들었다.

“무슨 전화야?”

“슬람인데 지하라서 그런지 아무 소리도 안 들려.”

“이유가 뭘까?”

“응? 뭐가?”

잠시 내 얼굴을 뚫어져라 쳐다보던 호세가 입을 열었다.

“빈치 녀석, 나랑 슬람이 제외하고 사람 따르는 거 처음 봐. 그리고 슬람이는 여자 싫어하는 거 알고 있지?”

“응, 근데 그게 왜?”

“그렇다고. 더 먹을 거야?”

“당연하지! 음식 남기면 벌받아. 너도 더 먹어.”

“배불러. 너 많이 먹어.”

난 쌀 한 톨 남기지 않고 싹싹 긁어 먹었다. 근데 너무 많이 먹었나? 호세를 따라 일어서려는데 몸이 말을 듣지 않았다.

“호세야.”

신발을 신으려던 호세가 고개를 돌렸다.

“나 좀 일으켜 줘.”

“무식하게 먹더니 꼴좋다.”

"남기면 아깝잖아."

웃으려 했지만 배가 당겨 얼굴이 찡그러졌다. 호세의 부축을
받아 자리에서 일어나 신발을 신고 계산대로 걸어갔다.

"얼마예요?"

"만육천 원입니다."

주머니에서 돈을 꺼냈는데 달랑 오천 원 한 장이 모습을 드러
냈다. 난 얼굴을 돌려 호세를 쳐다보며 웃었다.

"갚을 거지?"

고개를 끄덕여 대답하는 그때 또 울려대는 나의 핸드폰. 난
서둘러 계단을 올라가 밖으로 나가 전화를 받았다.

"여보세요?"

[…….]

"이하슬람! 내 말 안 들려?"

[…….]

역시 아무 소리도 들리지 않더니 전화가 끊어졌다. 뭐야? 설
마 이 녀석 지금 장난치는 건가?

"핸드폰이랑 눈싸움이라도 하는 거야? 나도 좀 해보자."

내 앞으로 걸어온 호세가 핸드폰을 가져가 잠시 만지작거리
더니 다시 내게 돌려주며 말했다.

"우리 집에 언제 놀러 올 거야?"

"너희 집? 놀러 가도 돼?"

"하세가 너 기다려."

“월요일, 월요일에 놀러 갈게.”

녀석, 벌써 눈치챘는지 의미심장한 미소를 보내왔다.

“그럼 월요일에 보자. 기대하마. 잘 가.”

“그래.”

돌아서는 녀석에게 손을 흔들며 인사했다. 그나저나 지금 몇 시지? 핸드폰으로 시간을 확인하자 어느새 네 시 이십 분이었다. 자칫하면 늦겠다!

어제 택시 아저씨의 말을 떠올리며 35번 버스를 탔다. 버스를 타고 이십 분 정도를 가자 제일생명 사거리라는 안내 방송이 나왔다. 제일생명 사거리에서 내린 것까지는 좋았는데 그 다음부터가 문제였다. 버스에서 내리자마자 오른쪽으로 쭉 가면 편의점이 나온다고 했는데. 무사히 편의점까지 도착. 하지만 이제부터 정말 어느 쪽으로 가야 하는지 모른다.

어쩔 수 없이 사람들에게 물어물어 어렵게 찾아온 녀석의 집 초인종을 눌렀다. 대답이 없어 다시 눌렀지만 마찬가지였다. 순간 문 열어놓을 테니 알아서 들어오라던 슬람이의 말이 떠올랐다. 잠겨 있지 않은 문을 열고 들어선 집은 아무도 없는 듯 적막했다.

“슬람아.”

녀석의 이름을 부르며 안으로 들어가 이곳저곳을 둘러봤다.

“이하슬람! 지금 거기서 뭐 해?”

굳은 얼굴, 굳은 자세로 식탁에 앉아 있는 녀석에게 걸어갔다. 가까이 다가가자 녀석의 앞에 차려진 음식들이 보였다.

"아직까지 점심 안 먹었어? 다른 사람 것까지 차렸네?"

"앉아."

뭐 때문에 저렇게 화가 난 걸까? 난 조용히 녀석의 앞에 앉았다. 내가 자리에 앉음과 동시에 녀석이 포크를 집어 심하게 불어 터진 스파게티를 먹기 시작했다.

"뭐 해? 안 먹어?"

"난 점심 먹었어. 스파게티 다 불었는데 그냥 밥 먹……."

녀석의 살벌한 눈빛에 저절로 입이 다물어졌다.

"먹어."

"배부른데."

"그래서 지금 안 먹겠다는 거야?"

"꼭 먹어야 돼?"

슬람이는 말 대신 불어 터진 스파게티를 먹는 걸로 대답을 해왔다.

이하슬람, 혹시 혼자 밥 먹기 싫어서 안 먹고 있었던 거야? 혼자 밥 먹는 것만큼 서럽고, 외로운 게 없으니까 나 의리의 황주인! 배 터지기 일보 직전이지만 같이 먹어준다!!

불어 터진 스파게티였지만 마지막 한 가닥까지 꾸역꾸역 입에 넣었다. 그 결과, 난 과외도 하지 못한 채 두 시간 가량을 화장실 변기통을 붙들고 있어야만 했다.

네 번째 과외가 있는 일요일. 어제 스파게티의 후유증으로 기다란 걸 생각만 해도 속이 울렁거렸다. 그리고 밤새 화장실을 들락날락거리는 통에 한숨도 자질 못했다.

속이 안 좋은 관계로 밥 대신 칸쵸로 아침을 대신하며 슬람이네 집으로 출발했다. 슬람이 녀석, 어제 기분 안 좋은 게 꼭 내 잘못 같아 가는 길에 장미 한 송이를 샀다. 화려한 겉모습 뒤에 감춰진 따가운 가시가 녀석과 많이 닮았다.

도착한 녀석의 집에선 가정부 아줌마가 제일 먼저 날 반기셨다.

"슬람이는요?"

"아직까지 자고 있어."

"아줌마, 혹시 긴 꽃병 있어요?"

"꽃병? 꽃병은 왜?"

"이거요."

장미를 본 아줌마는 금세 꽃병을 들고 나타나셨다. 꽃병에 물을 붓고, 포장을 뜯어 장미를 꽂았다.

"예쁘네? 슬람이 주려고 사 온 거야?"

"네."

"그 녀석, 내가 오랫동안 봐와서 잘 알아. 아주 착한 아이지. 잘 부탁해."

"네~"

"그럼 올라가서 슬람이 좀 깨워줘."

갑자기 날개를 단 듯 몸이 가벼워지면서 기분이 좋아졌다. 단숨에 이층으로 올라가 조심스럽게 녀석의 방문을 열었다. 문을 열자마자 녀석에게서 나던 부드러운 밀크 향이 내 얼굴을 감싸 왔다. 밀크 향과 잘 어우러지는 온통 하얀색으로 꾸며진 침대로 걸어가 이불을 살짝 들췄다. 웅크리고 자는 슬람이 녀석이 보였는데 그 모습이 꼭 엄마 자궁 속에 있는 아기 같았다.

자는 모습이 귀여워 살며시 볼을 꼬집어보는데 갑자기 녀석의 두 눈이 번쩍 떠졌다. 녀석이 어제와 같은 차가운 눈빛으로 날 쳐다보며 몸을 일으켰다.

"좋은 아침! 내가 널 위해서 선물을 준비했어. 자—"

난 장미가 든 꽃병을 슬람이 앞으로 내밀었다.

"뭐야? 나가!"

"향기 한번 맡아봐. 정말 좋아."

"그딴 거 필요없으니까 당장 나가!"

녀석의 태도를 보아하니 나한테 화난 게 분명한데. 꽃병을 창가에 내려놓고 침대에 앉으며 녀석에게 물었다.

"이하슬람, 내가 너한테 뭘 잘못했길래 이런 태도를 보이는지 말해 봐."

"됐어. 꺼져."

"난 이유를 알아야겠어. 이유도 모른 채 미움받고 싶지 않아."

옆에 있는 하얀 호랑이 인형을 만지작거리던 녀석이 작게 입을 벌리며 말했다.

"내가…… 니까…… 했는데…… 잖아."

"뭐? 안 들려. 크게 말해 봐."

"내가 배고프니까 빨리 오라고 했는데 안 왔잖아!"

잠시 녀석의 말뜻을 이해할 시간이 필요했다. 그러니까 이 녀
석 지금, 어제 오라고 했을 때 안 와서 삐친 거란 말이야? 겨우
그거 때문에?

"풉, 푸하하하~ 이하슬람 너."

"웃지 마."

"아, 어떡해. 크하하하~ 윽!"

웃는 내 얼굴로 뭔가 날아왔다. 녀석이 만지작거리던 호랑이
인형.

"오~ 지금 나랑 한번 해보겠다 이거지? 좋아!"

난 호랑이 인형을 집어 들고 녀석을 향해 돌진했다. 인형으로
녀석의 머리를 내려치려는 순간 갑자기 녀석이 내 팔목을 잡고
는 자신의 쪽으로 잡아당겼다. 중심을 잃은 난 녀석의 몸을 덮
치며 침대 위로 쓰러졌다. 그리고 녀석과 내 얼굴의 거리는 불
과 일 센티미터도 되지 않았다.

따뜻한 녀석의 숨결이 얼굴에 와 닿았다. 어색한 공기가 맴돌
기 시작한 그때 문 열리는 소리가 들려왔다.

"너희 지금 뭐 해?"

빈치 녀석, 웃으면서 말했지만 냉기가 철철 넘쳤다. 난 몸을

일으켜 슬람이 배에 올라타며 말했다.

"내가 이겼다!"

"이겨? 뭐가?"

빈치가 우리가 있는 침대까지 걸어왔다.

"레슬링 하던 중이었어. 빈치 너도 할래?"

"아니. 근데 그만 슬람이 배에서 내려오는 게 어때?"

빈치의 말에 밑에 깔린 슬람이를 쳐다보자 얼굴이 빨개져 있었다. 서둘러 침대에서 내려와 빈치 옆에 섰다.

"너희 둘, 당장 내 방에서 나가!"

슬람이가 이불을 얼굴까지 덮으며 말했다.

"오늘 나랑 놀기로 약속했잖아!"

"그럼 과외는 어디서 해!"

빈치와 난 누가 먼저랄 것도 없이 동시에 슬람이에게 소리쳤다.

"빈치 넌 이따 일어나면 놀아주고 과외는 옆방에서 해. 나가."

"저기, 내 가방은 어디 있어?"

방을 나가기 전 마지막으로 물었다.

"책상 위."

책상으로 눈을 돌리자 빵빵해져 있는 내 가방이 보였다. 겉모습만큼이나 무게 또한 만만치 않았다. 빈치와 방을 나와 일층으로 내려가 가방을 열어보았다.

"우와~"

가방 안에 가득 있는 칸쵸를 본 빈치 녀석이 재빠르게 칸쵸를 가져갔다. 난 맛있게 칸쵸를 먹고 있는 빈치를 바라봤다. 키도 작고, 몸도 작고, 얼굴까지 귀엽게 생겨서 남동생 같은 생각을 하게 만드는 다빈치. 근데 녀석이 갑자기 고개를 돌려 날 빤히 쳐다보더니 내게 달려들었다. 갑작스런 행동이라 피할 겨를이 없었는데 다행히 녀석의 몸과 부딪치지 않았다.

빈치의 손이 내 머리에 닿고 뭔가가 빠져나가는 느낌이 들었다. 잠시 후, 녀석의 손에 나의 큐빅 핀이 들려 있는 게 보였다.

"다빈치, 핀은 왜 뺐어? 이리 내."

"나 가질래."

그러면서 내 핀을 바지 주머니에 넣는 녀석.

"돌려줘. 그거 내 거잖아."

"이젠 내 거야."

"빈치야, 착하지?"

웃으면서 주먹을 쥐어 보였지만 녀석은 전혀 흔들리지 않았다. 단호한 표정을 보아하니 죽도록 패도 절대 돌려주지 않을 것 같다. 교통비까지 털어서 샀던 핀인데.

"그럼 다빈치, 그거 그냥 줄 테니까 다음부턴 그러지 마."

"사랑해~"

환한 얼굴로 날 끌어안는 녀석. 꼭 어린애를 상대하는 기분이다.

원구 오빤 도착하자마자 이틀 동안 못한 것까지 다 해야 한다
며 침을 튀겨가며 과외를 시작했다. 네 시간 동안 쉬지 않고 계
속된 과외 덕분에 나와 오빠의 얼굴은 누렇게 떴다.

"오 분만 쉬자."

더 이상 못 참겠는지 급하게 방을 빠져나가는 원구 오빠. 나
역시도 자리를 박차고 일어나 아래층 화장실로 달려갔다. 시원
하게 일을 마치고 다시 이층으로 올라와 슬람이 방을 지나가는
데 방에서 작은 목소리가 흘러나왔다. 슬람이 녀석, 일어났나?
녀석의 방으로 들어가기 위해 문고리를 잡는 순간, 안에서 들려
온 말에 심장이 빠르게 뛰었다.

"사랑해."

"나도."

이건 분명 빈치랑 슬람이 목소린데. 그럴 리가! 내 손은 귀가
잘못 들었다는 걸 증명해 보이고 싶었는지 재빨리 문을 열었다.

"등산새끼, 너 한 번만 더 이딴거 갖고 와서 하자고 하면 뒈질
줄 알아!"

이게 뭐야? 눈앞에 펼쳐진 광경에 머리 속에 있던 요상한 슬
람이와 빈치의 모습들이 순식간에 사라졌다.

"슬람아, 한 번만~"

"재랑 해!"

자리에서 벌떡 일어선 슬람이가 날 가리키며 소리치더니 방
을 나갔다. 이하슬람, 싸가지 바가지라는 별명 외에 승질쟁이

추가!

"주인아, 앉아."

"다빈치, 지금 슬람이랑 그거 가지고 논 거야?"

"응. 근데 슬람이랑 하는 인형놀이는 재미없어. 슬람이랑 할 때 내가 남자였으니까 이번엔 네가 남자 해."

난 빈치가 내민 남자 인형을 받아 들었다. 그리하여 시작된 인형놀이에서 난 아주 못돼먹은 바람둥이 남자 역할을 맡게 되었다.

"병훈 씨, 제발 절 버리지 마세요. 사랑해요."

"사랑? 난 이제 네가 지겨워. 더 이상 귀찮게 달라붙지 마."

"병훈 씨!"

빈치가 주영이라는 이름을 가진 여자 인형으로 남자 인형인 병훈이의 바짓가랑이를 붙잡고 늘어졌다.

"놔!"

"병훈 씨, 절 떠나지 마세요. 제발요."

빈치의 여자 연기, 정말 실감난다. 하지만 닭살 돋아 더 이상 못하겠다! 왜 이하슬람이 성질을 내며 나갔는지 이해가 간다. 난 인형을 내려놓으며 말했다.

"나 그만 할래."

"안 돼! 빨리 인형 집어!"

"슬람이 불러올 테니까 슬람이랑 하는 게 어때? 좋지?"

글썽글썽— 빈치 녀석의 눈이 눈물로 젖어들기 시작했다.

차라리 원구 오빠랑 하는 과외가 낫지, 이 유치한 인형놀이는 정말 아니다. 하지만 안 하면 빈치의 저 큰 눈에서 눈물이 나올 테니 눈 딱 감고 조금만 더 놀아주자!! 내가 인형을 집어 들자 다시 시작된 빈치의 연기열전.

"병훈 씨, 절 다시 사랑할 순 없나요?"

"다른 여자가 생겼어."

"다른 여자? 날 두고 다른 여자를 만나?"

갑자기 미성이던 빈치의 목소리가 괴성으로 바뀌었다.

"그래! 이제 너와 난 끝이야!!"

"날 배신해? 용서하지 않겠어. 내 필살기를 받아라!"

빈치가 자신의 인형으로 내가 들고 있던 인형의 얼굴을 쳤다.

"감히 잘생긴 내 얼굴을 발로 차?"

"너 같은 바람둥이는 한번 혼 좀 나야 돼."

이젠 서로 봐주는 거 없이 마구잡이로 싸우기 시작한 병훈과 주영.

"풉, 푸하하~ 너희 지금 코미디 찍냐?"

"인형으로 저렇게 놀 수 있는 열일곱 살도 드물지."

싸움에 열중하느라 슬람이와 원구 오빠가 우릴 지켜보고 있다는 걸 전혀 눈치채지 못했다.

"주인아, 인형 싸움은 다음에 하고 우린 공부하러 가자."

"오빠, 오늘은 공부 그만 하면 안 될까요?"

"그만 하고 싶어?"

간절한 눈빛으로 오빠를 쳐다보며 고개를 끄덕였다..

"근데 난 하기 싫다고 하면 더 하고 싶더라."

"아니, 하고 싶어요!!"

"정말? 공부하고 싶어?"

"네!"

"공부하고 싶다는 학생을 외면하면 선생님 될 자격이 없는 것! 자, 공부하러 갑시다."

결국 내 꾀에 내가 넘어간 꼴이 되었다.

알람 소리에 눈이 떠졌다. 아응~ 벌써 아침이야? 일어나기 귀찮다. 씻으러 가기 전, 오 분가량을 침대에서 뒹구는 버릇이 있는 난 이리저리 뒹굴다 칸쵸 상자 쪽으로 몸을 돌렸다.

먹는 양보다 가져오는 양이 많아 줄어들기보단 늘어만 가는 칸쵸. 어차피 다 먹지도 못할 텐데 왜 자꾸 집착하는지 모르겠다. 이런다고 다시 돌아오는 것도 아닌데.

"일어나!!"

갑자기 문이 벌컥 열리며 규인이가 들어왔다.

"일어났네? 밥 먹으러 내려와."

"황규인! 노크 안 할래?"

"응, 안 할 거야. 형이 아침 차렸으니까 얼른 내려오기나 해."

"오빠가? 오빠 아직 안 나갔어?"

"형 말로는 괜찮다고 하는데 몸이 좀 안 좋은 것 같아. 그리고 눈곱은 떼고 내려와라.”

죽도록 아파도 아프다는 말은 물론 아픈 내색조차 내지 않는 게 우리 오빠다. 서둘러 아래층으로 내려갔다. 된장찌개를 식탁에 올려놓고 자리에 앉는 오빠의 모습이 보였다.

난 규인이 옆으로 앉으며 오빠의 얼굴을 살폈다. 규인이 말대로 안색이 안 좋은 게 아픈 사람 같다. 어디가 아픈 거지? 많이 아프나? 수만 번 물어도 사실대로 말하지 않을 오빠란 걸 알지만,

“오빠, 어디 아파? 안색이 안 좋아.”

“피곤해서 그래.”

“그럼 오늘은 쉬어.”

“괜찮아.”

괜찮다고? 그게 괜찮은 거야? 금방이라도 쓰러질 것만 같은데. 혹시, 나 때문에 안 아픈 척하는 거야? 그런 거야?

점심 시간 창가에 앉아 운동장을 바라보고 있는데 핸드폰이 울렸다.

『멋쟁이.』

이런 이름으로 저장한 적 없는데 누구지?

“여보세요?”

[점심 먹었어?]

“누구세요?”

[나? 멋쟁이 호세.]

하세 녀석도 자기 방에 ‘멋쟁이 하세’ 라고 적어놨던 걸로 기억하는데, 형제가 똑같이 노시는군.

“내 폰엔 언제 저장시켰어?”

[네가 저장시켰잖아. 기억 안 나?]

“그런 적 없는데.”

[바보 소리 듣고 싶지 않으면 기억해 내.]

녀석의 말에 기억을 더듬어봤지만 번호를 저장시킨 기억은 없다. 하지만 기억 안 난다고 하면 녀석이 놀릴 게 분명하겠지.

“기억났어. 근데 왜 전화했어?”

[기억났어? 언제 저장시켰는데?]

“음…… 너 만났을 때.”

[풋— 크하하~]

갑자기 웃음을 터뜨리는 호세. 거짓말인 거 눈치챘나?

“왜 웃어?”

[아니야. 오늘 네 방 보여주기로 한 거 잊지 않았지?]

웬만하면 좀 잊어버리지. 오늘 오빠 아파서 집에 있을지도 모르는데.

“저기, 오늘은 안 될 것 같아. 내일, 내일 어때?”

[난 약속은 꼭 지키는 사람이야. 너희 집 앞에서 기다릴 테니까 끝나면 바로 와.]

"안 돼! 오늘은 안 돼!!"

[늦게 오면 먼저 들어가 있을게. 있다 봐~]

"피호세!!"

나의 애절한 부름에도 불구하고 무심히 전화를 끊어버리는 녀석. 다시 녀석에게 전화를 걸었지만 신호만 갈 뿐이었다. 정말 집 앞에서 기다리는 건 아니겠지? 아닐 거야. 기다린다는 말, 거짓말이야. 아니야!! 기다릴지도 몰라. 그렇다면 방법은 그것뿐!!

5교시가 끝나자마자 교무실로 내려가 담임 앞에 섰다.

"어이구 우리 반장, 무슨 일로 왔어?"

담임이 온화한 미소로 날 올려다보며 말했다. 거짓말할 생각을 하니 심장이 심하게 두근거렸다.

"선생님, 조퇴 좀 했으면 해서요."

"왜? 어디 아파? 얼굴이 빨간 걸 보니 열이 있는 것 같은데."

수업 시간 내내 얼굴을 꼬집고 문지른 효과가 있군. 1단계 성공~

"반장이 솔선수범해야 하지만 앉아 있기조차 힘들어요."

"많이 아픈가 보구나. 어서 병원에 가봐. 병원까지 갈 수 있겠어?"

"네. 그럼 가보겠습니다."

"푹 쉬고, 만약 내일도 아파서 못 나올 것 같으면 전화하고."

"네."

끝까지 기어들어 가는 목소리로 대답하고 교무실을 나왔다. 예스!! 난 교무실을 나오자마자 어린아이처럼 방방 뛰었다. 잠깐, 이럴 때가 아니지. 얼른 집에 가서 오빠 있으면 어떻게 해서든 밖으로 내보내고, 오빠 방에 있는 남자 물건들은 다 치워야 하고. 아, 바쁘다. 바빠!!

어딜 가냐고 붙잡는 삼총사를 간단히 힘으로 처단하고 집으로 달려갔다.

도착한 집 앞에서 핸드폰을 꺼내 집으로 전화를 걸었다. 신호음만 가는 전화를 끊고 조심스럽게 집 안으로 들어갔다.

없다! 아무도 없다! 좋아, 그럼 오빠 방으로 가서 정리를 해야지. 오빠 물건들을 대충 내 방으로 옮기고, 내 방에 있는 칸쵸 상자를 오빠 방으로 옮겼다. 생각보다 무거웠던 칸쵸 상자.

옮기던 도중, 칸쵸를 두 번이나 쏟는 바람에 고생을 좀 했다. 그리고 관순이 언니의 사진 옮기는 것도 빼놓지 않았다.

교복을 갈아입고 호세가 오기만을 기다리며 칸쵸를 먹었다. 아~ 근데 왜 이렇게 졸리지? 자면 안 되는데. 하지만 내려앉는 눈꺼풀을 이기지 못하고 눈을 감아버렸다.

♬난 있잖아. 엄마가 세상에서 제일 좋아. 하늘 땅만큼~ ♬

어디서 많이 듣던 노랜데. 내 벨소리랑 똑같다. 내 벨소리? 눈을 뜨자 손에 있던 핸드폰이 시끄럽게 울려대고 있었다. 액정에서 깜빡거리고 있는 '멋쟁이' 라는 글자. 서둘러 전화를 받았다.

[왜 이렇게 늦게 받아?]

"깜빡 잠들었어. 어디야?"

[너희 집 앞.]

"문 열렸으니까 들어와."

전화를 끊고 기지개를 켜며 소파에서 일어났다. 현관문이 천천히 열리고 호세가 얼굴을 들이밀었다.

"들어와."

"너 언제 왔냐? 너희 네 시에 끝나지 않아?"

너 때문에 조퇴했다! 라고 소리치고 싶었지만 그렇게 되면 왜 자기 때문에 조퇴했냐고 물을 테고.

"오늘은 일찍 끝났어. 나 약속있어서 나가봐야 하니까 빨리 보고 가."

호세를 끌고 오빠 방문을 열었다. 방으로 들어간 녀석이 구석구석 살피며 코를 벌렁거렸다. 오빠가 담배를 피우지 않았기에 망정이지, 피웠다면 당장 들통났을 것이다.

"여기가 네 방이라고?"

"내 방 맞아!!"

"이 칸쵸들은 다 뭐야?"

설마, 들통나는 건. 도저히 불안해서 안 되겠다!

"다 봤으면 그만 나가자."

"이 책 빌려가도 되지?"

녀석이 책꽂이에서 책 한 권을 꺼내 들며 말했다.

“안 돼! 빨리 제자리에 꽂아놔.”

“왜 안 되는데?”

“그건······.”

변명거리를 찾아 머리를 굴리는 그때, 현관문 소리가 들려왔
다. 그리고 곧이어 규인이의 목소리까지도.

“누나 왔네? 근데 이건 누구 신발이야? 형 거야?”

큰일났다! 머리보다 몸이 먼저 움직여 옷장을 열고 호세를 밀
어 넣었다.

“야, 뭐 하는······.”

“쉿!”

나 역시 옷장으로 들어가 재빨리 옷장 문을 닫았다. 간발의
차이로 오빠가 방으로 들어왔다.

“너!”

황급히 호세 입을 막았다. 들키면 끝장이다!! 분명히 오빠, 아
르바이트 가기 전에 잠시 들른 걸 거야. 곧 있으면 오빠 나가니
까 조금만 참아줘, 호세야.

잠시 후, 내 예상대로 오빠가 방을 나가는 소리가 들려왔다.
휴~ 십년감수했네. 안도의 한숨을 내쉬고 호세 입에서 손을 뗐
다.

“윽! 짜!!”

“헤헷— 나 손 안 씻었는데.”

“뭐?”

맞기 전에 도망가자! 힘차게 옷장 문을 열고 나왔다. 이럴 수가!! 침대에 앉아 있는 오빠와 마주한 순간, 내 몸은 정지한 듯 그 자리에서 멈춰 섰다. 내 옆으로 조용히 다가서는 호세. 오빠의 시선이 호세에게로 향했다 다시 내게로 옮겨졌다. 짧은 침묵이 몇 년처럼 느껴지는 순간, 규인이가 방으로 들어왔다.

"누나 여기 있었네? 누구야?"

규인이가 호세를 바라보며 물었지만 대답할 수 없었다. 규인이 녀석, 뭔가 이상하다는 생각이 들었는지 오빠와 날 번갈아 바라보며 눈치를 살피기 시작했다. 무슨 말이든 해야 해!!

"오빠."

어렵게 꺼낸 한마디. 하지만 오빤 날 외면하며 방을 나갔다. 난 그런 오빠를 따라 나가 붙잡고 말했다.

"잠깐만!"

"할 말 있어?"

"쟨 그냥 친구고, 우리가 옷장에 있었던 건……."

그 다음 말이 나오지 않는다. 거짓말이라도 해야 하는데 나오지 않는다. 침묵이 길어지고 서서히 내게서 등을 돌려 집을 나가는 오빠가 보인다. 잡아야 해. 사실대로 말해야 해. 하지만 오빠를 따라가려던 난 호세에게 붙들렸다.

"이거 놔. 나 오빠한테 가야 돼."

"왜 그렇게 과민반응이야? 뭐가 두려워서 그래?"

뭐가 두렵냐고? 뭐가 두려운 거지? 그래, 나 오빠한테 더 이

상 미움받고 싶지 않아. 오빠가 죽으라고 하면 죽는시늉까지 할
수 있는 게 나야.

"형 방엔 왜 들어갔었어?"

내 옆으로 다가와 걱정스런 눈으로 날 바라보는 규인이 녀석.
규인아, 넌 내가 안 미워? 오빠처럼 날 미워하고 싶지 않아? 하
지만 너라는 녀석은 내가 더 잘 알지.

규인이가 더 걱정하기 전에 원래 모습으로 돌아와야 한다. 난
원래의 포악한 모습으로 돌아와 규인이의 머리를 쥐어박았다.

"인사 안 해? 누나 친구 변레스야."

"변레스?"

"변태레이스라고 하지."

내 말에 규인이는 자신의 앞에 서 있는 호세를 수상한 눈빛으
로 관찰을 해댔다.

"황주인, 잠깐 나 좀 볼까?"

"지금 보고 있는데 뭘 또 봐? 우리 나가자!"

"나가? 어딜 나가! 오늘 일찍 들어오라며!"

규인이가 내 앞을 가로막고 소리쳤다. 오늘은 호세 때문에 일
찍 오라는 말, 하지 않았을 텐데? 무의식 중에 내뱉었나? 그랬
을지도 모르지.

"약속있으면 나가. 호세야, 가자."

"일찍 들어오라고 해도 다시는 안 들어와!!"

"몸이 근질거리면 마음대로 해~"

"이 칸쵸거지귀신!! 죽어라!!"

규인이 녀석, 호세가 있으니 내가 가만히 있을 거란 생각에 저렇게 까부는 건가? 하지만 황규인, 너 잘못 짚었어. 현관문을 열어 호세를 내보내고 규인이 신발 한 짝을 집어 들었다.

내가 무슨 행동을 할지 눈치챈 녀석이 뒤돌아 달아나기 시작했지만 내 손에서 벗어난 신발은 정확히 녀석의 엉덩이를 맞췄다.

"으, 황주인!!"

규인이 녀석 화났다. 이럴 땐 삼십육계 줄행랑이다!! 밖으로 나와 호세 손을 잡고 달렸다.

"당장 서!! 안 서? 잡히면 죽을 줄 알아!!"

규인이가 우리 뒤를 쫓아오며 고래고래 소리를 질러댔다. 웬만해선 장난으로 넘겨 버리는 놈인데. 녀석이 아끼는 나이키 운동화를 던져서 화났나?

얼마나 달렸을까? 점점 다리에 힘이 풀리기 시작할 때 호세가 뛰는 걸 멈췄다.

"더 이상 안 쫓아와."

돌아보니 규인이의 모습은 보이질 않았다. 끝까지 쫓아올 줄 알았는데 다행이다. 난 숨을 고르는 호세 옆으로 가 호흡을 가다듬었다.

"야, 너희 남매 평소에도 이러고 노냐?"

"이렇게 노는 게 얼마나 재미있는데? 너도 하세랑 해봐."

“예전이라면 가능하겠지.”

아! 황주인, 이 바보 멍충이!! 이런 큰 실수를 저지르다니.

“피호세.”

“네 얘기 좀 해봐.”

“내 얘기? 무슨 얘기?”

“그냥 아무거나.”

담벼락에 등을 기대어 하늘을 바라보는 호세의 얼굴은 평온했다. 그런 호세의 얼굴을 보자 무슨 얘기든 하고 싶은 충동이 느껴졌다. 하지만 해도 되는 말이 있으면 해서는 안 되는 말이 있는 법이다.

“난 네가 알고 있듯 유관순 언니 좋아하고, 빈치와 칸쵸친구가 됐을 만큼 칸쵸도 좋아해.”

“그리고?”

“우리 가족은 아까 봤지? 오빠, 동생, 나 이렇게 셋이야.”

잠시 침묵이 흘렀다.

“왜 우리 셋만 사는지 안 궁금해?”

“내가 꼭 알아야 해?”

“아니.”

흰 구름 가득한 파란 하늘을 올려다봤다. 어딘가로 조금씩 사라져 가는 구름처럼 내 마음의 먹구름도 언젠가는 걷히겠지? 그때가 언제일까?

“호세야, 나 하세 보고 싶어.”

"그 녀석 무지 화났어."

"왜? 뭐 때문에?"

"너 놀러 온다고 하고선 안 왔잖아."

꼭 놀러 간다고 손가락까지 걸며 약속했는데 벌써 일주일이나 지났네? 호세 말대로 무지 화났겠다!

"지금 가도 될까?"

"가자."

"잠깐!"

난 얼른 슈퍼로 달려가 당근 주스를 사가지고 왔다. 당근 주스를 본 호세 녀석이 내 얼굴을 빤히 쳐다봤다.

"그 녀석 당근 알러지 있어."

"알아. 그래서 산 거야. 하세 심심하겠다. 자, 출발!!"

이해할 수 없다는 눈빛으로 날 내려다보고 있는 호세 녀석을 잡아끌었다. 걸음이 빠른 녀석의 뒤를 쫄래쫄래 따라가던 중, 갑자기 멈춰 서는 녀석의 등에 코를 박았다.

"윽! 내 코."

아픈 코를 문질러 가며 호세를 쳐다봤다. 딱딱하게 굳은 얼굴로 어느 한곳을 쳐다보고 있는 녀석. 내 시선도 자연스레 녀석의 시선이 멈춰 있는 곳으로 향했다. 앗! 하세다!! 녀석을 처음 만났던 그때와 마찬가지로 힘겹게 놀이터 문턱을 빠져나오려는 하세가 보였다.

"하세야~!!"

내 외침에 하세 녀석이 우리 쪽으로 얼굴을 돌렸다. 손을 흔들며 녀석에게 뛰어가려는 찰나, 빠른 속도로 날 지나쳐 하세에게 간 호세 녀석이 팔을 높이 들어 올려 하세의 뺨을 세게 내려쳤다. 피호세, 너 지금! 서둘러 두 형제 곁으로 뛰어갔다. 고개를 숙이고 호세에게 맞은 뺨을 어루만지는 하세에게 호세가 목소리를 높여 소리쳤다.

"함부로 나오지 말랬잖아!! 왜 나온 거야!!"

심하게 흔들리는 호세의 눈빛. 이렇게까지 화를 내는 이유가 뭘까? 이러지도 저러지도 못하는 그때, 하세가 얼굴을 들어 환하게 웃으며 말했다.

"집 안에만 있으면 답답하잖아. 누나, 안녕?"

"피하세! 죽고 싶어? 그렇게 죽고 싶어?"

"내가 왜 죽어? 나 안 죽어. 누나, 저번처럼 뒤에서 좀 밀어줘."

난 호세의 눈치를 살펴가며 뒤로 가 휠체어를 밀었다. 휠체어가 문턱을 통과하고 밖으로 나오자 하세가 내 팔을 잡아당겨 귓속말을 해왔다.

"누나, 내가 셋 하면 뒤에서 세게 밀어! 우리 형 못 쫓아오게 죽어라 달려야 해. 그럼 센다."

무슨 말인지 이해하기도 전에 하세 입에서 '셋'이라는 말이 튀어나왔다. 가만히 있는 내게 하세가 소리쳤다.

"누나, 달려!!"

　머리보단 몸이 먼저 움직여 휠체어를 잡고 달려나갔다. 생각 없이 휠체어를 밀며 달려가던 중, 오른쪽에서 튀어나오는 차를 보는 순간 정신이 번쩍 들었다.

　끼이익—!!

　굉장한 소리가 귀를 울리며 지나갔다. 아슬아슬하게 우리 앞에 멈춰 선 차. 차에서 젊은 여자가 내리더니 우리를 향해 소리쳤다.

　"야!! 죽고 싶어 환장했어!!"

　"아니요~ 지금 죽기엔 아까운 나이죠."

　하세 녀석, 여유만만 여자의 말에 대답했다. 이런 상황에서 저런 여유가 나오다니.

　"뭐라고?"

　"여기 좌회전은 금지로 알고 있는데 제가 잘못 알고 있는 건가요?"

　"이런 건방진!"

　잠시 하세를 매섭게 노려보던 여자가 차에 올라타 빠른 속도로 골목을 빠져나갔다. 휴~ 절로 안도의 한숨이 나왔다.

　"누나, 괜찮아?"

　"하세야, 미안. 하마터면 나 때문에……."

　"아니야, 내가 밀라고 했잖아. 형 안 따라오지?"

　하세의 물음에 뒤로 고개를 돌렸다.

　"안 보여."

"성공이다! 누나, 형이랑만 놀지 말고 나랑도 놀아."

"그래서 이렇게 왔잖아."

"정말? 정말 나 보러 온 거야? 야호!!"

그렇게 좋을까? 기뻐하는 하세를 보자 미안한 마음에 고개를 들 수 없었다. 하세와 들어간 녀석들의 집은 처음 왔을 때와 마찬가지로 적막함이 감돌았다.

"누나, 나 배고파."

배를 움켜잡고 말하는 하세의 간절한 눈빛을 외면했다. 난 요리 못해!

"누나야~"

"밥 안 먹었어?"

"열두 시부터 지금까지 놀이터에 있었어."

아쒸~ 나 정말 요리 못하는데. 하지만 하루 종일 혼자 있었을 하세를 생각하니 발걸음이 저절로 주방으로 향했다. 주방으로 오긴 왔는데 뭘 어떻게 해야 하지? 냉장고 문을 만지작거리는 내게 녀석이 소리쳤다.

"나 떡볶이 먹고 싶어! 재료는 냉장고에 다 있어."

떡볶이? 라면조차 제대로 끓이지 못하는 나한테 떡볶이를?!

일단 재료를 꺼내 가스레인지 앞에 섰다. 규인이가 떡볶이 만들던 기억을 더듬어가며 둥글 넙적한 프라냄비(프라이팬+냄비)에 물을 붓고 고추장을 풀었다. 그리고 떡이랑 어묵, 야채를 적당히 넣고 가스레인지를 켰다. 바글바글 끓기 시작하는 떡볶이와 그 외 재료들.

뭐야, 별거 아니잖아? 맛이 궁금해 수저로 살짝 국물을 떠 맛을 봤다. 윽! 싱거워. 고추장을 더 넣어야 하나? 고추장을 크게 한 숟가락 떠넣었다.

"우와, 냄새 죽인다."

내 옆으로 온 하세가 킁킁거리며 냄새를 맡았다.

"한번 맛볼래?"

"응!"

떡과 국물을 적당히 떠 하세 입에 넣어줬다. 그런데 하세의 얼굴이 심상치 않다.

"왜? 맛이 없어?"

"그냥 밥 먹을래."

나의 떡볶이를 외면하는 하세를 바라보며 다시 한 번 맛을 봤다. 하세야, 내가 밥 차려줄게.

허겁지겁 밥을 먹는 하세를 조용히 관찰했다.

호세와 같은 유난히 까만 머리에 보일 듯 말듯 속 쌍꺼풀의 길고 짙은 눈. 여자보다도 더 작은 얼굴에 햇빛 하나 못 본 듯한 하얀 피부. 길고 찰랑거리는 머리 덕분에 얼핏 보면 여자로 착각할 정도다.

"뭘 그렇게 쳐다봐?"

"잘생겨서. 하세 너, 무지 잘생겼다."

"어? 나한테 반한 거야? 우리 사귈까?"

“요 녀석!”

장난기 가득한 하세의 머리를 살짝 쥐어박았다.

“잘생겼다며? 잘생긴 남자랑 사귀면 좋잖아. 내가 연하라서 싫어?”

“피하세 군, 헛소리 그만 하세요~”

“혹시 우리 형 좋아해? 우리 형 좋아하는구나! 그치?”

이번엔 주먹을 꽉 쥐고, 하세 머리를 쥐어박았다.

“아야! 그럼 뭐야?”

“더 맞기 싫으면 밥이나 먹어.”

“쳇, 후회할 거다.”

토라진 얼굴로 밥을 먹기 시작한 녀석에게 조심스럽게 물었다.

“아까 호세…….”

“나 다칠까 봐 그런 거야. 나오면 안 되는데 나와서 맞은 거니까 형 욕하지 마.”

“누가 욕한다고 그래? 호세 화 많이 난 것 같던데, 앞으로 형 걱정시키지 마.”

“으, 지겨워! 형이 매일 잔소리해서 귀에 딱지 생겼는데 누나까지 잔소리야?”

“잔소리한다는 건 너에게 애정이 있다는 소리야. 난 잔소리 듣는 네가 부러운데?”

이해 안 된다는 눈빛으로 날 쳐다보던 녀석이 휠체어를 돌렸다.

"더 안 먹어?"

"배불러. 나 잘 거니까 동화책 읽어줘."

규인이도 비 오는 날은 동화책을 읽어줘야 잘 수 있는데. 하세를 따라 방으로 들어가자 날 반기는 수많은 여인네들.

휠체어에서 침대로 몸을 옮기는 녀석에게 말했다.

"좋아하는 동화책 있어?"

"왕자와 거지."

"규인이도 왕자와 거지 좋아하는데!"

"규인이가 누구야?"

"내 동생. 책 어디 있어?"

하세의 손을 따라 책상 위에 있는 왕자와 거지를 집어 들었다. 이것으로 왕자와 거지만 백 번째다. 읽기 시작한지 얼마 되지 않았는데 규칙적인 숨소리가 들려왔다.

피하세, 많이 피곤했구나. 오늘 뭐 하고 놀았길래 벌써 곯아떨어져? 앞으로 자주 놀러 올게, 좋은 꿈 꿔. 행복한 얼굴로 자고 있는 하세 이마에 살짝 입을 맞추고 방을 나왔다.

그나저나 호세 녀석, 언제 들어올 생각이지? 기다렸다 인사만 하고 가자! 소파에 앉아 녀석이 들어오기만을 기다린 지 두 시간.

전화해도 받지 않고, 언제 들어올지 모르는 녀석을 계속 기다릴 수 없어 밖으로 나와 집으로 향했다. 골목길을 나와 큰 도로

변을 걸어가고 있는데 뒤에서 시끄러운 오토바이 소리와 사이
렌 소리가 들려왔다. 걸음을 멈추고 뒤돌았다. 오토바이와 경찰
차의 쫓고 쫓기는 장면 속에 오토바이에 타고 있는 녀석의 얼굴
이 자세히 보이기 시작했다.

저건, 다빈치잖아?! 내 앞에 선 오토바이.

"타."

"야, 지금……."

"경찰한테 잡히기 전에 얼른 타!"

점점 가까워지는 경찰 차를 바라보다 오토바이에 올라탔다.

"꽉 잡아."

"다빈치! 경찰한테 왜 쫓기는 거야?"

"헬멧 미착용, 과속 운전."

녀석이 경찰한테 잡히면 어쩌나 해서 탔는데 이제 보니 잡히
는 게 당연하잖아!!

어느 정도 달리자 뒤에서 윙윙대던 사이렌 소리가 들리지 않
았다. 따돌렸다 생각한 그 순간, 오른쪽에서 뛰쳐나온 경찰 차.

"다빈치, 멈춰!!"

어라? 경찰이 빈치의 이름을 알고 있네?

"오토바이 세워, 이 자식아!!"

"빈치야, 그만 멈춰."

운전대에서 손을 떼고 창밖으로 몸을 내밀어 소리치는 경찰
아저씨를 위해서라도 오토바이를 멈추게 해야 했다. 빈치가 갓

길에서 오토바이를 세우자 뒤따라오던 경찰 차도 멈춰 섰다. 방금 전, 위험하게 소리친 경찰 아저씨가 우리 쪽으로 걸어왔다. 경찰에서 집에 연락이라도 하게 되면. 위기를 모면하기엔 눈물이 최고라는 규인이의 말이 떠올랐다. 허벅지를 마구 꼬집어가며 눈물을 만들어내고 연기를 시작하려는 순간 빈치의 귀를 잡아당기는 경찰 아저씨.

"이 녀석!! 누가 오토바이 타지 말랬어, 헬멧 착용하고 타랬지?"

"헬멧 쓰면 답답해요!"

"대가리 날아가기 싫으면 써!! 그리고 과속으로 걸린 게 이번이 몇 번째야?"

"백 번? 아니, 이백 번인가?"

"자랑이다, 이놈아!! 따라와!! 학생도 얼른 차에 타."

여전히 빈치의 귀를 잡고 있는 경찰 아저씨가 빈치를 끌고 경찰 차로 걸어갔다. 오빠한테 완전히 죽었다. 빈치가 탄 뒷자리에 올라타자 차가 출발했다. 빈치에게 귓속말을 하려는 찰나, 경찰 아저씨의 질문이 쏟아져 나왔다.

"학생, 빈치랑 친구? 아님 이 녀석이 납치라도 한 게야?"

"아버지, 납치라니요! 주인이는 제 칸쵸친구예요, 칸쵸친구!"

"아버지?"

"우리 아버지야. 아버지, 주인이 예쁘죠?"

"네 엄마 들으면 질투하겠는걸? 주인 양, 앞으로 우리 집에 자주 좀 놀러 와. 칸쵸 많으니까.”

빈치 아버지의 인자한 미소가 백미러를 통해 비춰졌다. 난 옆에 있는 빈치의 볼을 아주 살~짝 잡아당겼다. 다빈치, 너희 아버지 좋은 분이신 것 같은데 말썽 부리지 마!

“주인 양, 집이 어디야?”

“장서동이요.”

“아버지, 지금 몬드가 자기 혼자 두고 갔다고 울고 있어요.”

“종호 형이 데리고 올 거니까 걱정 마라.”

“히잉, 몬드는 나 아니면 안 되는데.”

시무룩한 얼굴로 입술을 쭉~ 내밀고 있는 녀석에게 물었다.

“다빈치, 몬드가 누구야?”

“아까 타봐서 알겠지만 우리 몬드 멋있지? 나중에 정식으로 소개시켜 줄게.”

“혹시 네 오토바이?”

끄덕끄덕— 아, 말을 말자. 집 앞까지 무사히 데려다 준 빈치 아버지께 인사를 하고 차에서 내렸다.

“주인아, 칸쵸 꿈 꿔~”

“명복을 빈다.”

무슨 말이냐고 눈을 반짝이며 날 쳐다보는 빈치가 눈에서 서서히 멀어져 갔다. 대문 앞에서 잠시 망설이던 난 최대한 발소리를 죽여가며 집으로 들어갔다. 소파에 누워 TV를 보고 있는 규인에게 걸어가 작게 말했다.

“오빠?”

“이놈의 집구석 아주 잘~ 돌아간다!!”

녀석이 크게 소리치며 몸을 일으켰다.

“황규인! 조용히 말해!”

“형 없어!!”

아, 다행이다. 안도의 한숨을 내쉬며 규인이 옆으로 몸을 날렸다.

“슈퍼칸쵸돼지마왕.”

“연락은 없고?”

“오늘 안 들어온대.”

하긴 이젠 내 얼굴조차 보기 싫을 테지. 황주인, 너 이제 어쩌니? 어떻게 하면 좋을까.

규인이 녀석, 눈물 맺힌 내 눈을 봤는지 서둘러 바꿔 말했다.

“아르바이트 때문에 못 들어올 거라고 그랬어.”

“그래? 너 내일 지각하지 않으려면 일찍 자야지. 그럼 난 들어간다.”

우울한 표정으로 일어서는 날 녀석이 잡았다.

“왜 형 앞에만 서면 못 죽어서 안달이야? 죽을죄라도 지었어? 누나, 병신이야?”

“황규인!!”

“씨발, 가족이잖아!! 가족!! 한 번만 더 병신같이 행동하면 죽여 버릴 거야!!”

빨개진 눈동자로 날 노려보며 소리치던 녀석이 이층으로 올라갔다.

가족, 가족이라. 바보같이 약해지려는 마음을 다잡고 오빠 방으로 들어갔다. 언제부턴가 낯설게 다가오는 오빠의 향기. 하지만 다시 원래대로 돌아갈 거야. 황주인, 네가 더 노력하면 되잖아. 아자!!

관순 언니 사진과 칸쵸 상자를 다시 내 방으로 옮기고, 가끔 규인이에게 불러주는 노래를 흥얼거리며 눈을 감았다.

다음날, 평소대로라면 규인이를 깨우기 위해 고래고래 소리를 질렀겠지만 오늘은 조용히 녀석의 방문을 닫았다. 황규인, 너 정말정말 화났구나? 그렇다고 이렇게 혼자 가버리다니.

좋은 날씨와는 달리 꿀꿀한 나의 기분을 달래기 위해 노래를 부르며 학교로 가던 중, 슬람이와 빈치 녀석을 만났다.

"주인아~"

"좋은 아침! 근데 슬람이 너 똥 밟은 표정이다?"

"야!! 이 새끼 네가 책임져!!"

빈치를 내 쪽으로 밀고는 혼자 걸어가기 시작한 이하슬람.

"슬람이 왜 저래?"

"너한테 우리의 다정한 모습 들킨 게 부끄러운가 봐."

빈치야, 내가 보기엔 너랑 같이 가는 게 쪽팔려서 그런 것 같은데.

“그나저나 괜찮아? 많이 혼나지 않았어?”

“나 죽을지도 몰라.”

“왜? 아버지 화 많이 나셨어?”

“그게 아니라 일주일 동안 몬드랑 떨어져 있어야 해.”

누가 들으면 몬드가 녀석의 동생이나 애완동물쯤으로 생각할 게 분명하다.

“주인아, 이름이 왜 몬드인지 궁금하지?”

“안 궁금해.”

“궁금해할 줄 알았어. 내 생일 4월 17일이야, 4월 17일. 그럼 여기서 문제! 4월의 탄생석은 뭘까요?”

방방 뛰며 소리치는 빈치 녀석과 그런 녀석의 옆에 있는 날 우리 학교 아이들과 사성공고 놈들이 손가락으로 자신들의 머리에 회오리를 만들며 지나갔다.

“빈치야, 하나도 안 궁금하니까 그만 입 좀 다물래?”

“다이아몬드!! 4월의 탄생석은 다이아몬드야. 그래서 뒤에 두 글자를 따서 몬드! 어때?”

“있잖아, 빈치야. 우리 한마디도 하지 않고 누가 먼저 교문에 도착하는지 내기하자.”

“내기? 좋아, 좋아!! 자, 준비 땅—!!”

빈치 녀석, 땅 소리와 함께 학교를 향해 달렸다. 단순한 건지 순수한 건지 구분이 안 간다.

평소에는 관심 갖지도 않는 주변 풍경들을 감상하며 느릿느릿 걸어 도착한 학교. 이미 교실로 갔을 거라 생각한 녀석이 교문 구석에 쪼그리고 앉아 있는 게 보였다. 쪼그리고 앉아 있는 모습이 불쌍해 보이면서 괜한 죄책감이 밀려왔다.

"지나가는 사람들이 거지인 줄 알고 동전 던지기 전에 일어나."

"주인이는 느림보다! 내가 이겼으니까 나중에 칸쵸 사줘! 그럼 선생님한테 혼나기 전에 얼른 들어가. 빠빠이~"

미소를 머금은 채 손을 흔들며 자신의 학교로 뛰어가는 빈치. 저 바보 녀석—

종례가 끝나고 가방을 챙겨 교실을 나가는 아이들과는 달리 난 가방에서 필통을 꺼내 들었다.

"황주인, 홧팅!!"

"역시 반장은 좋은 것이여~"

"열심히 해."

앞에서 열심히 놀려대던 삼총사마저 나가자 교실은 쥐 죽은 듯 조용해졌다. 오늘은 정말 반장 한다고 설친 게 후회되는 날이다. 이걸 언제 다 하고 집에 가지? 얼른 가서 규인이 녀석 때려잡아야 하는데. 난 책상에 수북이 쌓인 우리 반 아이들의 자료들을 쳐다봤다.

학생 기록부에 하나하나 옮겨 적으며 그렇게 홀로 교실에 앉아 있은 지 어느덧 두 시간.

후아— 드디어 끝났다. 벌써 여섯 시네? 얼른 집으로 갑시다!! 점점 어두워져 가는 밖을 바라보며 가방을 챙겨 후다닥 교실을 빠져나왔다.

땅에 있는 돌멩이들을 걷어차며 교문으로 걸어가는데 사성공고 건물로 뻗어 있는 길에서 누군가가 절뚝거리며 걸어오는 모습이 보였다. 사성공고는 세 시면 끝나는 걸로 아는데. 어? 뭐야? 서둘러 녀석에게 뛰어갔다.

"주인아?"

내 등장이 꽤나 놀라웠는지 눈을 동그랗게 뜨고 날 쳐다보는 빈치.

"다빈치, 뭐 하다 지금에서야 집에 가는 거야?"

"헤헷, 수업 끝난 줄도 모르고 지금까지 잤어. 주인이 넌?"

"난 담임 심부름 때문에. 근데 다리는 왜 절뚝거려? 다쳤어?"

"아, 응. 방방 뛰어다니다가 넘어졌는데 아파 죽겠어. 호 해줘~"

웃고 있지만 눈만은 웃고 있지 않는 얼굴. 다빈치, 왜 그런 슬픈 눈으로 날 바라보는 거야? 바보야, 왜 내 맘 아프게 그런 슬픈 눈을 하고 있는 거야?

"주인아, 가자!"

덥석 내 손을 잡은 녀석이 교문을 나와 어딘가로 걸어가기 시작했다.

"어디 가?"

"반짝반짝 아름다운 별."

"무슨 말이야?"

"가보면 알아."

지금 집에 들어가도 늦은 시간인데. 하지만 방금 전에 보았던 빈치의 슬픈 눈이 머리 속에서 떠나질 않았다.

삼십 분 정도를 걸어 도착한 곳은 무릎까지 오는 낮은 하얀 울타리와 많은 꽃과 나무들이 심어진 정원 있는 집이었다. 대문이라고 할 것까지는 없는 문을 지나쳐 현관 앞에 섰다.

"너희 집이야?"

"들어와."

문을 열고 들어가는 빈치의 뒤를 조심스럽게 따라 들어갔다.

"엄마, 저 왔어요."

"왜 이렇게 늦었어? 근데 옆엔 누구니?"

주방에서 나오던 빈치 엄마가 날 가리키며 물으셨다.

"처음 뵙겠습니다. 빈치 친구 황주인이에요."

"어머? 우리 빈치한테 이렇게 예쁜 여자 친구가 있었어? 언제부터 사귄 거야? 그동안 왜 안 데리고 왔어? 반가워요."

빈치 아빠도 그렇고 엄마의 반응을 보아하니 빈치가 부모님께 여자를 소개하는 게 내가 처음인 듯싶다.

"둘 다 밥 안 먹었어? 이쪽으로 와."

집에 가야 했지만 차마 빈치 엄마의 어린아이처럼 맑고 순수한 눈을 외면할 순 없었다.

우와~ 내가 올 거란 걸 미리 알기라도 하신 걸까? 무엇을 먼

저 먹어야 할지 망설여질 정도로 많은 음식들에 눈이 휘둥그레
졌다.

“맛있게 먹겠습니다!”

아주머니께 인사를 하고 젓가락을 들었다. 밥을 다 먹자, 빈
치가 자신의 방을 보여준다며 날 잡아끌었다. 옅은 아이보리의
깨끗한 문을 열고 들어가자 반짝이는 물건들로 가득한 방.

“세상에~ 이게 다 뭐야?”

난 우선 가장 눈에 띄는 침대로 걸어가 침대를 둘러싸고 있는
천과 중간중간 달려 있는 별 장식품을 구경했다.

“다빈치, 너 공주야? 이거 완전 공주방이네~”

“나는야 빈치 공주. 나의 왕자님은 어디 계신 걸까?”

두 손을 모으고 촉촉한 눈으로 천장 한곳을 바라보는 녀석.

“오~ 그토록 찾아 헤매던 나의 공주가 여기 있었구려.”

“무심한 주인 왕자님, 왜 이제야 오셨나요. 흑흑.”

빈치와 나의 왕자, 공주 생쇼가 클라이막스에 이른 순간 문이
열리며 과일 접시를 든 빈치 엄마가 들어오셨다.

“밖까지 웃음소리가 들리던데 무슨 재미있는 얘기라도 하는
거니?”

“아무것도 아니에요.”

“이거 먹으면서 놀아.”

“앗! 내가 좋아하는 키위다!”

아줌마가 책상 위에 접시를 내려놓기가 무섭게 빈치가 달려

들어 키위를 집었다. 그런 빈치를 흐뭇하게 바라보던 아줌마가
빈치의 머리에 손을 가져다 대는 순간,

탁!

빈치가 아줌마의 손을 쳐냈다.

"에구, 내 정신 좀 봐. 물 잠그는 걸 깜빡했네. 그럼 재미있게
놀으렴."

얼굴이 빨개져 잠시 당황해하던 아줌마가 서둘러 말을 마치
고 방을 나가셨다.

"다빈치!!"

"주인이 너도 키위 먹어."

"야!! 너 뭐야? 너희 엄마 얼마나 당황하셨는 줄 알아?"

내 말에도 아랑곳하지 않고 책상에 앉아 키위를 먹어대는 녀
석.

"이 자식아!!"

"나, 누가 내 몸에 손대는 거 못 참아. 병원에서도 원인을 모
르겠대."

"그걸 지금 변명이라고 하는 거야?"

"유일하게 거부반응 없는 사람이 슬람이랑 호세, 부모님, 그
리고 너야. 방금 전과 같이 내가 모를 때 건드리면 나도 모르게
거부 반응이 나와. 웃기지?"

이제야 호세가 내게 왜 그런 말을 했는지 이해가 된다.

“이유가 뭘까?”

“응? 뭐가?”

“빈치 녀석, 나랑 슬람이 제외하고 사람 따르는 거 처음 봐.”

무엇보다 빈치 자신이 힘들었을 텐데.

“야, 다빈치!! 나도 키위 좋아하는데 달랑 하나 남긴 거야? 이 치사한 녀석, 어디 맛 좀 봐라!!”

팔로 빈치의 몸을 감고 마구 졸랐다. 다른 사람들처럼 흔한 위로의 말을 건네고 싶진 않다. 난 내 방식대로 할 것이다. 수백 번, 수천 번, 수만 번이고 내 마음이 전해질 때까지. 그렇게 내 모든 걸 다 할 때까지.

“아줌마, 음식 정말 맛있었어요.”

“앞으로 자주 놀러 와. 응?”

“정말요? 나중에 저 자주 온다고 구박하시는 건 아니시죠?”

“아예 우리 집에서 살래? 아줌마는 주인이 같은 딸도 있으면 참 좋을 텐데.”

♬난 있잖아. 엄마가 세상에서 제일 좋아. 하늘 땅만큼~♬

받을까, 말까 고민도 하기 전에 벨은 끊겼다. 누가 전화했는지 모르겠지만 성격 참 급하네.

“그럼 가볼게요.”

“늦었는데 우리 아저씨 차 타고 가.”

“아니에요. 빈치야, 어머니 말씀 잘 들어.”

"주인 왕자 빠빠이—"

안심이 안 된다며 택시 태워 보내주겠다는 아줌마를 간신히 만류하고 서둘러 밖으로 나와 핸드폰을 꺼냈다. '싸가지 바가지'다. 이 시간에 무슨 일로 전화를 했지? 통화 버튼을 길게 누르자 발라드 곡이 흘러나왔다.

[난 바라만 봐야 했었어. 아무런 말조차 못하는 나를. 내 눈물 밤새 흘러 내 맘을 전해. 나 숨 막혀 부르지도 못했어. 간절한 네 이름을 보잘것없는 내 모습에 지쳐만 가. 철컥…….]

"이하슬람!"

[……누구야?]

허스키한 녀석의 목소리에 기분이 이상해졌다.

"네가 전화했잖아."

[내가? 한 적 없어. 끊어.]

"야, 무슨 일 있어?"

[글쎄? 있나? 있는 것 같아. 아니다, 없어.]

힘겨워 보인다. 괴로워 보인다.

"너 술 마셨어?"

[마셨어. 맨정신으론 버티기 힘드니까. 하지만 이것도 별 소용이 없네?]

"지금 어디야?"

[왜? 오려구? 필요없어.]

"말해. 이하슬람, 말해."

[……전광녀.]

전화를 끊고 달렸다. 숨이 턱까지 차 오르는 걸 참아가며 달리고 또 달렸다. 놀이터가 가까워지자 삐걱삐걱 그네 움직이는 소리가 들려왔다. 그리고 하늘에 닿을 만큼 그네를 높이 타고 있는 슬람이가 보였다.

그네 앞, 미끄럼틀에 앉아 슬람이를 바라봤다. 몇 번을 하늘에 닿을 듯 말 듯 높이 올라가던 그네가 멈추었다. 그네에 기대어 멍하니 날 바라보는 슬람이. 난 조용히 자리에서 일어나 녀석의 앞에 쪼그리고 앉았다. 오늘 빈치의 슬픈 눈에 마음이 무척이나 아팠는데 슬람이 역시 너무도 슬픈 눈을 하고 있다.

레임아, 기억나? 내가 저런 얼굴 하고 있으면 네가 노래 불러 줬었잖아. 네가 노래 불러주면 정말 기분이 좋아졌었는데. 슬람이도 그 노래 들으면 더 이상 저렇게 괴로운 얼굴은 하지 않겠지?

"뽕~뽕~ 방귀다! 슬람이가 방귀 뀌네. 뽕뽕~ 또다시 방귀 뀌네. 뽕뽕뽕~ 에잇! 내 방귀를 받아라. 뽀~옹. 우리 모두 방귀 뀌자. 뽕뽕~ 피용피용~"

난 진짜 방귀 냄새가 나는 것처럼 손으로 코를 막으며 노랠 불렀다.

"풉—"

"헤헷, 웃기지?"

"더럽기만 하고 하나도 안 웃겨."

“그래도 기분은 좋아졌잖아. 임무 완수 끝!”

나는 슬람이 옆으로 다가가 그네에 앉았다.

“길치 주제에 잘도 찾아왔다.”

“슬람이 너 우는 소리 무지 컸어.”

“야! 남자는 태어나서 딱 한 번 울어. 그게 언제인지 알아?”

고개를 가로젓자 녀석이 심각한 표정을 지으며 입을 열었다.

“하품할 때.”

“에이, 그게 뭐야~”

“하품할 때 그동안 모아둔 눈물을 내보내면 아주 감쪽같거
든.”

“아, 그래서 내 동생이 하품을 자주 하는구나.”

“남동생 있냐?”

“오빠도 있어.”

있는데. 있는데 말이야, 슬람아. 맘이 아파.

“황주인, 전광녀 얘기 기억하지? 오늘 결말났는데 들어볼
래?”

슬람이 눈이 슬픈 이유. 듣고 싶지 않다. 전광녀 얘기라면 녀
석이 왜 이렇게 힘들어하는지 아니까. 하지만 나까지 슬퍼하면.
비록 거짓된 웃음이지만, 녀석을 향해 미소 지으며 대답했다.

“완결났어?”

“이부가 나올지도 모르지만 일단 일부는 완결이다. 말도 안
되는 변명을 해대며 우는 장면이 있는데 웃겨서 뒤로 자빠지는

줄 알았다.”

“난 전광녀보다 더 재미있는 얘기 알고 있는데.”

내 말에 그네를 움직이던 슬람이의 행동이 멈췄다.

“미운 오리 새끼라는 동화 알지?”

“왕따당하다가 나중에 백조 되는 거? 그거 재미없어.”

“그래, 그거 무지 재미없지? 나도 재미없어 죽는 줄 알았어.”

“그럼 뭐야? 재미있다는 거야, 없다는 거야?”

“에이~ 나도 몰라. 그네나 한번 타볼까?”

그네를 움직이려는 찰나 핸드폰이 울렸다. 꺼낸 핸드폰 액정에선 ‘규인프린스’가 깜빡깜빡. 황규인, 아무리 그래도 난 네 누나고, 넌 내 동생이다. 그치?

“여보세요?”

[약속까지 깨고 집에 와서 저녁 했는데 안 들어와?]

“미안해~ 지금 가고 있어. 오빠는? 들어왔어?”

[안 왔으니까 전화했지. 얼른 기어들어 와!]

“알았어. 금방 갈게~”

전화를 끊고 그네에서 일어서자 슬람이가 따라 일어서며 입을 열었다.

“동생한테 맞기 전에 얼른 가봐라.”

“너도 감기 들기 전에 들어가. 그럼 금요일에 보자. 안녕~”

“필요없어.”

인사를 하고 뒤돌아서던 난 다시 슬람이에게로 몸을 돌렸다.

"뭐라고?"

"이제 과외할 필요 없으니까 안 와도 된다고. 잘 가라—"

마치 다시는 안 볼 사람처럼 말하고 돌아서는 슬람이. 난 점점 멀어져 가는 녀석에게 달려가 옷을 잡아당겼다.

"혹시 나한테 칸쵸 주는 게 아까워서 그래?"

"야, 그만 잡아당겨. 이 옷 칸쵸 천 개 줘도 못 사."

잡고 있는 옷을 놓고 녀석의 앞으로 가 녀석과 마주했다.

"이유가 뭐야?"

"네 말대로 칸쵸 주는 게 아까워. 그러니까 이제 내 앞에 나타나지 마."

거짓말. 흔들리는 네 눈동자를 믿으라고? 하지만 네가 거짓말까지 해가며 이러는 데는 이유가 있을 거야.

"진작 말하지. 내가 눈치가 좀 없거든. 헤헷."

"웃지 마. 바보 같아."

"그래도 찡그린 얼굴보단 보기 좋잖아."

"가식적으로 웃는 것보단 찡그린 게 나아."

웃으면 모를 거라 생각했는데 아니었나? 억지로라도 웃으면 나중에 진짜로 웃을 수 있을 것 같아서 외롭고, 힘들어도 웃었는데.

"늦었는데 안 가냐? 또 동생이 전화해서 소리칠라."

"아, 가야지. 너도 그만 들어가 봐."

"훗— 걱정해 주는 사람 있어서 좋겠다."

“응?”

“죽어라 뛰어가라고. 그럼 조심해서 들어가.”

씁쓸한 미소를 머금은 채 돌아서는 슬람.

이하슬람, 나 못 들어서 다시 물어본 거 아니야. 아주 똑똑히 들었어. 근데 너 말이야. 이렇게 널 걱정하는 내가 안 보여? 여기 이렇게 네가 걱정되어 달려온 내가 있잖아. 그리고 친구라는 이름으로 네 곁에 있는 호세랑 빈치는? 소중한 건 멀리 있는 게 아니야. 가까이, 아주 가까이 있으니까 먼 곳만 바라보지 마.

다음날 점심 시간, 같이 먹자는 삼총사를 뿌리치고 매점으로 향했다. 규인이 녀석, 어제 늦게 들어왔다는 이유로 오늘 점심을 싸주지 않았다. 나쁜 자식!! 복수해야 하는데 뭘로 하지? 하세 방처럼 방을 온통 여자 사진으로 도배를 할까? 근데 그 많은 여자 사진은 어디서 구하지? 그럼 어쩐다? 아! 규인프린스 팬클럽 아이들을 집으로. OK!! 황규인, 각오해라!!

여자들에게 둘러싸여 괴로워할 규인이가 떠오르자 콧노래가 절로 나왔다.

“칸쵸~ 칸쵸 좋아~ 칸쵸 좋아~ 칸쵸 주세요~ 칸쵸 내 거~”

신나게 칸쵸 송을 부르며 매점으로 가는 도중 처음 만났을 때와 마찬가지로 같은 자리에서 책을 읽고 있는 호세를 보게 되었다. 벌써 밥 먹었을 리는 없고, 밥도 안 먹고 책 읽는 건가? 밥도 안 먹고 책 읽은 죄로 놀래켜 줘야지!

발소리를 죽여가며 살금살금 호세 뒤로 걸어가고 있는데 뒤에서 누군가가 내 어깨를 두드렸다. 누군가 하고 뒤를 돌아보았지만 처음 보는 얼굴이다.

"안녕?"

환한 미소, 밝은 목소리로 인사를 해오는 여자 아이의 얼굴을 뚫어져라 쳐다봤다. 하지만 아무리 봐도 처음 보는 얼굴이다.

"왜 그렇게 쳐다봐? 내 얼굴에 뭐라도 묻었니?"

"아니, 근데 나 알아?"

"지금부터 알면 되지. 난 손강리야. 곧 너희 학교 1학년으로 전학 올 전학생. 넌?"

"황주인, 너와 같은 1학년이야."

"만나서 반가워. 근데 어딜 가길래 요렇게 걸었어?"

강리라는 아이가 호세를 놀래키기 위해 살금살금 걷던 내 행동을 따라하며 물었다.

"아, 친구 좀 놀래켜 주려고."

"친구? 어디 있는데?"

"저기."

손을 뻗어 앞에 있는 호세를 가리켰다.

"혹시 남자 친구니?"

"아니, 그냥 친구."

"잘됐다! 아까 학교 둘러보다가 첫눈에 반했는데 소개시켜 줘!"

눈을 반짝이며 내 손을 잡는 아이. 이상하다. 기분이 이상해.

왜 이러지? 아무 이유 없이 소개시켜 주기 싫다. 하지만 난 어느새 그 아이의 손을 잡고 호세에게로 걸어가고 있었다.

"피호세."

녀석의 옆에 서서 녀석을 불렀다. 책에서 한시도 눈을 떼지 않던 녀석이 무표정한 얼굴로 고개를 들었다.

"점심도 안 먹고 책 읽는 거지? 밥이 약인데 왜 굶어?"

"그러는 넌?"

"난 이제 먹으려고. 먹을 거야!"

그때 옆에 있던 강리가 옆구리를 찔러왔다.

"인사해, 이쪽은 손강리. 곧 우리 학교로 전학 온대. 그리고 이쪽은 피호세."

"반가워. 주인이가 멋진 친구 소개시켜 준다고 해서 따라왔는데 정말 멋지네?"

"내가 언……."

강리는 황급히 내 입을 막으며 눈짓을 해왔다. 그리곤 호세 옆에 앉아 그가 들고 있던 책에 관심을 보이기 시작했다.

"어머? 나 이 책 읽고 싶었는데. 어때?"

"그럭저럭."

"이 작가가 쓴 책은 거의 다 읽어봤는데 어렵긴 해도 질문을 던져 놓고 그에 대한 답은 독자들로 하여금 찾게 만드는 게 매력인 것 같아. 호세 네 생각은?"

"그런 식으로 의도하며 쓴 게 티가 나지만, 그것 역시 작가 나

름대로의 취향이고 방식이니까.”

둘 사이에 내가 낄 틈은 없다. 공들여 만든 모래성이 와르르 무너지는 기분. 서둘러 발길을 돌려 교실로 돌아왔다.

“주인아, 무슨 일 있어?”

채영이가 내 얼굴을 살피며 물어왔다.

“일은 무슨. 오늘 날씨 정말 좋다, 그치?”

“아직도 추운데 뭐가 좋아! 그나저나 너 매점 간다더니 왜 빈 손이야?”

안 먹었다고 하면 아까 같이 먹지 않은 것에 대해 많이 섭섭해하겠지?

“먹고 왔어.”

“뭐 먹었는데?”

“칸쵸랑 쿨피스.”

“우리랑 같이 먹지, 뭐가 미안하다고 그래? 나도 그렇고 수지랑 완선이 섭섭했다!”

“먹고 싶었는데 칸쵸를 배신하면 안 되잖아.”

내 대답에 눈을 흘기는 채영. 채영아, 아직은 아닌가 봐. 미안해.

종례를 마친 후 삼총사와 교문을 향해 가던 중, 뒤에서 큰 소리로 대화를 나누는 목소리에 저절로 귀가 기울여졌다.

“윤선아, 국연소 말이야.”

그런데 한 여자의 입에서 연소 이름이 나왔다.

“그 자식 얘기는 왜 또 꺼내?”

“아무리 괴롭힘을 당해도 학교는 그만두지 않았잖아. 근데 왜 갑자기 그만뒀을까? 이제야 죄책감이 드는 건가?”

“뻔뻔하게 학교 다니던 놈이 죄책감? 하— 세상은 참 아이러니해. 누구는 도와주려다 목숨까지 잃었는데, 누구는 자신의 죄를 뉘우치기는커녕 너무도 잘살아가니 말이야.”

앞으로 걷던 발길을 뒤쪽으로 돌렸다. 예전에 연소에게 물을 끼얹고, 계단에서 날 민 여자가 친구와 함께 걸어오는 모습이 보였다. 눈이 마주친 여자가 걸음을 멈추고 날 빤히 쳐다봤다. 난 그 여자 앞으로 걸어가 감정을 억누르며 말했다.

“선배, 연소에 대해 얼마나 아세요?”

“뭐?”

“죄책감에 이러지도 저러지도 못하는 심정, 죽지 못해 사는 심정, 용서받고 싶어도 용서받을 수 없어 수없이 자신을 자책하며 사는 그 심정을 아냐구요!!”

입술을 악물었지만 뜨거운 게 얼굴을 적시며 지나갔다.

살아 있어도 살아 있는 것이 아니다. 끝이 보이지 않는 어두운 낭떠러지에 쉬지 않고 떨어진다. 하루에 수십 번, 수백 번이고 선택의 여지가 없는 갈림길에 서게 된다.

몸을 돌려 걱정스런 눈으로 날 바라보는 삼총사를 스쳐 지나갔다.

국연소, 왜 갔어? 지금까지 잘 버텼으면서 왜 갑자기 간 거야? 도망간 건 아니지? 그렇지? 네 말대로 성희 앞에 당당히 서고 싶어서 간 거지? 거긴 어때? 여기에 있을 때보다 나아? 더 힘든 건 아니지? 어둠이 널 덮쳐도 눈 감지 마. 절대로 네 자신을 포기하지 마.

콰—!!

"칸쵸돼지!! 일어나!!"

갑자기 나는 큰 목소리에 깜짝 놀라 눈을 뜨자 화난 얼굴로 문앞에 서 있는 규인이가 보였다.

"뭐야?"

"귀 먹었어? 그 빌어먹을 핸드폰이 계속 울려서 잠 깼잖아!!"

옆에 있던 핸드폰을 집어 확인하니, 부재중 전화 스물세 통. 스물세 통? 누가 이렇게 많이 했지?

확인을 위해 플립을 여는 순간 벨소리와 함께 '싸가지 바가지' 슬람이의 번호가 떴다. 며칠 전 마지막처럼 인사하더니 무슨 일이지?

"폰이랑 눈싸움이라도 하게? 얼른 받아!!"

규인이 녀석, 뚫어져라 핸드폰을 바라보는 내게 한마디 하고는 방을 나갔다.

"여보세요?"

[……]

저번과 마찬가지로 대답이 없다. 또 무슨 일이 있는 건 아닌지 심장이 빠르게 뛰어댔다.

"이하슬람! 무슨 일이야?"

[너 일부로 전화 안 받았지!!]

갑자기 소리 지르는 녀석 덕분에 귀가 멍멍해졌다. 3월 29일 일요일, 오늘 소리 지르는 날이라도 되나?

"자느냐고 몰랐어. 지금도 동생이 깨워서 겨우 일어났는데?"

[그런 뻔한 거짓말에 내가 속을 것 같아?]

"그럼 마음대로 생각해. 근데 왜 전화했어?"

목소리를 듣자하니 일은커녕 기분이 좋아 보인다.

잠시 침묵이 이어지고, 뒤이어 원구 오빠의 '빨리 말해!' 란 목소리가 들려왔다.

[알았으니까 저리 가! 황주인, 당장 우리 집으로 와. 늦게 오면 칸쵸 없을 줄 알아!]

[이 자식!! 말하는 싸가지 봐! 그렇게 말하면 예쁜 우리 주인이가 오겠어?]

[됐어! 오든지 말든지. 으악!! 이 변태 할방구!! 달라붙지 마!!]

슬람이의 처절한 비명이 마지막으로 들리며 전화는 끊어졌다.

"품— 푸하하하~ 크하하하하~"

괴로운 얼굴을 하고 있을 슬람이를 떠올리자 웃음이 터져 나왔다.

쾅!!

다시금 큰 소리를 내며 열린 문. 장난감 칼을 들고 나타난 규인이를 살피며 슬금슬금 몸을 일으켰다.

"그러니까 규인아."

"용서 못해!!"

칼을 치켜들고 달려드는 녀석을 피해 화장실로 들어가 문을 잠갔다.

"열어!! 정정당당하게 붙어!!"

"칼 들고 있는 놈이 무슨 정정당당을 외쳐? 이제 조용히 할 테니까 자~"

"두 번씩이나 깨웠으면서 자라고? 저번에 자는데 깨웠다고 눈탱이 밤탱이 만든 게 누군데! 안 열면 부수고 들어갈 거야!!"

"부숴, 오빠한테 혼나지 않을 자신 있으면."

"좋아! 나올 때까지 기다린다!! 어디 언제까지 화장실에 있는지 보자구~"

슬람이네 늦게 가면 칸쵸 못 먹는데. 하나, 녀석이 순순히 물러설 것 같지는 않고, 어떻게 처리하지? 아! 그거다!!

"규인아~ 지금 몇 시야?"

"시간은 왜?"

"말해 봐. 말해 줄 게 있거든."

"열한 시 오 분 전."

"벌써? 열한 시에 손님 오기로 했는데 큰일날 뻔했네?"

"손님? 누가 오는데?"

제발 규인이가 속아넘어가길 바라며.

"네 팬클럽 애들 오기로 했어. 규인프린스라는 애들."

"뭐? 누구 맘대로? 안 돼!!"

"조금 있음 집으로 올 텐데 빨리 도망가."

"문 안 열어주면 그만이지. 당신이나 거기에서 나와."

"나도 그런 말까지 해가며 안 된다고 했는데 담 넘고, 문 따서라도 들어온대. 그래서 너랑 꼭 밥 먹을 거래."

속을까? 여자에 관한 거라면 그게 진실이든 거짓이든 도망가는 놈이니까 속을 거야!

어느 순간 조용해진 밖.

"규인아~"

"……."

"황규인! 나갈 테니 정정당당하게 싸우자!!"

"……."

오케이!! 편하게 준비를 시작하고, 고픈 배를 이끌고 도착한 슬람의 집.

초인종을 누르자 아무 대답 없이 대문이 열렸다. 집 안으로 들어가자 원구 오빠가 달려와 와락 날 껴안았다.

"주인아, 보고 싶었어."

"변태 할아방구."

노란색 트레이닝복을 한 벌로 입은 슬람이가 주방에서 걸어나오며 말했다. 병아리를 연상케 하는 녀석의 모습에 절로 미소가 지어졌다.

"야, 왜 웃어?"

"네가 귀여워서."

"아, 씹."

금세 얼굴이 빨개진 녀석은 다시 주방으로 들어갔다. 처음 왔을 때도 귀엽다는 말에 귀까지 빨개지더니. 앞으로 종종 귀엽다는 말로 놀려먹어야지.

"주인아, 밥은 먹었어?"

"아니요. 씻고 바로 달려왔어요."

"그럴 줄 알고 내가 슬람이한테 음식 만들라고 했어. 잘했지?"

맛있는 냄새가 난다 했더니 음식을 만들고 있었구나. 기억하기 싫은 일이지만 저번에 먹었던 스파게티도 그렇고 빈치랑 먹은 잡채, 무지하게 맛있었는데.

"오빠, 슬람이 원래 요리 잘해요?"

"타고났지. 못하는 요리가 없어. 한 번만 딱 보면 무슨 요리든 만들어."

그렇단 말이지? 한 시간 뒤, 오락을 하고 있는 나와 원구 오빠에게 슬람이가 소리쳤다.

"뭐야? 누구는 힘들게 요리하는데 누구는 신나게 오락하고 앉아 있어? 밥 안 줘!!"

"슬람이 처자~ 왜 이러시나~"

원구 오빠가 능글맞은 미소를 지어 보이며 슬람이에게 다가갔다.

"스톱! 한 번만 더 엉덩이 주무르면 형이고 뭐고 없어."

"그래? 그럼 주인이가 만지면? 주인이가 만지면 어떡할 거야?"

슬람이의 주먹보다 내 주먹이 빨랐다. 바닥에 뻗은 원구 오빠를 밟고 지나가 식탁에 앉았다.

난 젓가락을 들고 앞에 앉는 슬람에게 물었다.

"이건 뭐야?"

"갈치조림."

"그럼 이건?"

"두부부추된장국."

"요건?"

"감자채햄볶음."

한 번도 먹어보지 못한 음식들이다.

"그럼 이건 뭐야?"

다시 젓가락으로 음식을 가리키며 묻자 녀석의 얼굴이 꿈틀거리기 시작했다. 더 물어봤다간 젓가락으로 눈 찔리겠다. 황주인, 입 다물자.

"잘 먹을게."

"와! 내가 좋아하는 갈치조림이다!"

원구 오빠가 내 옆으로 앉으며 환호성을 질렀다.

“슬람아, 네가 날 이렇게까지 생각하는 줄은 몰랐어.”

“괜히 했군.”

“자식, 쑥스러워하긴. 맛있게 먹을게. 주인아, 많이 먹어. 슬람이는 자기가 한 음식 맛있게 많이~ 먹는 사람 좋아해. 그리고 남기면 밥상 엎으니까 다 먹어.”

찌릿찌릿— 원구 오빠를 노려보는 슬람이의 눈에서 스파크가 튕겼다. 하지만 이에 굴하지 않고 열심히 밥을 먹는 원구 오빠. 만약 원구 오빠가 없었으면 슬람이는…….

“오빠, 고마워요.”

“응? 뭐가?”

“그냥요. 많이 드세요.”

“주잉이 너동 마잉 멍엉.”

입 안 가득 음식물을 물고 말하는 원구 오빠. 그런 오빠의 모습을 슬람이가 그냥 지나칠 리 없다.

“더럽게. 다 먹고 말해!”

“뭐강 엉애서? 그지, 주이앙?”

정말 못 말리는 두 사람이다. 배고픈 이유도 있었지만 음식이 맛있어 열심히 먹고 있는데 이리저리 움직이는 시선들이 느껴졌다. 살며시 고개를 들자 슬람이와 원구 오빠가 말 대신 눈짓으로 애기하는 게 보였다.

“두 사람, 지금 뭐 해?”

내 질문에 원구 오빠의 강한 눈짓을 받은 슬람이가 입을 열었다.

"다시 해."

"응? 뭘?"

"짜증나게 왜 한 번에 못 알아들어?"

쥐고 있던 젓가락에 힘이 들어갔다.

"똑바로 설명을 해야 알아듣지, 슬람아?"

"과외 다시 하라고!! 됐냐?"

남자의 마음도 갈대인가?

"왜 생각이 바뀌었어? 나한테 칸쵸 주는 게 아깝다며?"

"씨발, 싫음 말고! 하지 마!!"

"슬람아~"

의미있는 미소를 지은 채 슬람이를 부르는 원구 오빠.

"그럼 형이 말해!"

"내가? 나 지금 입 열면 아무 말이나 막 나올 것 같은데 그래
도 상관없으면 내가 말하지 뭐."

"됐어! 고양이한테 생선을 맡기는 게 낫지. 황주인, 한 번만
말할 거니까 잘 들어. 칸쵸는 예전처럼 줄 테니까 다음 주 금요
일부터 다시 와서 과외 받으라고. 이젠 알아듣겠냐?"

"음, 그래? 좋아! 근데 칸쵸는 필요없어. 대신 부탁이 하나 있
어."

슬람이는 물론이고, 밥 먹는 데 여념이 없던 원구 오빠의 시
선까지 내게로 향했다.

“다음 주 일요일이 우리 오빠 생일인데 참석해 줘.”

“네 오빠 생일에 내가 왜 가?”

“그냥. 사람 많으면 재미있게 놀 수 있잖아.”

“주인아, 그럼 나도 가도 돼?”

슬람이는 이유가 있어서 부르는 건데 원구 오빠는.

“심각해지긴! 나 그날 약속있어. 자, 밥 다 먹었으면 올라가서 시작하자.”

애써 태연한 척 자리에서 일어나 이층으로 올라가는 원구 오빠.

“나는 되고, 형은 안 된다? 무슨 꿍꿍이야?”

“꿍꿍이는 무슨~ 아니야!! 그나저나 올 거지?”

“내가 와주길 원해?”

반짝이는 녀석의 눈빛이 수상하지만 내겐 선택의 여지가 없다.

“이건 한 사람의 목숨이 걸린 문제야.”

“그럼 이거 다 치우고, 설거지해.”

녀석이 식탁에 가득한 빈 접시와 그릇들을 가리키며 말했다.

“저기 슬람아, 나 손님인데?”

“누가 음식 만들었지? 생일에 와달라고 한 사람이 누구지?”

아, 얄미워!! 올 필요 없다고 소리치고 싶지만, 저 녀석이 꼭 필요하다.

“뽀드득 뽀드득 소리나게 씻으면 되지?”

"아니, 파리가 미끄러질 정도가 될 때까지 씻어."

"파리가 미끄러질 정도? 너희 집에 파리 있어?"

찌릿찌릿— 녀석의 시선을 외면하고 그릇들을 싱크대로 옮겨 설거지를 시작했다. 하나, 뒤통수에서 계속해서 느껴지는 시선. 고개를 돌리자 팔짱을 낀 채 날 주시하고 있는 슬람이가 보였다.

"거기서 뭐 해?"

"감시."

"지금 파리가 미끄러질 정도로 닦고 있거든?"

"그건 너 혼자만의 생각이고. 헹굼질 제대로 해."

이하슬람, 너 두고 보자! 다음 주 일요일에 두고 보자!!

슬람이의 감시 하에 무사히 설거지를 끝내고, 과외를 받기 위해 원구 오빠가 있는 슬람이 방으로 들어갔다. 자리에 앉아 책 읽고 있는 오빠를 바라보기를 십 분.

"오빠, 수업 안 해요?"

"슬람이 오면."

"슬람이요?"

"오늘부터 같이 공부할 거야."

무슨 말이냐고 물으려는 순간, 방문이 열리며 슬람이 녀석이 들어왔다. 원구 오빠가 내 앞에 앉는 녀석을 향해 소리쳤다.

"너 때문에 주인이랑 나, 십 분이나 기다렸어!!"

"안 들어올까 하다가 형 울까 봐 들어왔더니만."

“울긴 누가 운다고 그래!! 그리고 지금 이게 누굴……."

그때 슬람이가 원구 오빠를 향해 인형을 집어 던졌다. 인형에 맞고 잠시 고개를 떨구고 있던 원구 오빠가 자리에서 벌떡 일어섰다.

“오늘은 무슨 일이 있어도 싸가지없는 네놈 버릇을 고쳐 놓겠어!!”

“세상에서 가장 자상하고 멋진 선생님 될 사람이 그러면 안 되지~”

“너 같은 놈은 예외야!! 밖으로 나와!!”

그리하여 밖으로 나간 두 사람. 몇 시간이 지나도 들어오지 않는 걸 보니 오늘 공부하기는 틀린 것 같다. 현관문이 열리고 닫히는 소리가 들려왔다.

“너 거기 안 서?”

“어디 그 짧은 다리로 잡을 수 있음 잡아봐.”

“뭐? 이 납작 궁댕이야!!”

“내 엉덩이가 이렇게 된 건 형이 하도 만지고, 때려서 그런 거 잖아!!”

“네가 그런 소리 해서 나 학교에서 변태로 찍힌 거 몰라? 오늘은 진짜로 네 엉덩이를 신나게 주물러 주겠어!!”

일이층을 오르락내리락, 이방저방을 들락날락, 정신없이 뛰어다니는 두 사람에게 인사를 하고 집을 나왔다.

오랜만에 규인이랑 레슬링이나 할까? 규인아, 이번엔 반칙 안 할 테니까 레슬링 하자!!

붉게 물들어가는 하늘 위로 떠다니는 구름을 따라 집을 향해
달렸다.

유난히 햇살이 따뜻한 어느 날, 평소와 마찬가지로 칸쵸를 사
기 위해 밖으로 나왔다.

매점에서 나의 사랑스런 칸쵸를 두 개나 ·사고 나오는 중, 바
가지를 엎어놓은 듯한 머리를 하고 있는 빈치를 만났다.

"주인아~앙~"

뭘까, 이 기분은? 빈치를 보면 한없이 편안하고, 온몸이 따뜻
해짐을 느낀다.

"앗! 칸쵸다!! 하나는 나 주려고 산 거지? 고마워."

녀석의 행동을 제지할 틈도 없이 사랑스런 나의 칸쵸 하나가
녀석의 손으로 옮겨졌다. 혹시 볼 때마다 날 반기는 이유가 칸
쵸 때문은 아닌지 의심된다. 난 칸쵸를 높이 던져 받아 먹는 빈
치에게 물었다.

"밥은 맛있게 먹었어?"

"지금 먹고 있잖아."

"밥 안 먹었어? 위에 구멍나면 어쩌려고."

녀석, 내 말은 한 귀로 듣고 한 귀로 흘려버린 채 칸쵸 먹는
데 정신이 없다. 쉬운 결정은 아니었지만 남은 칸쵸 하나를 녀
석의 손에 쥐어주며 말했다.

“날씨 따뜻해지면 밖에 나와서 같이 밥 먹자.”

“우리 둘이만?”

“밥은 여럿이 먹어야 맛있는 법! 나, 너, 호세랑 슬람이, 그리고 내 친구들 세 명.”

그저 빈치가 밥을 굶는 것 같아 내놓은 의견인데 이렇게 하면 자연스레 채영이와 슬람이가 친해질 수 있는 계기가 마련되고. 왜 진작에 이런 생각을 못했지?

“고추장이랑 고추 싸올 거야?”

“고추장이랑 고추?”

“내가 젤 좋아하는 반찬이야. 나 그거 없으면 밥 안 먹어.”

바가지 머리 영향인가? 입술을 쭉 내미는 모습이 꼭 다섯 살 어린아이처럼 여겨졌다.

“매일매일 싸올 테니까 걱정 마.”

“정말이지? 나 매일매일 고추에 고추장 찍어서 먹여줘~”

못 본 사이 더 어린애가 되어버린 녀석. 하지만 어쩌랴. 난 맑고 초롱초롱한 빈치의 눈을 외면할 만큼 모질지 못하다.

“주인이 네가 매일 고추장이랑 고추 싸온다고 약속했고, 칸쵸도 두 개나 줬으니까 내가 정말정말 중요한 비밀 하나 알려줄게.”

비밀이라는 단어에 내 눈은 빛을 발하며 빈치를 뚫어져라 쳐다봤다,

“주인이 너, 낮에 별 본 적 있어?”

“그야 당연히 없지. 낮에 어떻게 별을 봐?”

“근데 오늘은 볼 수 있어.”

“오늘? 어떻게?”

“오늘이 바로 천 년에 한 번 낮에 별똥별이 떨어지는 날이야.”

“말도 안 돼~ 이 훤한 대낮에 무슨.”

말도 안 된다는 내 얼굴과는 반대로 더욱 진지해져 가는 빈치의 얼굴. 난 늪에 빠진 것마냥 점점 투명한 빈치의 눈 속으로 빨려 들어갔다.

“믿든 안 믿든 그건 주인이 네 마음인데, 이거 하나만은 알아 둬. 이걸 아는 사람은 극히 드물고, 오늘 떨어지는 별똥별을 보며 소원을 빌면 그게 무슨 소원이든 꼭 이루어진다는 사실을.”

무슨 소원이든 이루어진다고?

“그럼 그 별똥별은 언제 떨어지는데?”

“주문을 외우면 돼.”

“주문?”

“응. 이렇게 두 팔을 하늘로 뻗고 주문을 외우는 거야. 샤링 샤링 요요 히비히비 샷.”

진지한 빈치의 모습에도 불구하고 웃음이 터져 나왔다.

“샤링 샤링 요요 히비히비 샷?”

“진심으로 계속 주문을 외우면 무지갯빛을 내는 별이 떨어질 거야. 그때 네 소원을 말하면 돼. 앗! 우리 옹순이 배고프겠다.

안녕~”

　다급히 자신의 학교로 뛰어가는 빈치. 옹순이? 이름 한번 특이하네. 근데 정말 별똥별이 떨어질까?

　구름 한 점 없는 맑은 하늘을 올려다보며 두 팔을 들어 올렸다. 그리곤 작은 목소리로 주문을 외웠다.

　“샤링 샤링 요요 히비히비 샷.”

　십 초, 이십 초, 삼십 초, 사십 초. 주문을 외우고 별똥별이 떨어지기만을 기다렸지만, 하늘은 조용했다. 너무 작게 말했나? 그럼 이번에는.

　“샤링 샤링 요요 히비히비 샷!!”

　크게 소리친 순간, 등 뒤에서 웃음소리가 들려왔다. 도둑질하다 들킨 마냥 얼굴이 빨개진 난 서둘러 팔을 내리고 돌아섰다. 이름은 모르고 얼굴만 익숙한 같은 반 여학생 둘이 웃는 걸 멈추고 말을 걸어왔다.

　“반장, 지금 뭐 해?”

　“으응? 아무것도 아니야. 정말 아무것도 아니니까 신경 쓰지 마.”

　“강하게 부정하니까 더 의심스러운데? 설마 오늘이 만우절인 거 모르고 속은 건 아니겠지?”

　만우절? 그러고 보니 오늘이 4월 1일. 빈치 이 녀석!!

　“호호호~ 오늘이 만우절이라는 거 모르는 사람도 있나? 그럼 얘들아, 교실에서 보자~”

표정 관리가 힘들었지만 마지막까지 웃는 얼굴을 유지하고 돌아섰다.

낮에 별이 보일 리 없잖아!! 유치한 주문도 그렇고. 이 바보!! 바보!! 아무리 빈치를 욕하고 내 자신을 자책해도 마음이 가라앉질 않았다. 그런 이때 앞에서 느릿느릿 걸어오는 슬람이가 보였다. 빙고!! 전속력으로 뛰어가 슬람이 앞에 섰다. 이 녀석도 나처럼 오늘이 만우절이란 걸 몰라야 하는데.

"그만 째려보고 할 말 있음 해."

"혹시 간절히 원하는 소원 있어?"

"소원? 그건 왜?"

"우선 대답해 봐. 있어, 없어?"

잠시 머뭇거리던 녀석이 헛기침을 하더니 대답했다.

"있다면?"

"내가 그 소원 이룰 수 있는 방법을 알고 있는데 가르쳐 줄까?"

"내 소원이 뭔 줄 알고?"

"무슨 소원이든 꼭 이뤄지게 하는 마법주문이 있거든."

녀석의 평소 행동이나 성격으로 봐선 따라할 것 같진 않지만 나만 당할 수는 없지!!

"뭔데?"

"오늘이 천년에 한 번 이 대낮에! 별똥별이 떨어지는 날이야. 물론 믿기 힘……."

“크하하하하~”

역시나 나와 같은 반응을 보이는군. 이때 눈치를 챘어야 했는데. 하지만 슬람아, 너도 나처럼 속아야만 한다.

“천년에 한 번 별똥별이 떨어지는 날이라고? 어디서 주워들었냐?”

“이 말을 들은 많은 사람들이 너와 같은 반응을 보이고 그냥 돌아서는 탓에 별똥별을 보고 소원을 이룬 사람이 극히 드물다고 하더라.”

그래, 슬람아! 내 말을 믿어!! 그리고 하늘을 향해 미친 사람처럼 외치는 거야!!

“계속 말해 봐.”

“별똥별이 떨어지게 하려면 주문을 외워야 해. 우선 이렇게 두 팔을 위로 올리고.”

팔을 올리는 행동을 취하자 녀석의 표정이 굳어졌다. 더 의심하고 안 한다고 하기 전에 얼른 해치우자!!

“가만히 있지 말고 나처럼 팔 올려봐. 어서~”

“뻥이면 각오해.”

이하슬람, 따라하는 걸 보니 오늘이 만우절인 거 모르는구나.

“마지막으로 진심을 다해 주문을 크게 외치면 돼. 쉬우니까 잘 듣고 따라해. 샤링 샤링 요요 히비히비 샷.”

“…….”

“다시 말해 줄까? 샤링 샤링 요요 히비히비 샷.”

"······어느 만화에서 나오는 말이냐? 요술공주? 신데렐라? 둘리?"

빈치 이 녀석!! 지으려면 좀 완벽하게 속아넘어갈 수 있게 지을 것이지. 말하는 나조차 부끄러움을 느낄 정도라니!!

"믿음이 없으면 주문을 아무리 외워도 소용없어. 진지하게, 네 소원을 떠올리며 말해 봐."

계속 팔을 들고 있으려니 쥐가 날 것 같다. 하지만 고지가 얼마 남지 않았다!

"샤링 샤링 요요 히······."

"샤링 샤링 요요 히비히비 샷! 나처럼 크게!!"

"샤링 샤링 요요 히비히비 샷."

난 팔을 내리고 슬람이가 눈치채지 못하도록 천천히 뒷걸음질치며 말했다.

"목소리가 너무 작아. 크게 말해야 하늘이 듣고 별을 떨어뜨리지. 크게 소리쳐 봐."

"에이 씹, 샤링 샤링 요요 히비히비 샷!! 됐냐?"

"그래! 그렇게 하는 거야. 별이 떨어질 때까지 그렇게 외쳐. 근데 너 팔은 왜 내려?"

"황주인."

녀석의 미간에 주름이 잡히고, 입술이 실룩거렸다.

"저기, 슬람아."

"슬금슬금 뒷걸음질치는 이유가 뭐야?"

미소 띤 채 내게로 걸어오는 녀석. 나 역시도 녀석에게 적당한 거리 유지를 위해 계속해서 뒷걸음질쳤다.

"왜 자꾸 도망가지, 황주인?"

"너야말로 왜 자꾸 다가오는 거야!!"

"별똥별이 떨어지는 주문이 뭐라고? 한 글자씩 또박또박 힘줘서 말해 봐."

"주문이 좀 어렵지? 지금은 내가 급한 일이 있어서 나중에 자세히 말해 줄게. 그럼 안녕~"

잡히기 전에 도망가자!! 난 재빨리 몸을 돌려 학교 건물로 뛰었다.

"야!! 너 거기 안 서?"

"나 화장실 가야 돼!!"

"씹, 진짜 안 서? 끝까지 따라간다!!"

미안하지만 슬람아, 나 달리기라면 자신있다. 내가 나중에 세상에서 제일 맛있는 칸쵸 사줄게.

여유있게 녀석을 따돌리고 교실에 도착하니 이미 수업이 시작된 후였다. 선생님께 인사하고 자리에 앉아 교과서를 꺼내려는 순간, 앞문이 큰 소리를 내며 열렸다. 이하슬람!!! 슬람이의 등장에 수업이 중단됨은 물론이고 교실이 술렁거리기 시작했다. 분명히 확실하게 따돌렸는데. 또 내가 6반인 건 어떻게 알았지?

"사성공고잖아! 우리 반엔 무슨 일이지?"

“와~ 무지 잘생겼다!!”

“쟤 이름이 뭐더라? 이슬람이던가? 아, 맞다! 이하슬람!!”

“조용!! 조용!!”

영어 선생님이 교탁을 두드리며 소리쳤다. 그리곤 날 노려보고 있는 슬람이를 향해 차분한 어조로 물었다,

“사성공고 학생 같은데 우리 학교엔 무슨 일로 왔지? 지금 수업 중인 거 안 보여?”

“저한테 사기친 사람이 이 반으로 들어가는 걸 봤거든요.”

“사기라니?”

“샤링 샤링 요요 히비히비 샷~”

으악!! 난 몰라!! 슬람이의 대답에 교실은 더욱 소란스러워졌다.

“학생, 그게 무슨 말인지 자세히 말해 봐.”

“제이고 옥상에서 바라본 풍경은 어떤 모습일지 궁금하네요. 샤링 샤링 옥상으로 컴 온.”

“꺄아악~!!”

슬람이 녀석의 미소에 소리를 질러대는 여학생들. 다행히 녀석은 더 이상 소란을 피우지 않고 조용히 문을 닫고 사라졌다.

“하여간 공고 애들이란. 자, 다들 조용히 하고 책 봐.”

“선생님!”

자리에서 일어서자 모두의 시선이 내게로 쏠렸다.

“어, 왜?”

“화장실이 급해요!”

“쉬는 시간에 안 가고 뭐 했어?”

“갔다 왔는데 미처 다 해결을 보지 못해서요.”

“얼른 갔다 와!”

“반장! 시원하게 해결하고 와!!”

백완선, 저걸 친구라고. 두고 보자! 교실을 나오자마자 옥상
으로 뛰어올라 갔다. 문을 열고 나간 옥상엔 슬람이 녀석이 두
팔을 벌리고 고개를 뒤로 젖혀 하늘을 바라보고 있었다.

“뭐 해?”

“샤링 샤링 요요 히비히비 샷.”

“그러니까 그게 어떻게 된 거냐 하면…….”

난 빈치를 만나고 빈치에게 당했던 일을 구구절절 늘어놓았
다. 묵묵히 내 얘기를 듣던 녀석이 갑자기 옥상 바닥에 드러누
웠다.

“하늘색 줄무늬.”

“응?”

“유아틱한 네 팬티 보이니까 앉아.”

화끈거리는 얼굴을 감싸고 누워 있는 녀석 옆으로 앉았다. 잠
깐! 나 오늘 분홍색 팬티 입었는데. 이하슬람, 이 녀석!! 주먹 쥔
손으로 슬람이의 배를 내려쳤다.

“윽! 너 미쳤어?”

“그런 식의 장난은 용서 못해.”

"기지배가 무식하게 힘만 세가지고. 그래서 누가 좋아하겠냐?"

"어머? 지금 나 걱정해 주는 거야? 그렇게 걱정되면 네가 내 남자 친구 하면 되겠네."

펄쩍 뛸 것으로 예상했는데 조용해도 너무 조용하다. 에이, 재미없어.

자는 건지, 생각에 잠긴 건지 두 눈을 감은 녀석에게 장난을 칠까 하다 그만두고, 녀석과 같이 바닥에 누워 하늘을 응시했다. 어디서 흘러왔는지 구름 한 점 없던 하늘에 구름 하나가 자리를 잡고 있었다.

"저기 봐바, 저 구름 뭐 같아?"

"종이 비행기."

"종이 비행기? 난 큐피트 화살같이 보이는데?"

"종이 비행기야."

"왜?"

"성희에게 쓴 편지가 종이 비행기로 바뀌어 날아가니까."

정말 저 구름이 종이 비행기가 되어 내 말을 전해줄까? 그렇게 된다면, 그럴 수만 있다면 얼마나 좋을까? 조용한 가운데 들려오는 슬람이의 노랫소리. 얼굴 위로 무언가가 흐르는 느낌에 정신을 차려보니 어느새 눈물을 흘리고 있었다. 왜 눈물이 나는 거지? 그리고 왜 이렇게 심장이 아리면서 답답할까?

“이 녀석들!!”

갑자기 들려온 우렁찬 목소리에 몸을 일으키자 수학 선생님이 무서운 얼굴로 나와 슬람이를 번갈아 바라보고 있었다.

“1학년 6반 반장 황주인!”

내 앞에 선 선생님이 들고 있던 막대기로 내 머리를 내려쳤다.

“좋은 점심이에요, 김봉건 선생님~”

“수업 땡땡이치고 옥상에서 남자랑 단둘이 뭐 하고 있지요, 황주인 반장?”

“보시다시피 하늘 구경을 좀……."

“똥 마려운 개새끼마냥 쩔쩔매긴.”

내 대답이 어이없다는 건 인정하는데 이 상황에서 왜 눈치없이 끼어드는 건데, 이하슬람!!

수학 선생님의 관심이 녀석에게로 쏠리기 시작했다.

“이놈 봐라? 사성공고 학생. 이름이 어떻게 되지?”

“그냥 이놈저놈이라고 부르는 게 편하실 텐데요?”

으악~!! 그대로 두다간 제대로 사고치겠다 싶어 녀석의 옆구리를 꼬집어가며 선생님께 말했다.

“선생님, 오늘 만우절인 거 아시죠? 이 녀석 지금 농담한 거예요! 조크!!”

“넌 가만히 있어! 이름을 못 밝히겠다? 혹시 이름이 촌스러워서 그러는 건 아니겠지?”

“뭐가 궁금하신 거죠?”

“알면서 뭘 묻는 거냐?”

그러자 슬람이 녀석, 눈을 반짝이더니 몸을 숙여 선생님의 귀에 입을 가져다 댔다. 무슨 말을 했는지 금방 입을 뗀 녀석은 여유있는 몸짓을 해가며 옥상 문을 닫고 모습을 감췄다.

“저 녀석 잡아!!”

이성을 잃고 문으로 달려가는 선생님을 가까스로 잡았다.

“선생님, 진정하세요!!”

“놔!! 이거 안 놔? 그 빌어먹을 자식 어디 갔어?”

“선생님, 걔가 싸가지가 좀 없지만 절대 나쁜 애는 아니에요. 반장의 명예를 걸고 맹세해요!”

“너, 따라와!!”

“아야, 선생님~ 귀 떨어지겠어요.”

“뭘 잘했다고!! 오늘 내가 확실히 교육시키겠어!!”

그대로 옥상에서 상담실로 끌려간 난 이유도 모른 채 종례 시간까지 성에 대한 훈계를 들어야만 했다. 난 상담실에서 나오자마자 슬람이에게 전화를 걸었다.

“야! 너 우리 수학 선생님한테 뭐라고 했어?”

[궁금해?]

“빨리 말해! 나 지금까지 이유도 모른 채 몇 시간을 성교육 받았다고!!”

[뭐 정 궁금하면 가르쳐 주지. 에스, 이, 엑스.]

에스, 이, 엑스? 뭐지? 어떤 단어의 약자인가?

[둔하긴~ 영어 스펠링이잖아. 그대로 나열해 봐. 끊는다.]

"야!!"

영어 스펠링? 가만 에스, 이, 엑스면……?! 아아악!! 이 변태 자식!!! 서둘러 통화 버튼을 눌렀지만 들려오는 건 아름다운 여성의 음성뿐이었다.

[고객의 전화기가 꺼져 있어 음성 사서함으로…….]

난 이제야 왜 수학 선생님이 이성을 잃고 슬람이를 잡으려 했는지, 그리고 왜 그렇게 침을 튀겨가며 내게 성교육을 시켰는지 이해할 수 있었다.

이하슬람! 이번 주 일요일에 두고 보자!!

토요일, 오빠 생일을 하루 앞두고 선물로 책을 사기 위해 서점으로 향했다. 시내에서 가장 큰 서점으로 들어가 역사 쪽을 둘러보던 중, 구석에 앉아 책을 읽고 있는 호세를 발견했다.

피식― 책에 빠져 있는 호세를 보고 있자니 웃음이 나왔다. 왜 이유도 없이 웃음이 나는 거지? 또 왜 이렇게 가슴이 뛰는 거지? 조심조심 걸어가 녀석이 보고 있는 책 표지를 보고 녀석의 옆에 앉았다.

"만들어진 고대? 심상치 않은 제목인데, 무슨 책이야?"

"동아시아의 역사. 여긴 어쩐 일이야?"

"책 사러 왔지! 내일이 우리 오빠 생일이거든. 근데 무슨 책을 사지?"

"오빠가 어떤 종류의 책을 좋아하는데?"

"역사."

갑자기 자리에서 일어선 녀석이 어딘가로 가더니 책 한 권을 들고 나타났다. 책을 내게 내밀고 다시 자리에 앉는 호세.

『나를 배반한 역사』

"제목도 맘에 들고 표지도 예쁘다. 어떤 책을 사야 할지 난감했는데, 고마워."

"정말 고마워?"

"무진장 고마워."

"아, 배고프다~"

호세가 벽에 기대어 자신의 배를 문지르며 날 쳐다봤다. 그러고 보니 예전에 녀석이 철판낙지볶음을 계산했었지?

"다행히 오늘은 돈 있으니까 먹고 싶은 거 말해."

"바다가재."

"좀 더 싼 거."

"갈비."

"그거보다 더 싼 걸로."

말을 마치고 호세의 눈치를 살피는데 어디선가 들려오는 경쾌한 벨소리.

♫햇님을 담아 별님을 담아 나 상상했던 이상 찾아~ ,cause I foun the futuer—It's without it's without your love~ ♫

"어. 지금 가고 있어. 알았어."

전화를 끊는 녀석에게 물었다.

"누구야? 약속있어?"

"하세. 맛있는 거 사 오라고 해서 나온 건데 깜빡했다."

이거 듣던 중 반가운 소리!

"아쉽다. 바다가재 사주려고 했는데."

"그래? 그럼 하세한테 좀 늦는다고 전화해야겠네."

"무슨 소리야!! 동생이 오라는데 빨리 가야지!! 나가자~"

계산을 마치고 밖으로 나와 서둘러 인사를 하고 돌아섰다.

"황주인!"

안 들려, 안 들려!! 혹시나 녀석이 따라와 바다가재를 사달라고 할까 봐 뛰기 시작했다.

호세야, 내가 바다가재는 못 사주지만 가재랑 비슷하게 생긴 새우튀김은 꼭 사줄게!!

4월 5일 일요일, 약속한 시간 네 시가 가까워오자 초인종이 울렸다. 거실에서 같이 텔레비전을 보고 있던 규인이 녀석이 인터폰 앞으로 걸어갔다.

"누구세요? 뭐? 너 누구야?"

탁—!!

규인이의 뒤통수를 시원하게 갈기고, 대문을 열었다. 잠시 후 현관문이 열리며 정장으로 쫙 빼입은 슬람이가 모습을 드러냈다.

"풉—"

"기분 더러워지게 왜 웃어?"

내가 웃을 수밖에 없는 이유. 앞으로 많은 음식들을 만들어야 하는데 정장을 입고 왔으니 내가 어찌 웃지 않을 수 있겠냐고!!

"아니야! 들어와."

혹시나 마음 돌려 가버릴까 서둘러 녀석을 끌어당겼다. 마주한 규인이와 슬람이 사이에 보이지는 않지만 강한 불꽃이 튀었다.

"규인아, 오빠 생일을 위해 온 누나 친구야."

"형 생일? 뭐 하러 왔는데?"

"보면 알아. 이하슬람, 이쪽으로 와."

녀석을 끌고 주방으로 가 냉장고에서 재료들을 꺼내 식탁에 올려놨다.

"잡채랑 닭도리탕, 야채튀김, 불고기, 도토리묵, 미역국, 마지막으로 북어찜!"

"네가 어제 나한테 전화로 물어본 거잖아. 그걸 다 만들려고?"

"다 만들 수 있다고 했지? 그럼 지금부터 맛있게 만들어줘. 부탁해~"

찡긋 윙크를 하고 주방을 나서는데 녀석이 앞을 가로막았다.

"아! 보조할 사람? 걱정 마! 규인아~"

"왜?"

"꾸물거리지 말고 빨리 와!"

머리에 까치집을 만들고 나타난 녀석에게 온화한 미소를 지어가며 말했다.

"슬람이가 음식 만드는데 옆에서 보조 좀 해줘."

"내가 왜? 누나가 해!"

"보조라 하지만 내 실력, 누구보다 네가 잘 알잖아."

"칸쵸 삼십 개야! 알았어?"

이젠 나 못지않게 칸쵸 마니아가 된 규인이를 향해 미소로 답하고 가려고 했지만 다시 슬람이의 손에 붙잡혔다.

"또 필요한 거 있어?"

"말해 봐."

"뭘?"

"시치미 떼도 소용없어. 대답해."

웃으면서 말하지만 상대를 조여오는 기술! 하지만 만우절에 있었던 김봉건 선생님과의 오붓한 시간은 내 기억 속에 오래도록 기억될 것이다.

"저번에도 말했지만 이건 한 사람의 목숨이 걸린 문제야."

"사기친 것도 모자라 공짜로 그 많은 음식을 만들라고? 내가 순순히 응할 것 같아?"

"당연히 아니지~ 그래서 준비한 게 있어. 짜잔!!"

주머니에서 노란색 머리띠와 파란색 머리끈을 꺼내 녀석 앞에서 흔들어 보였다.

"어때? 예쁘지? 네 노란색 트레이닝복이랑 잘 어울릴 것 같아서 샀어."

"내 트레이닝복이랑 그거랑 무슨 상관이 있다고?"

"그 옷 입을 때 이거 착용하라고."

슬람이의 하얀 얼굴이 점점 빨갛게 변하기 시작했다.

"맘에 안 들어? 예쁜데~ 규인아, 이거 예쁘지 않아?"

직접 노란색 머리띠를 머리에 꽂으며 규인이에게 물었다. 하지만 녀석은 고개를 가로저으며 얼굴을 돌렸다. 몇 시간 동안 힘들게 고른 건데.

"황주인, 내가 음식 만들어주길 원하지?"

"원하니까 널 초대했지."

"그럼 나도 원하는 게 있어야 공평한 거네?"

"그렇게 되나? 네가 원하는 건 뭔데?"

"지금은 없어. 나중에 생각나면 말할 테니까 기억해 둬."

휴~ 호세처럼 비싼 음식이나 비싼 물건 사달라고 하면 어쩌나 했는데. 그리고 크게 난리치지 않고 음식 만들어준다고 해서 다행이다.

주방에서 나와 소파에 누워 맛있는 음식 냄새를 음미하며 텔레비전을 시청했다. 부엌에선 종종 요리에 대한 의견이 엇갈려

다투는 소리가 들려왔지만 생각보다 잘 어울리는 두 사람이다.

"다 됐어."

정확히 여섯 시 사십 분, 얼굴에 밀가루 투성인 규인이가 주방을 나오며 말했다.

일곱 시면 무슨 일이 있어도 오빠가 오니까 어서 슬람이를. 주방에서 나오는 슬람이를 잡고 현관을 나와 대문 앞에 섰다.

"오늘 정말 고맙다. 그럼 잘 가~"

대문을 열고, 녀석을 민 다음 재빨리 문을 잠갔다.

"야!!"

"오늘 진짜진짜 고마워!!"

"문 안 열어? 부수고 들어간다! 황주인!!"

귀를 막고 집으로 뛰어들어 왔다.

"싸가지없는 형은?"

"바쁜 일 있다고 갔어."

"누나가 억지로 끌고 나가는 것 같던데?"

"아니야~ 진짜로 바쁜 일 있다고 갔어. 오빠 오기 전에 얼른 치우자!"

어지럽게 널려 있는 재료들과 그릇들을 깨끗이 치우고 식탁에 자리를 잡고 앉은 시간이 일곱 시 십 분.

"왜 안 오지? 규인아, 오빠한테 전화해 봐."

규인이가 자리에서 일어나 거실로 나갔다.

"어? 비 온다."

비라는 소리에 거실로 나와 보니 창문을 적시며 떨어져 내리는 빗방울들이 보였다.

"오빠한테 전화했어?"

"안 받아."

"우산도 없을 텐데. 지금 오빠 어디 있는지 알아?"

"학교에서 친구들이랑 공부한다고 했던 것 같은데."

규인의 대답이 끝나기가 무섭게 우산을 챙겨 들고 밖으로 나왔다. 여름도 아닌데 왜 이렇게 비가 많이 오지? 오빠가 비 맞고 오기 전에 빨리 가자!!

어두운 골목길을 빠져나와 택시를 타고 오빠 과 건물 앞에서 내렸다. 안으로 들어가 오빠를 찾는 대신 밖에서 땅으로 떨어져 내리는 빗방울을 바라봤다. 보면 볼수록 내 자신이 빗방울이 되어 바닥으로 떨어져 내리는 것 같은 기분이 들었다.

간간이 불어오는 바람을 피해가며 그곳에 서 있기를 삼십 분, 안에서 시끌시끌 사람 목소리와 발자국 소리가 들려왔다. 곧이어 친구들과 밖으로 나오는 오빠를 향해 달려갔다.

"오빠, 우산 없지? 그래서 내가 마중 왔지롱~"

"황규보, 누구야? 네 동생?"

귀엽게 생긴 오빠가 날 가리키며 물었다. 친구들에게 날 소개할 오빠를 기대하며 인사하려고 준비하는데,

"모르는 사람이야."

순간 심장이 얼어붙는 걸 느꼈다. 숨도 제대로 못 쉬는 내 옆

을 차갑게 지나쳐 가는 오빠. 그런 오빠를 허겁지겁 뒤따라 가는 친구들. 들고 있던 두 개의 우산이 둔탁한 소리를 내며 바닥으로 떨어졌다.

나 아무것도 바라지 않았는데, 나 아무것도 욕심내지 않았는데. 오빤 그 사실이 그렇게도 받아들이기 힘든 걸까? 그동안 함께한 시간과 추억은? 자주는 아니지만 가끔 날 향해 따뜻한 미소를 보낸 오빠의 모습은? 이제 더 이상 버틸 힘이 없다. 이제 더 이상 자신이 없다. 용기가 없다.

천천히 비가 쏟아지는 밖으로 나와 깜깜한 하늘을 향해 고개를 들었다. 그리고 쉼없이 거칠게 얼굴로 떨어져 내리는 빗방울을 하나하나 느꼈다. 기분 좋다. 계속해서 내 얼굴 위로 떨어져 내리는 빗방울이 좋다.

마치 그 빗방울이 레임이의 손길 같아서, 날 따뜻하게 감싸주고 위로하는 레임이의 손길 같아서 마음이 편안해진다. 나 이대로 네 곁으로 가고 싶은데. 나 좀 데려가 줄래? 날 용서했다면 네가 있는 곳으로 나 좀 데려가 줘. 제발.

한참을 그렇게 있다 걸음을 옮겨 무작정 걷기 시작했다. 얼마 후, 발길이 멈춘 곳에 쪼그리고 앉아 몸을 감쌌다. 비를 맞고 있다는 것조차 느껴지지 않을 무렵, 비를 밟으며 걸어오는 발소리가 들려왔다. 하지만 날 뒤덮는 검은 그림자와 함께 그 발자국 소리는 멈추었다. 그리고 어느새 내 몸 세차게 때리며 내리던 빗방울도 멈추었다.

눈물인지 빗물인지 눈을 적시고 있는 물기를 닦고 고개를 들었다. 녀석의 얼굴을 보자 서서히 몸에 힘이 빠지며 두 눈이 감기는 걸 느꼈다.

제5장

온기있는 무언가가 내 얼굴을 간질인다. 포근하고, 기분 좋은 냄새가 내 코를 자극시켜 온다. 눈을 뜨자 날 내려다보고 있는 사람의 형상이 흐릿하게 보였다.

"누나, 정신이 들어?"

누구지? 규인이 목소리는 아닌데. 흐릿한 형상을 자세히 보기 위해 잠시 눈을 감았다 떴다.

"여긴……."

"형 방이야. 몸은 좀 어때? 괜찮아?"

"괜찮아. 호세는?"

"학교 갔지. 누나는 내가 학교에 전화해서 아프다고 했어. 잘

했지?"

말을 마치곤 환한 미소를 지어 보이는 녀석. 녀석을 따라 희미하게나마 웃어보았다.

"누나야, 나 배고프다!"

"밥 안 먹었어?"

"응, 누나랑 같이 먹으려고 안 먹었어."

"먹지 왜 안 먹었어? 근데 지금 몇 시야?"

"오후 세 시."

본의 아니게 집에 안 들어가 버렸네? 규인이 녀석 기다렸을 텐데. 폰도 집에 두고 나왔으니. 녀석이 학교에서 돌아오기 전에 가야겠다. 이불을 걷고 몸을 일으켰는데 몸에 와 닿는 옷의 촉감이 낯설다. 어제 내가 입었던 옷은 노란색 티셔츠와 청바지였는데 지금 내 몸엔 나에겐 너무도 큰 회색의 츄리닝 한 벌이 입혀져 있었다.

"하세야, 이 옷 누구 거야?"

난 설마 하는 마음으로 입고 있는 옷을 가리키며 물었다. 하지만 내 물음에 대답은 않고, 얼굴을 들이미는 녀석.

"왜?"

"누나 옷, 형이 갈아입혔어."

하세의 말에 얼굴이 금세 달아오르는 걸 느꼈다. 부끄럽고, 창피한 생각이 드는 게 마땅한데, 어째서 가슴이 뛰고 설레는 거지?

“얼레리 꼴레리~ 엘레리 꼴레리~ 누구누구는 어젯밤에~”

콩!

하세의 말이 진실인지 아닌지는 기억나지 않아 알 수 없지만 놀려대는 녀석의 이마에 꿀밤을 주고 방을 나왔다.

“누나, 우리 형 좋아하지?”

내 뒤를 쫓아오며 질문하는 녀석을 외면하고 주방으로 향했다.

“비밀로 해줄 테니까 말해 봐~ 좋아하지? 응?”

“안 좋아해.”

“그럼 어제 왜 우리 집 앞에 있었어?”

그러게. 내가 왜 우리 집이 아닌 너희 집으로 왔을까? 내 마음이, 나도 모르는 내 마음이 이곳을 원했나 봐.

“하세가 보고 싶어서.”

“근데 왜 내가 아닌 형 이름을 불렀을까?”

“뭐? 내가 호세를?”

“엇! 누나 얼굴 빨개졌다! 농담이야, 농담!! 그나저나 나 굶겨 죽일 거야? 배고파~”

천진난만하게 웃는 녀석을 때릴 수도 없고. 넘어가자! 밥과 반찬은 이미 다 되어 있었기에 차리기만 하면 끝이었다. 하세와 함께 식탁에 앉아 오 분도 안 되어 밥을 먹고 자리에서 일어섰다.

“밥 누가 먼저 먹나 내기한 적 없는데?”

"알다시피 내가 어제 집에 안 들어갔잖아."

"그랬지."

"그러니까 집에 빨리 가야지. 그럼 안녕~"

"잠깐!!"

현관으로 뛰어가려던 행동을 멈추고 하세를 바라봤다.

"형이 기다리래."

"호세가? 왜?"

"몰라. 자기 올 때까지 가지 말고 있으랬어."

혹시 어제의 일이 궁금해서 그런가? 만약 왜 그랬냐고, 무슨 일이냐고 물어보면 뭐라고 대답해야 하지?

"누나 말대로 안 들어가서 부모님이 걱정하실 테니까 전화라도 해."

"아니야, 괜찮아. 근데 호세는 몇 시에 와?"

"오늘은 아르바이트 안 하고 바로 온다고 했으니까 네 시 전에 올 거야."

하세가 밥을 다 먹을 동안 집 안 이곳저곳을 둘러보던 중, 익숙한 무언가를 발견하게 되었다. 거실 창문 옆에 놓여진 빨래건조대로 걸어가 그것이 맞나 유심히 살폈다. 처음 호세를 만났던 그날, 녀석이 입고 있던 팬티가 확실했다. 그때를 생각하면 할수록 웃음만 나오는 녀석의 레이스 팬티.

"혼자서 뭘 그렇게 웃어?"

어느새 밥을 다 먹은 하세가 휠체어를 굴리며 내게로 다가왔

다. 난 녀석이 가까이 다가왔을 때쯤, 그 팬티를 가리키며 물었
다.

"호세, 보기와는 다르게 이런 걸 즐겨 입나 봐?"

"흐음, 지금 그 말은 형이 그 팬티를 입은 걸 봤다는 말인데~"

"예전에 내가 실수로 호세 바지를 잡아당긴 적이 있거든."

"뭐? 그래서?"

"그래서 호세 바지가 벗겨지면서 저 팬티가 모습을 드러냈
지."

잠시 멍해져 있던 하세가 큰 소리를 내며 웃기 시작했다.

"풉! 크하하하~"

눈물까지 닦아내며 웃던 녀석이 억지로 웃음을 참아가며 입
을 열었다.

"그날 왜 형이 달아오른 얼굴로 씩씩거리며 들어왔었는지 그
이유를 알겠다."

"그날?"

"누나가 우리 형 바지 벗긴 그날."

아, 그때 내가 큰 소리로 남자가 레이스 팬티 입는다고 놀리
며 도망갔었지?

"근데 그날 형이 입었던 팬티, 내 팬티야."

"뭐? 근데 왜 호세가 입었어?"

"몰라. 자기가 잘못 입어놓고 나한테 엄청 화풀이했어. 나쁜
형이야."

뭘까? 하세 말대로 잘못 입은 걸까, 아님 입고 싶은 마음에 몰래 입었던 것일까?

철컥—

호랑이도 제 말하면 온다더니.

"형, 우리 형 왔어?"

하세는 아무 일 없었다는 듯 반가운 얼굴로 호세를 반겼다.

"밥은?"

"누나랑 같이 먹었어."

하세에게 두었던 시선을 내게 돌린 호세는 잠시 말없이 날 쳐다보고는 방으로 들어갔다. 얼마 지나지 않아 귤색 니트 티에 진한 색의 구제 청바지를 입고 방을 나오는 호세를 볼 수 있었다.

"따라 나와."

내게 한마디 휙 던진 녀석이 현관문을 열고 밖으로 나갔다.

"어제부터 계속 저 얼굴이야."

"저 녀석 화난 거 맞지?"

"아니. 형이 화났을 땐 겨울보다 더 차가워. 그것보다 우리 형 기다리는 거 싫어하니까 얼른 나가봐."

"그럼 누나 집에 갈게. 그리고 앞으로는 정말정말 자주 놀러 올게."

"쳇, 이젠 그딴 거짓말 안 믿어!"

살며시 하세의 무릎에 손을 얹으며 쪼그리고 앉았다.

"저번에 누나 동생 있다고 한 거 기억하지? 너랑 동갑이니까 친구가 될 수 있을 거야. 다음에 내 동생 데리고 올게."

"나처럼 왕자와 거지 좋아한다던 동생 말이지?"

"응! 그 녀석 이름이 황규인인데, 규인이랑 하세한테 왕자와 거지도 읽어주고, 또 규인이가 요리 잘하니까 규인이가 만든 음식 먹으면서 재미있게 놀자."

"황규인, 황규인. 좋아! 정말 약속하는 거다?"

"유관순 언니를 걸고 맹세해! 누나 간다~ 잘 있어."

"나 규인이 보고 싶으니까 꼭 데리고 와야 해!!"

다시 한 번 굳게 약속을 하고 집을 나왔다. 대문을 열고 나가자 자전거를 타고 있는 호세가 보였다.

"타."

"어디 가려고?"

"데이트하러 가는 거니까 어서 타."

녀석의 목소리가 한결 부드러워진 탓일까? 나도 모르게 자전거에 올라타 호세의 허리를 잡고 있었다. 느린 속도로 천천히 움직이던 자전거가 속도를 내기 시작했다. 빠른 속도에 맞춰 불어오는 바람을 피하고자 녀석의 등 뒤로 얼굴을 묻었다. 편안함에 저절로 눈이 감겼다. 이대로, 지금 이 순간 그대로 시간이 멈추었으면.

호세가 날 데리고 간 곳은, 내가 데이트하자며 호세를 끌고 갔던 오락실과 당구장이었다. 녀석이 무슨 생각으로 이곳에 왔는지 모르겠지만 마음껏 즐겼다. 그러나 저번과 같이 오락과 당구에서 진 난 녀석을 뒤에 태우고 자전거를 운전해야만 했다. 그것도 녀석이 가라는 곳으로 운전하면서—

"스톱!"

멈추라는 녀석의 말에 페달 밟는 것을 멈추고 호흡을 가다듬으며 주위를 둘러봤다. 서울의 풍경이 한눈에 내려다보이는 곳. 자전거에서 내린 녀석이 앞으로 걸어가더니·탁 트인 공간을 바라보고 섰다. 나 역시 자전거를 세워두고 호세 옆으로 가 앞을 바라보며 숨을 크게 들이마셨다.

온 세상을 붉게 물들이며 사라져 가는 태양, 내 몸과 얼굴을 기분 좋게 훑고 지나가는 바람. 그리고 내 옆에 있는 너.

정확히 얼마의 시간이 흘렀는지는 모르겠지만 꽤 오랜 시간을 말없이 각자의 사색에 잠겨 있었다. 먼저 침묵을 깬 건 나였다.

"그만 가자."

"무슨 생각 했어?"

"응?"

"지금만큼은 세상이 네 발 아래 있어. 널 괴롭히고 힘들게 하는 사람들도 네 아래 있고 말이야."

날 괴롭히고 힘들게 하는 사람? 신기해, 정말 신기해, 호세, 넌 어떻게 나에 대해 그렇게 잘 아는 거야? 마치 네가 내 마음을 들여다보고 있는 것 같아. 내 마음의 목소리를 듣고 있는 것만 같아.

“소리 질러봐.”

“응?”

“자, 봐. 양손을 이렇게 입에 가져다 대고 최대한 배에 힘을
줘.”

호세의 행동을 따라하며 앞을 바라보며 섰다.

“그리고 이렇게 소리치는 거야. 이 빌어먹을 세상아—!!”

“에? 그거 욕이잖아.”

“넌 네가 하고 싶은 말을 소리쳐. 차마 하지 못한 말들 말이
야.”

차마 하지 못한 말들? 해도 될까? 말해도 될까, 호세야? 하지
만…….

“너 지금 뭐라고 말할까 생각하고 있지? 그럼 아무 소용 없
어. 그냥 내뱉어. 네 마음에 있는 말을 그냥 내뱉어 버려.”

“호세야, 미안한데 귀 좀 막아줄래?”

“자, 아무 소리도 안 들리니까 마음껏 소리 질러.”

호세가 귀를 막고 있는지 확인한 후, 숨을 들이마시고 크게
소리쳤다.

“아아아아악—!! 조금, 아니, 많이 미운데 용서할래! 그러니까
나도 그만 용서해 줄면 안 될까? 응? 용서해라…….”

고개를 뒤로 젖혔다. 수채화처럼 하늘에 스며들어 형체를 잃
어가는 구름들. 멀다. 손에 닿을 수 없을 만큼 멀리 있다.

찌릉~

하지만 자전거에 앉아 내게 미소 짓는 호세는 손에 닿을 만큼 가깝다.

조심스레 문을 열고 들어서자 제멋대로 놓인 규인이의 하늘색 운동화가 눈에 들어왔다. 어제 일, 어떻게 설명해야 할까? 무슨 말을 해야 규인이가 안심하고 넘길까?.이것저것 고민하는 사이, 내 앞에 나타난 규인이. 녀석의 얼굴을 보자 생각해 두었던 말들이 순식간에 사라졌다.

"안 들어오고 뭐 해? 배고프지? 누나가 좋아하는 미역국이랑 도라지무침, 계란말이 했는데 식기 전에 얼른 먹자."

왜 아무것도 묻지 않는 거야? 황규인, 나 네가 제일 싫어하는 외박했어. 집에 연락조차 하지 않고 지금에서야 나타났어. 알고 있구나, 어제 무슨 일이 있었는지. 내가 왜 집에 안 들어왔는지 아는구나. 그래서 지금 그렇게 환한 미소로, 다정한 눈빛으로 날 바라보는 거구나.

"황주인 양, 언제까지 잘생긴 내 얼굴만 처다보고 계실 건가요?"

"보고 싶어. 계속 보면 안 돼?"

"그럼 관람료를 내야 하는데."

"관람료? 얼만데?"

"최소 십만 원인데, 누나니까 특별히 봐줘서 칸쵸 다섯 개."

자기가 말하고도 쑥스러운지 얼른 고개를 돌려 버리는 녀석. 눈에 고인 눈물이 흘러내리기 전, 황급히 녀석에게로 뛰어가 녀석을 안았다. 포근한 느낌과 함께 콧속 가득 퍼져 오는 엄마의 냄새.

"흠, 흠! 포옹은 칸쵸 열 개야."

다음날 아침, 어제와 다를 바 없는 현관 풍경에 조심스레 오빠의 방문을 열어보았다. 안도의 한숨이 나오는 것도 잠시, 언제까지 마주치지 않고 살 수는 없는 일인데.

다시금 떠오르는 오빠의 차가운 시선을 털어내고 규인이를 깨우기 위해 이층으로 올라갔다.

녀석의 방으로 들어가 일어나라고 소리를 지르는 대신, 창문을 열고 녀석이 꼭 끌어안고 있는 이불을 걷어냈다. 이불을 걷어내자 빨간색 바탕에 분홍 하트가 그려진 사각 팬티가 모습을 드러냈다.

"풉—"

터져 나오려는 웃음을 간신히 참고 의자에 앉아 녀석을 관찰했다. 얼마 지나지 않아 추위를 느꼈는지 몸을 웅크리고 손으로 몸을 비비기 시작했다. 하지만 그걸로는 부족한지 팬티 속으로 손을 집어넣는 녀석. 도저히 못 참겠다!!

"크하하하하~"

쉬지 않고 얼마나 웃었을까. 차츰 배가 당겨와 천천히 웃음을 멈춰가며 살짝 나온 눈물을 닦아내는데 어디선가 성난 황소의 콧김 소리가 들려왔다. 슬그머니 눈동자를 들어 올리자 성난 황소의 붉은 눈과 마주쳤다.

"일어났어? 좋은 아침~"

"아침 공기가 참으로 상쾌하네? 내 평생 이렇게 상쾌한 아침 공기는 처음이야."

"그치? 상쾌한 공기엔 칸쵸가 최고지!! 칸쵸 먹지 않을래?"

녀석과 마주한 시선을 떼지 않은 채 의자에서 일어났다. 그런데 녀석, 따라 일어나더니 재빠르게 옷을 입기 시작했다.

"칸쵸보다 상쾌한 공기를 더 마시는 건 어떨까요, 칸쵸 아줌마."

"어쩌지? 난 너무 마셨더니 배가 부른데. 아쉽지만 규인이 너 혼자 마셔야겠다."

"에이~ 의리없이 어떻게 나 혼자 이 상쾌한 공기를 마셔~ 사이좋게 마시자."

잠자는 사자의 코털을 건드린 게 아니라 사자의 코털을 왕창 뽑아버린 격이 됐다. 하지만 후회해도 때는 이미 늦었으니. 억지로 밖으로 끌려나온 난 녀석과 함께 상쾌하다 못해 시린 공기를 동네 한 바퀴를 뛰며 열심히 마셨다.

축 늘어진 팔과 다리를 이끌고 도착한 학교. 오 분 후면 1교시 시작이다. 반장의 명예를 걸고 죽어라 교실까지 달렸다. 담임 선생님은 벌써 조회를 하고 나갔는지 교실에선 아이들의 시끄

러운 수다가 들려왔다. 조용히 뒷문을 열었건만 순식간에 조용
해진 교실 하며 아이들의 시선이 내게로 향했다.

"얘들아, 안녕?"

"반장!!"

"주인아~!!"

내 이름을 부르며 달려오는 완선이와 채영이 뒤로 비어 있어
야 할 내 옆자리에 누군가가 앉아 있는 모습이 보였다. 어라, 저
아인?

"무쇠소녀가 겨우 감기에 골골대다니."

"김채영! 주인이도 사람이다. 주인아, 괜찮아?"

"보다시피. 근데 저 애……."

팔을 뻗어 내 옆자리에 앉아 있는 아이를 가리켰다.

"아, 쟤? 어제 전학 왔어. 이름이 뭐더라?"

"손강리. 난 쟤 맘에 안 들어."

뭐가 그리 맘에 안 드는지 채영이 입술을 실룩거리며 말했다.

"왜?"

"어제 전학 온 주제에 부반장 자리 차지하고, 또 남자들한테
눈웃음 살살 치는 게 영 맘에 안 들어."

"픕~"

"어? 주인이 너 왜 웃어?"

"아니야. 근데 수지는?"

"화장실."

완선이의 말이 끝나기 무섭게 교실로 들어오는 수지를 볼 수 있었다. 한데 모여 있는 우리에게 걸어온 수지는 말 대신 눈빛으로 인사를 해왔다.

곧이어 1교시를 알리는 종이 울리고 자리로 가기 위해 걸음을 옮기려는 찰나, 채영이 팔을 잡아당기며 입을 열었다.

"쟤가 말 시켜도 무시해. 알았지?"

"어? 그래도 먼저 말 거는데 무시하면……."

내 팔을 잡은 채영의 손에 힘이 들어가기 시작했다.

"알았어, 알았으니까 어서 들어가 앉아."

걱정하지 말라며 채영이의 등을 떠밀고 자리로 와 앉았다. 고개 숙이고 조용히 책을 보던 강리가 내 쪽으로 얼굴을 돌렸다.

"어머!"

나와 눈이 마주친 강리의 입에서 작은 비명이 새어나왔다.

"혹시 나 기억해?"

"손강리 맞지?"

"우와, 기억하네?"

드르륵—

선생님의 등장으로 잠시 대화가 중단되었다. 인사를 하고 자리에 앉자 강리가 다시 말을 걸어왔다.

"감기 때문에 결석한 반장이 너였구나. 앞으로 잘 부탁해, 반장."

"나야말로 잘 부탁해, 부반장."

환하게 웃는 강리의 미소는 창문을 통해 들어오는 햇살만큼
이나 따뜻했다.

수업이 끝났다.

"선생님께 경례."

"감사합니다!!"

인사를 끝내고 선생님이 나가기가 무섭게 미리 챙겨둔 가방
을 들고 삼총사에게 소리쳤다.

"나 약속있어서 먼저 갈게~ 내일 봐!"

"오늘 채영이네 가기로 했잖아."

"미안, 아주 중요한 약속이라서. 그럼 재미있게 놀아! 그리고
강리도 안녕~"

더 이상 지체할 시간이 없었기에 서둘러 교실을 나와 교문을
향해 전속력으로 달렸다. 죽어라 뛰어 도착한 교문이었지만 일
은 이미 벌어져 있었다. 수많은 여학생들의 시선을 한몸에 받고
있는 녀석을 향해 조심스럽게 걸어갔다.

분명히 화났을 텐데 이를 어쩐담? 아무래도 폭력보다는 애교
로 밀고 나가는 게 좋겠지?

팔짱을 낀 채 여학생들과는 반대되는 방향을 바라보며 서 있
던 녀석이 내 발자국 소리에 몸을 돌렸다. 생각보다 많이 굳어
져 있는 얼굴. 애교!! 애교!!

"규인앙~ 많이 기다렸어? 그럼 좋은 곳으로 출발해 볼까?"

"안 돼!!"

"꺄아악~!!"

규인의 팔에 팔짱을 끼자 여기저기서 비명이 터져 나왔다. 그러자 규인이의 얼굴이 심하게 일그러졌다. 이곳에 더 있다가는 한바탕 뒤집어지겠다 싶어 규인이 팔을 잡아끌었다.

"규인아, 가자!"

한껏 눈을 찢어 날 노려보는 녀석을 외면하고 서둘러 목적지를 향해 걸음을 옮겼다. 묵묵히 내 손에 끌려오던 녀석이 팔을 뿌리치며 멈춰 섰다.

"왜?"

"지금 어디 가는 거야?"

"가보면 알아."

"바른대로 말 안 하면 그냥 간다?"

"그래~?"

자고로 누나한테 개기는 동생은 주먹으로 다스려야 한다는 옛말이 있다. 주먹 쥔 손을 어루만져 가며 녀석을 향해 의미있는 미소를 지어 보였다.

"때려도 소용없어!"

"가보면 자연히 알게 되는데, 그게 그렇게 궁금해?"

"또 칸쵸를 뇌물로 받고 동생을 팔아넘기는지 누가 알아?"

따악—!

"아야~ 왜 때려? 툭하면 하나뿐인 동생한테 폭력이나 사용하고. 확 가출이나 해버…… 윽!!"

결국 부들부들 떨던 내 주먹은 녀석의 복부로 가 꽂혔다.

이십여 분 후, 도착지 앞에 선 난 초인종을 눌렀다.

—누나!!

인터폰에서 밝은 목소리가 들려왔다.

"안녕? 누나가 선물 가져왔다~"

—정말? 빨리 들어와!

아직까지도 입이 한 자는 나와 있는 규인이를 끌고 안으로 들어갔다. 현관문을 열자 웃는 얼굴로 우리를 맞이하는 하세가 보였다.

"누나~!!"

"자, 선물~"

난 옆에 있는 규인이를 하세 앞으로 떠밀며 말했다.

"규인이지? 만나서 반가워. 난 멋쟁이 피하세라고 해."

낯선 사람의 입에서 자신의 이름이 나오자 놀랐는지 규인이 녀석은 눈을 동그랗게 뜬 채 날 쳐다봤다.

"뭐 해? 네 친구야. 인사해."

내 말에 규인이 녀석은 어색하게 하세의 손을 잡고는 입을 열었다.

"안녕."

"계속 거기 서 있지 말고 들어와. 누나, 몸은 좀 어때? 보아하니 멀쩡한 것 같은데."

"하세가 걱정해 준 덕분인지 다 나았어. 호세는 밤늦게야 들어오겠지?”

“아마도.”

집 안으로 들어온 난 익숙한 발걸음으로 호세 방으로 걸어갔다. 문을 열자 차가운 공기와 함께 눈을 감아도 이곳이 호세 방이라는 걸 느낄 수 있는 향기가 얼굴을 덮쳐 왔다. 역시나 깔끔하게 정리되어 있는 방.

“누나~ 어디 있어?”

“어? 지금 나갈게!”

날 부르는 하세 목소리에 호세 옷이 든 종이 가방을 놓고 방을 나왔다. 거실로 나와 소파에 앉아 있는 규인 옆으로 가 앉았다. 녀석은 그런 날 쏘아보며 입을 열었다.

“도대체 여기가 어디야? 쟨 또 누구고?”

“하세네 집. 그리고 네 친구.”

“누가 그걸 몰라? 누나가 저 녀석은 어떻게 알고, 날 여기로 끌고 온 이유는 뭐야?”

“하세는 내 친구 동생이고, 널 여기로 끌고 온 이유는 하세에게 친구란 걸 만들어주고 싶어서. 보다시피 녀석은 몸이 불편해 밖으로 나가는 게 힘들어. 그래서 친구랑 어울릴 시간도, 기회도 없어. 보여, 네가 왔다고 기뻐하는 하세 모습이?”

난 싱글벙글 음료수와 과일을 준비하는 하세를 가리키며 말했다. 규인이 녀석, 내 마음을 이해했는지 쟁반을 들고 소파로 오는 하세에게 말을 걸었다.

“어이, 친구~ 농구 좋아해?”

“그럼! 네가 몰라서 그러는데 내 별명이 나는 농구화야.”

“말로는 누가 못해.”

“어? 못 믿는 거야? 좋아! 나는 농구화의 실력을 보여주겠어. 따라 나와!”

갑작스런 둘의 행동에 멍하니 있던 난 서둘러 농구공을 들고 밖으로 나가는 두 녀석을 따라나섰다.

근처 놀이터에 도착한 녀석들은 누가 먼저라 할 것 없이 농구대를 향해 뛰어가 농구를 시작했다. 휠체어에 몸이 묶여 힘들 법도 한데 하세의 얼굴에선 웃음이 떠나질 않았다. 규인아, 고마워.

활기찬 녀석들의 함성을 뒤로하고 몸을 돌렸다. 하나, 뿌듯한 마음에 가벼워진 발걸음은 집이 가까워짐과 동시에 사라졌다. 집 앞에서 마주친 오빠. 하지만 이틀 전 일이 떠오른 난 쉽사리 오빠에게 다가갈 수 없었다. 머뭇거리는 사이 집으로 들어간 오빠의 뒤를 서둘러 따라갔다.

“오빠.”

방으로 들어가려는 오빠를 붙잡았지만 몸을 돌려 마주친 오빠의 차가운 시선에 말을 잇지 못했다. 무슨 말이든 해, 황주인! 그때 왜 모른 척했는지 물어보란 말이야!

그러나 또다시 상처받을지도 모른다는 생각에 입 안에서 맴도는 말을 내뱉지 못했다.

"할 말 없으면 들어가도 되지?"

감정없는 목소리. 굳게 닫히는 문. 오빠, 언제쯤이면 돼? 언제쯤이면 예전처럼 다정하게 내 이름 부르며 웃어줄 수 있어? 언제까지고 기다릴 수 있는데, 너무 기다리게 하진 마. 기다리다 지쳐 쓰러지면, 영영 쓰러져 버리면 소용없으니까. 그렇게 난 하고 싶은 말들을 속으로 삼키며 고개를 떨궜다.

다음날 아침, 지름길인 좁은 골목길을 통과하고 큰길로 나오는 순간, 다정한 모습으로 걸어오고 있는 호세와 강리가 보였다. 나도 모르게 뒷걸음질쳐 골목 안으로 몸을 숨기자 잠시 후 두 사람이 골목을 지나쳐 갔다. 안도의 한숨을 내쉬는 것도 잠시 내 행동에 물음표가 붙었다. 내가 왜 숨었지? 둘 다 내가 아는 사람들이고, 반갑게 인사를 건넬 수 있었는데. 하지만 강리 옆에서 부드러운 미소 짓는 호세를 보자 그만,

"으슥한 곳에 숨어서 혼자 뭘 그렇게 중얼거려?"

갑자기 등 뒤에서 들려온 목소리에 몸을 돌리자 잔뜩 구겨진 얼굴의 슬람이가 서 있었다.

"이하슬람."

"조용히 해."

황급히 내 입을 막고 나선 녀석의 손을 떼려 했지만 소용없었다.

"음음음 음음(조용히 할게)."

"손 뗄 테니까 내 이름 입 밖으로 꺼내지 마."

끄덕끄덕—

녀석이 손을 뗐음에도 불구하고 녀석에게서 나는 은은한 향이 얼굴에서 떠나질 않았다.

"근데 무슨 일 있어? 웅가 마려운 강아지마냥 안절부절못해?"

"아침부터 짜증나게 기지배 두 명이 졸졸 따라오잖아. 간신히 따돌리긴 했지만."

"오~ 이제 보니 슬람이 너. 읍!!"

또다시 녀석의 손에 막혀 버린 입. 눈을 촉촉히 적셔 불쌍한 얼굴로 슬람이를 쳐다봤지만 녀석의 태도는 단호했다. 이대로 있다간 입은 물론 코를 반쯤 막아버린 손으로 인해 숨 막혀 죽을지도 모른다. 어쩔 수 없군. 비장의 수단으로 그걸 사용하는 수밖에.

연실 앞, 뒤를 살피며 틈을 많이 보이는 녀석의 겨드랑이로 손을 가져가 간지럼을 태우기 시작했다.

"으키키히이~"

괴상한 웃음소리를 내며 바닥에 주저앉는 녀석. 난생처음 들어보는 괴상한 웃음소리에 멍하니 녀석을 쳐다봤다. 자신에게로 향하는 시선이 느껴졌는지 녀석은 헛기침을 하며 몸을 일으켰다.

"슬람이 너 웃음소리가 참."

"내 이름 꺼내지 말랬지!"

"너야말로 쉿! 큰 네 목소리 듣고 찾아오겠다."

"아무튼 조용히 있어!"

곧 죽어도 잘나셨지, 이하슬람. 그나저나 이대로 있다간 지각하겠다.

"지각하기 전에 얼른 가자."

"안 돼!"

자칫하면 지각인데 녀석, 무슨 이유에선지 내 앞을 가로막고 나섰다.

"안 되긴 뭐가 안 돼? 난 지각하면 안 되니까 저리 비켜."

"기다려."

"기다리라니, 뭘? 누구 만나기로 했어? 빈치? 호세?"

아, 호세는 이미 강리랑 갔지. 다시 다정한 둘의 모습이 떠오르자 기분이 좋질 않았다.

"내가 가자고 할 때까지 기다려."

"있잖아. 슬람아, 나 지각하면 안 되거든? 너도 지각해서 좋을 거 없잖아. 그러니까 우리 이 우중충한 골목에서 나가자."

"다시 한 번 말하는데 기.다.려."

"이 고집불통 대마왕! 바보, 멍텅구리, 머저리, 무식이, 똥개, 멍게, 해삼, 말미잘, 기생충, 삥쟁이, 영구, 맹구, 놀부, 팥쥐, 쫌팽이, 아프리카 시껌둥이, 네 똥 칼라, 칸쵸 뺏어먹는 놈!!"

"다 했어? 힘들어 보이는데 앉아서 좀 쉬어."

기분 나쁠 만도 한데 어째서 아무렇지 않은 거지?

"좋아, 하나만 묻자. 내가 왜 여기에 있어야 하는 거야?"

"그럼 나도 하나만 묻지. 곤란한 상황에 빠진 친구가 있어. 어떻게 할 거야?"

"당연히 도와야지! 한데 그건 갑자기 왜?"

"그럼 얌전히 있어."

그러고 보니 이 녀석, 쫓아오는 여자 두 명을 간신히 따돌렸다고 했었지? 혹시 이 골목으로 들어온 이유가 그 여자들 때문에? 그렇게도 여자가 싫은 건가? 뭐, 좋아! 친구가 나름대로 곤란한 상황에 처했는데 나 혼자 살겠다고 갈 순 없지. 잠시 가방을 뒤적거리던 녀석이 칸쵸를 꺼내 내게 건넸다.

"어? 웬 칸쵸?"

"빈치 자식 거."

"빈치? 빈치 걸 왜 네가 가지고 있는데?"

"그런 게 있어. 왜? 먹기 싫어?"

"잘 먹을게! 같이 안 먹을래?"

"보기만 해도 울렁거리니까 저리 치워."

칸쵸가 얼마나 맛있는데~ 역시 공짜 칸쵸는 맛있어!

"흠. 흠!"

할 말이 있는 모양인지 헛기침을 해가며 바닥에 있는 깡통을 이리저리 굴리는 녀석.

"할 말 있으면 해."

“생일 잘 보냈어?”

“응? 내 생일 아직 멀었…….”

아, 오빠 생일. 잊으려 하면 할수록 깊이 파고드는 아픔. 하지만 난 씩씩하게 대답했다.

“그럼~ 네가 도와준 덕분에 아주 잘 보냈어. 오빠도 음식 맛있게 먹었고. 정말 고마워.”

“그때 했던 약속이나 잊지 마.”

“약속?”

잠깐이지만 슬람이 눈빛에 몸이 움찔했다.

“하하, 당연하지! 오는 게 있으면 가는 게 있어야지. 잘 기억하고 있어!”

“그렇다면 다행이고. 그리고 저번 주에 성교육 확실하게 받은 거지? 다시는 선생님 걱정시키지 마라. 쿡―”

녀석의 말에 그때의 일이 새록새록 떠오르기 시작했다. 이하 슬람, 일요일엔 오빠 생일 때문에 어쩔 수 없이 참았는데 오늘은 애기가 다르지~

“훗~ 잠시 잊고 있었는데 친절하게 알려줘서 고마워. 하지만 넌 이제…….”

“어? 그때 그 선생이다!”

녀석이 놀란 얼굴로 내 뒤를 가리켰다. 설마 하는 마음으로 고개를 돌리니…… 그렇다, 슬람이 녀석 뺑을 치고 도망을 간 것이다.

“이하슬람 너! 진짜 용서 못해!! 지구 끝까지라도 쫓아가겠
어!!”

골목을 나와 이미 오십 미터나 앞서 가고 있는 녀석을 향해
달렸다. 달리기라면 자신있다구! 그것도 주먹을 사용해야 할 상
대를 쫓아가는 달리기라면 말이 필요없지!

교문을 통과하고 사성공고로 갈 줄 알았던 녀석이 허허벌판
운동장으로 들어갔다. 아무것도 없는 운동장이면 도망가는 데
어려움이 있을 텐데? 그리고 뭔지 모를 불안감이 엄습하는 게,
영 찜찜하다. 녀석에게 소리치고 싶었지만 학교는 이미 수업으
로 인해 조용해진 상태. 쫓는 자와 쫓기는 자의 발자국 소리만
이 유일한 그때, 익숙한 음성이 들려왔다.

“황주인 스톱!!”

아까 느꼈던 찜찜함이 이거였다니. 그런데 어째서 또 김봉건
선생님이 나타났난 말이야!!

“황주인!! 선생님 말 안 들려? 멈춰!!”

멈춰야 했지만 사자가 눈앞에 둔 먹잇감을 포기하지 않는 것
처럼 나 역시도 손 뻗으면 닿을 만큼 가까운 슬람이를 포기할
수 없었다. 선생님 말을 무시하고 여전히 슬람이 뒤를 쫓아가고
있는 내 뒤로 발자국 소리가 들려왔다.

“안 멈춘다 이거지?”

어느새 운동장으로 내려와 내 뒤를 쫓아오고 있는 김봉건 선
생님.

"저번 주 옥상에서 사고친 것도 모자라 오늘도 수업 빼먹고 남자새끼랑 나 잡아봐라 놀이를 해?"

선생님, 선생님 눈엔 지금 이게 나 잡아봐라 놀이로 보이세요? 그런 거라면 잡혀도 억울하지 않을 거예요! 뛰면서 말하기란, 경험해 본 사람이라면 잘 알 것이다. 그런데도 선생님은 지치지도 않는지 뒤에서 계속 소리를 질러대셨다.

"어라? 저 녀석은 그때 그놈이잖아? 황주인! 저딴 놈 만나지 말라고 했는데 또 만나? 오늘은 기필코 저놈을 잡아다가 혼구녕을 내주겠어!!"

슬람이 잡는 건 포기하고 다른 곳으로 도망갈까? 선생님이 슬람이를 잡아다가 혼구녕을 내겠다고 했지만 날 잡으러 오면? 이젠 힘도 없고, 숨이 찬 게 곧 잡힐 게 분명해. 어서 결정을!

그때 뭘 하는지 슬람이 녀석의 발걸음이 잠시 주춤했다. 이때다 싶어 마지막 남은 힘을 끌어 올려 속력을 내려는 순간, 슬람이가 던진 대형 칸쵸가 내 앞으로 떨어졌다. 한 번도 보지 못한 어마어마한 크기의 칸쵸 상자. 난 어느새 달리는 걸 멈추고 바닥에 떨어진 칸쵸를 집어 들었다. 세상에 이렇게 큰 칸쵸가 존재하다니.

감격스런 맘에 칸쵸를 부둥켜안고 뽀뽀를 하는 내 옆으로 김봉건 선생님이 지나가며 소리쳤다.

"난 저 녀석 잡아올 테니까 넌 상담실에 가 있어! 도망가면 한 달간 화장실 청소다!! 헉헉! 그리고 이 불건전한 놈아!! 당장 멈춰!!”

멍하니 운동장을 빠져나가 사성공고로 뛰어가는 슬람이와 선생님을 바라봤다. 순간 칸쵸에 눈이 멀어 멈춘 내 자신을 질책했지만 선생님한테 들킨 이상 잡히지 않았다 하더라도 불려 갔을 테니까 괜찮아! 그럼 어디 빠져나간 에너지 좀 보충해 볼까? 우와~ 무지 많잖아?

룰루랄라 칸쵸를 먹어가며 상담실로 향했다. 오늘은 어떤 교육을 받으려나. 이게 다 이하슬람 때문이지만 큰 칸쵸를 줬으니 용서해 주지.

삼십 분의 시간이 흐르고 반 이상의 칸쵸가 사라진 그때, 상담실 문이 열렸다. 난 격렬하게 숨을 몰아쉬는 선생님을 머리부터 발끝까지 쭉 훑었다. 심하게 헝클어진 머리, 벌겋게 달아오른 얼굴, 반쯤 풀어진 넥타이와 셔츠, 오른쪽 무릎 쪽에 큰 구멍이 난 바지, 그리고 구겨지고 더러워진 구두. 선생님의 모습은 꼭 아무것도 먹지 못하고 며칠 길거리를 헤맨 부랑자 모습 같았다.

잠시 후, 들고 있던 재킷을 던지며 앉는 선생님. 난 살며시 무릎 위에 있던 칸쵸를 등 뒤로 숨겼다.

“반이랑 이름 대.”

날 뚫어져라 쳐다보던 선생님이 조용한 어조로 물었다.

“1학년 6반 황주인.”

“너 말고 그 녀석! 그 빌어먹을 녀석 말이야!!”

자상하고 온화하고 친절하기로 소문난 김봉건 선생님이 이토록 이성을 잃고 소리치다니.

"주인아, 어서 말해 봐. 선생님이 소리 질러서 놀란 거야? 미안해. 그럼 이제 말해 주지 않겠니?"

눈이 완전히 풀렸어! 이하슬람! 칸쵸고 뭐고 다 필요없어!!

이 위기를 벗어나기 위해 이리저리 열심히 머리를 굴렸지만 답은 나오지 않았다. 김봉건 선생님의 몸이 조금씩 떨려오는 게 느껴지자 입이 저절로 움직이기 시작했다.

"제 동생이에요!"

"동생? 그놈이 네 동생이라고?"

선생님은 눈을 가늘게 뜨며 의심의 눈초리로 날 바라봤다. 믿든 안 믿든 끝까지 우기면 되는 거야!!

"네, 보기엔 멀쩡하지만 사실……."

난 일부로 말끝을 흐리며 고개를 숙였다.

"사실 뭐?"

"사실 제 동생은 어릴 때 높은 곳에서 떨어져 머리를 크게 다쳤어요. 병원에선 뇌에 이상이 생겨 정상적인 사고와 행동을 할 수 없다고 하더라구요. 하지만 부모님은 끝까지 포기하지 않으셨죠. 그런데 그만……."

엄마, 아빠, 죄송해요.

"부모님이 사고로 돌아가시게 되었어요. 자기 자신은 물론 가족에 대해 아무런 자각이 없던 동생은 마치 제정신으로 돌아온 듯 엄마, 아빠를 부르며 며칠을 울더니 가끔 예전으로 돌아온 것처럼 멀쩡히 행동하다 가도, 또다시 알 수 없는 행동들을.”

피잉!

갑자기 들려온 코 푸는 소리에 놀라 고개를 들자 손수건으로 눈물을 닦고 있는 선생님이 보였다.

“이 녀석, 감히 선생님을 울리다니. 그런데 어젠 왜 가만히 있었어?”

“그건 그러니까…….”

“앞으로 절대 포기하지 말고 열심히 살아야 한다! 동생 잘 보살피고. 또 힘들면 언제든지 선생님한테 말해. 알았지?”

“네.”

“그럼 어서 교실로 가봐.”

아직까지도 눈물을 흘리시는 선생님께 고개 숙여 인사하고 상담실을 나왔다. 김봉건 선생님, 제가 선생님 몫까지 해서 슬람이 녀석 흠씬 두들겨 팰게요!

교실로 가는 도중 종이 울리고 교실 이곳저곳이 시끄러워지기 시작했다. 1교시 담당 선생님과 마주치지 않게 빙 돌아 교실 뒷문을 열었다. 마침 뒷문 사물함 근처에 있던 수지가 날 보더니 내 머리를 쥐어박으며 한마디 했다.

“운동장에서 신나게 노셨나요, 반장나리.”

“뭐, 뭐야? 어떻게 알았어?”

“김봉건 선생님이 고래고래 소리 지르면서 네 이름 부르는데 어떻게 모를 수 있겠냐?”

“채영이! 채영이도 알아?”

“다른 반은 어땠는지 모르지만 우리 반은 선생님이 봐도 좋다고 해서 구경했어.”

이하슬람, 이하슬람, 이하슬람, 이하슬람, 이하슬람 이 원수덩어리!!

당장이라도 사성공고로 뛰어가고 픈 충동을 억제시키며 기지개를 켜고 있는 채영에게로 걸어갔다. 두 눈을 크게 뜨고 날 올려다보고 있는 채영이의 어깨를 힘껏 움켜잡고는 말했다.

“채영아, 오해하는 거 아니지? 등굣길에서 우연히 만났는데 달리기 내기하다 선생님한테 걸린 것뿐이야.”

“응? 무슨 말이야?”

“아까 운동장에서 슬람이 자식이랑…….”

“아! 흠, 난 아무렇지 않은데 왜 그래? 이거 수상한데?”

“정말 아니야! 정말 아니야!!”

“농담이야, 농담~ 그리고 나 다 잊었으니까 이제 신경 쓰지 않아도 돼.”

김채영, 슬람이 좋아한다는 고백도 나한테 제일 먼저 하고, 슬람이에 대해 알아봐 달라는 부탁까지 했었으면서 왜 이젠 거짓말까지 해가며 네 마음을 숨기는 거야? 난 그때도 그렇고 지금도 너랑 슬람이, 잘되게 해주려고 노력하는데.

띵딩딩딩—

“수업 시간에 거울보다 걸리면 반장으로서 용서하지 않을 거야.”

“주인이 너야말로 졸다가 걸리면 반장 사퇴해~”

때마침 울린 종 덕분에 자연스럽게 대화를 끝낼 수 있었다. 자리로 와 강리에게 인사를 하고 한문 책을 꺼냈다.

“주인아, 뭐 하나 물어봐도 돼?”

“뭔데?”

“아까 운동장에서 같이 뛴 남자 누구야? 남자 친구?”

“남자 친구는 무슨! 난 좋아하는 사람이 따로 있다구~”

“정말? 좋아하는 사람이 있어? 누군데? 응?”

흥분한 강리에게 진정하라 손짓하고 자랑스럽게 대답했다.

“유관순 언니.”

내 대답과 동시에 선생님이 교실로 들어왔다.

“반장!”

“차렷! 선생님께 경례.”

“안녕하세요~”

인사를 끝내고 자리에 앉자 강리가 살며시 내 쪽으로 몸을 비틀며 물었다.

“장난하지 말고, 좋아하는 사람이 누구야?”

설명하기도 귀찮고 선생님 눈치도 보이고 해서 관순 언니 사진이 든 지갑을 강리 앞에 펼쳤다.

“뭐야? 너 정말……”

이걸로 상황 종료. 아침에 너무 많을 소비한 탓인지 점점 눈꺼풀이 무거워지기 시작했다.

"주인아, 일어나! 점심 시간이야."

점심?! 칸쵸들과 신나게 노는 꿈에서 깨어난 난 가방에서 도시락을 꺼내 삼총사가 모여 있는 채영의 자리로 걸어갔다. 자리에 앉자마자 아무 말 없이 밥 먹는데 여념이 없던 내 귀로 완선이와 채영이의 대화가 들려왔다.

"저 고고한 척 밥 먹는 것 좀 봐."

"부잣집 딸 같은데, 곱게 자라서 그런가 보지."

"돈 많으면 잘난 것들만 다니는 학교나 갈 것이지, 왜 우리 학교로 왔대? 분명 잘난 척하러 왔을 거야. 아우, 꼴 보기 싫어!"

난 채영과 완선이의 대화 속 주인공을 쳐다봤다. 전학 온 지 겨우 이틀밖에 안 지나서 그런가? 강리는 자리 자리에서 혼자 밥을 먹고 있었다. 채영이 무슨 이유로 강리를 싫어하는지 모르겠지만, 연소를 떠오르게 하는 강리의 모습을 더 이상 보고 싶지 않았다.

"있잖아, 애들아."

조심스런 내 표정과 목소리에 삼총사는 밥 먹는 걸 멈추고 날 주시했다.

"강리랑 같이 밥 먹지 않을래?"

"안 돼! 절대 안 돼!!"

이미 예상한 반응이었지만 생각보다 채영의 반응이 커 반 아이들의 시선이 우리 쪽으로 쏠렸다.

"김채영, 강리가 왜 싫은데? 재랑 안 좋은 일이라도 있었던 거야?"

"없어. 그냥 싫을 뿐이야."

"네 대답은 타당성이 전혀 없어."

"모든 게 맘에 안 드는데 이유가 있어야 해?"

채영아, 이유도 없이 누군가가 자신을 싫어하는 사실도 참기 힘들 만큼 괴롭지만 이유도 모른 채 미움받는 것도 참기 힘든 거 아니? 네가 자꾸 이러면 나, 너 미워할지도 몰라.

"전학 오기 전에 우연히 학교에서 강리를 만난 적이 있는데 보기와는 달리 성격도 활발하고 털털해. 김채영, 만약 누가 너에 대해 아무것도 모르면서 이유 없이 널 싫어하면 어떤 기분일 것 같아?"

뭐라고 말하려던 채영은 입을 다물고 내 시선을 피했다.

"억지로 친해지라는 게 아니야. 아직 서로에 대해 모르니까 조금씩 다가가고 알아가는 거야. 너희가 내게 다가왔던 것처럼."

일 년이란 시간은 짧다. 아니, 오랜 시간이 흐른다 하여도 잊을 수 없지. 잠깐이지만 굳어진 내 얼굴을 봤는지 완선이가 걱정스런 눈빛으로 날 쳐다보고 있었다. 그런 완선이를 향해 또다시 거짓 미소를 짓는 나. 연소가 억지로 웃지 말라고 했는데. 국연소, 네 부탁 앞으로도 들어주지 못할 것 같은데 어쩌지? 이젠 억지로 웃는 게 익숙해. 편해.

"주인이 네 맘대로 해!"

말을 마친 채영은 다시 젓가락을 들어 밥을 먹기 시작했다.

"수지랑 완선이 생각은?"

"상관없어."

"나도."

"기다려. 강리 데리고 올게."

굳은 얼굴의 삼총사를 뒤로하고 강리 앞으로 걸어갔다. 난 고개를 들어 놀란 얼굴로 날 바라보는 강리에게 말했다.

"우리랑 같이 밥 먹자."

"나 거의 다 먹었는데."

강리의 말에 내 시선은 자연스레 도시락으로 향했다.

"벌써? 점심 시간 시작한 지 겨우 오 분 조금 지났는데."

"밥을 조금 먹기 때문에 금방 해치울 수 있지요. 신경 써줘서 고마워."

"내일부터는 같이 먹는 거다?"

"응. 어서 가서 밥 먹어."

다시 자리로 돌아온 난 처음과 같이 말없이 밥을 먹기 시작했다.

"뭐야? 강리 쟤, 우리랑 같이 안 먹겠대?"

"내일부터 같이 먹기로 했어."

궁금함을 참지 못하고 내게 얼굴을 들이민 완선에게 짧게 대

답했다. 그 뒤로 묘한 침묵이 흐르고, 그 침묵은 밥을 다 먹을
때까지도 계속되었다.

담임 선생님이 나가자마자 자리에서 일어나는 아이들로 인해
교실은 아수라장이 되었다. 나 역시 미리 챙겨놓은 가방을 들고
일어섰다.

"주인아, 오늘 약속있니?"

날 따라 의자에서 일어서던 강리가 내게 물었다.

"없는데, 왜?"

"그럼 시간 돼?"

"어머, 지금 데이트 신청하는 거야?"

장난으로 아무 생각 없이 내뱉은 말이었는데, 강리의 얼굴이
눈에 띌 정도로 굳어졌다.

"농담이야~ 그 표정, 예쁜 네 얼굴과 안 어울리니까 얼른 지
워."

"농담이라고? 농담이었어?"

"난 여자한테 취미없어. 아! 관순이 언니 빼고."

다시 굳어지는 강리를 외면하고 물었다.

"그런데 시간이 되는지는 왜 물었어?"

"아, 나랑 어디 좀 같이 가지 않을래?"

"어디?"

"좋은 곳. 늦으면 예의가 아니니까 서두르자."

내 팔을 잡아끌며 짓는 강리의 묘한 미소가 맘에 걸렸지만 딱

히 거절할 말이 떠오르지 않아 그녀를 따라나섰다.

택시에서 내려 앞에 있는 건물을 바라봤다.

"들어가자."

강리를 따라 안으로 들어가자 계산을 하기 위해 카운터 앞에
모여 있는 사람들, 선 채로 책을 보는 사람, 구석에 쪼그리고 앉
아 책 보는 사람 등 그곳엔 성별, 나이, 직업을 불문하고 많은
사람들로 북적거렸다.

무언가를 열심히 찾는 듯 두리번거리며 서점 안을 돌아다니
던 강리의 입에서 익숙한 이름이 튀어나왔다.

"호세야!"

난 그 자리에 멈춰 서 강리가 걸어가고 있는 곳을 응시했다.
아침과 같은 얼굴로 강리를 맞이하는 호세를 보자 온몸이 빳빳
하게 굳어지고 심장이 세차게 뛰는 걸 느낄 수 있었다.

"주인아, 거기 서서 뭐 해? 이리 와."

눈살이 절로 찌푸려질 정도로 호세 옆에 붙어선 강리가 날 향
해 손짓했다.

황주인, 침착해! 너 무슨 이유로 이렇게 동요하는 거야!! 그
래! 단지 이곳에서 호세를 만나 조금 놀랐을 뿐이야!! 그래, 그
런 거야!!

두 사람 앞으로 걸어가는 동안에도 난 쉬지 않고 내 자신을
진정시켰다. 적당한 거리에서 걸음을 멈추고 호세를 바라보며
입을 열었다.

"안녕?"

"응."

강리를 대할 때와 판이하게 다른 호세의 표정. 피호세, 강리한테는 실실거리며 웃으면서 나는 거들 떠 보는 둥, 마는 둥 해?

"이런 곳에서 실실거리고 있어도 될 만큼 시간이 남아도나봐?"

입을 연 순간, 내 자신을 야단치며 후회했지만 이미 쏟아진 물. 다시 담을 수는 없었다. 표정 하나 변하지 않은 호세 녀석을 뚫어져라 쳐다보며 녀석의 대답을 기다렸다.

"사실 내가 호세한테 부탁을 좀 했거든."

"부탁?"

"응. 아침에 우연히 만나서 얘기 나눴는데 통하는 게 많더라."

조금씩 떨려오는 몸을 진정시키기 위해 있는 힘껏 주먹을 쥐었다.

"책에 관해선 누구보다 잘 알고, 많이 읽었다고 자부하고 있었는데 호세에 비하면 난 아무것도 아니더라구. 그래서 책 좀 골라달라고 부탁했어."

난 우연히 만난 줄 알았는데 미리 약속을 한 거였구나. 뭐지? 도대체 이 더러운 기분이 드는 이유는 뭐야? 난 패배자에게서나 나오는 씁쓸한 미소를 머금으며 말했다.

"음, 어쩌지? 난 책만 보면 머리가 쑤시고, 잠이 쏟아지거든~

그럼 통하는 게 많은 두 사람은 열심히 책 구경해. 난 바빠서 이
만.”
　더 이상 두 사람 앞에 서 있을 자신이 없어 황급히 돌아섰다.
　유치해! 정말 유치해서 못 봐주겠다, 황주인!! 다섯 살 먹은
어린애도 이렇게 유치하지는 않겠다!! 너 대체 왜 이러는 거야?
호세랑 강리가 뭘 하든 무슨 사이든 네가 무슨 상관이냐고!!
　신경질적으로 문을 박차고 밖으로 나와 신선한 공기를 들이
켰다. 마음이 진정되고 머리가 맑아짐에 따라 밀려오는 후회에
머리를 마구 쥐어박았다.
　“윽! 너무 세게 때렸다. 아파! 아파!!”
　“쿡—”
　통증이 밀려오는 머리를 감싸 쥐고, 언제 왔는지 옆에서 날
보며 웃는 호세를 노려봤다.
　“크하하하~”
　“뭐가 웃기다고 웃어? 웃지 마!”
　하지만 녀석은 내 말은 들리지 않는 사람처럼 웃는 걸 멈추지
않았다.
　“이씨, 내가 웃지 말라고 했잖아!!”
　팔을 휘두르며 호세에게 달려들었다. 지금쯤이면 주먹에 느
낌이 와야 하거늘, 이상하게 손목에서 아픔이 전해져 왔다. 오
른쪽으로 고개를 돌리자 호세의 손에 잡혀 꼼짝도 못하는 손목
이 보였다.

“동작이 너무 크고 느려.”

“놔!”

“상대에게서 눈을 떼지 않고 가격하고자 하는 곳에 빠르고 정확하게 주먹을 넣어야지. 이렇게.”

순식간에 눈앞에서 멈춘 주먹. 헛숨을 들이킨 난 한동안 숨 쉬는 걸 잊은 채로 눈앞에 있는 호세 주먹을 응시했다.

“가자.”

아직까지도 내 손목을 잡고 있던 호세가 걸음을 옮겼다. 한참을 서로가 말없이 걷던 중, 녀석이 걸음을 멈추고 몸을 돌렸다.

“아무 말 없네? 어디 가는지 안 궁금해?”

“너희 집.”

“딩동댕~ 맞혔으니까 선물 줘야지. 갖고 싶은 거 말해 봐.”

“뭐든 상관없어?”

잠시 고민하는가 싶더니 고개를 끄덕여 대답하는 녀석.

“그전에 물어볼 게 있는데, 강리는?”

“다른 약속이 없다면 집으로 갔겠지.”

“흠, 흠! 책은 골라줬어?”

“응. 그런데 왜 그렇게 궁금해하는 거야? 혹시……."

“친구니까 그렇지! 친구!! 친구니까 걱정되잖아.”

서둘러 화끈거리는 얼굴을 돌리며 대답했다.

“정말 그 이유뿐?”

“그렇다니까! 이제 갖고 싶은 거 말할 테니까 잘 들어!”

　내 얼굴에 뭐라도 묻었는지 민망할 정도로 뚫어져라 쳐다보
는 호세를 지나쳐 멈춰 있던 발을 움직였다.
　"내가 갖고 싶은 건, 그러니까 내가 갖고 싶은 게 뭐냐 하
면……."
　"부담 갖지 말고 말해."
　대답은 해야 하는데 떠오르는 게 없어 앞에서 걸어오고 있는
여섯 살 정도의 어린아이가 눈에 들어오자마자 소리쳤다.
　"아이!"
　"아이? 아이?"
　허나 호세의 놀란 얼굴에 황급히 말을 수정했다.
　"그게 아니라 저 아이가 먹고 있는 거."
　내 손을 따라 호세의 시선이 그 아이에게로 향했다.
　"쿡— 갖고 싶은 게 겨우 저 아이가 먹고 있는 거야?"
　"으, 응."
　"먹고 싶다는데 사줘야지. 잠시만 기다려."
　근처 편의점으로 달려간 호세는 얼마 지나지 않아 큼지막한
봉지를 손에 들고 나타났다.
　"자, 받아."
　"우와, 무거워라. 뭘 이렇게 많이 사 왔어?"
　"종류대로. 흰 우유, 초코 우유, 딸기 우유, 바나나 우유, 커피
우유, 마지막으로 아이러브유."
　두근두근두근— 호세와 마주친 시선을 외면하고 웃으며 입을

열었다.

"하하하, 너도 농담이란 거 할 줄 아네? 고마워. 잘 먹을게."

"뭘, 나야말로 고맙지."

내가 의아한 얼굴을 하자 머쓱하게 웃으며 입을 여는 호세.

"하세 말이야, 그 녀석한테 친구 만들어줘서 고맙다고."

"아, 뭘 그런 것 같고 고마워해? 내 동생한테도 친구가 생긴 건데."

"아무튼 고마워. 잊지 않을게."

"음, 그래? 잊으면 어쩔 건데?"

"아르바이트 늦겠다. 가자."

"말해 봐~ 잊으면 어떡할 거야? 응? 왜 대답을 안 해? 어서 말해 보라니까?"

입을 굳게 다물고 성큼성큼 걸어가는 녀석을 잡아끌며 묻고 또 물었지만 녀석은 집에 도착할 때까지 단 한 마디도 하지 않았다. 혼자 열심히 떠들어댄 탓에 녹초가 된 난 집 안으로 들어서며 하세를 찾았다.

"하세야, 어디 있니~"

소파에 몸을 던지고 하세를 기다렸지만 집에 들어섰을 때와 같은 적막함은 계속되었다. 방에서 사복으로 갈아입고 나온 호세가 내 앞으로 쪽지 하나를 내밀었다. 그 쪽지엔 하세가 쓴 걸로 보이는 한 줄의 글이 적혀 있었다.

터져 나오려는 웃음을 간신히 참아가며 호세를 쳐다봤다. 그 러자 녀석은 들고 있던 종이 가방을 말없이 내밀었다.

"오늘 무슨 날인가? 너한테 받는 거 무지 많다. 우유, 하세 쪽 지, 정체 모를 종이 가방."

난 기대감으로 받아 든 종이 가방을 들여다봤다. 그 안엔 며 칠 전에 입은, 정확히 말하면 오빠 생일날 입은 옷이 깨끗한 상 태로 잘 개어져 있었다.

"고마워. 네 옷은 어제 네 방에 났는데 봤어?"

"좋은 냄새 나더라."

"열심히 빨았거든. 헤헤."

"그만 나갈까?"

"어? 응."

양손에 각각 우유가 든 비닐 봉지와 종이 가방을 들고 호세를 따라나섰다. 앞서 가던 호세는 대문 옆 담벼락에 세워져 있는 자전거를 챙겨 밖으로 나갔다.

"자전거 타고 가?"

대문을 닫고 자전거에 올라타는 녀석에게 물었다.

"일하는 곳이 그리 멀지 않아서."

"쉴 시간도 없는 것 같은데 괜찮아?"

"어쩔 수 없지. 살아야 하니까. 그리고 나 자전거 운전 잘하는 거 알지?"

"흠~ 그랬던가?"

"어딘가로 무작정 달리고 싶거나 가고 싶은 곳이 있으면 말해. 기사 노릇 할 준비는 이미 되어 있으니까 걱정하지 말고. 그리고 그렇게만 웃어라. 간다~"

힘차게 페달을 밟으며 내게서 멀어져 가는 호세 뒷모습을 바라봤다. 치. 그런 말에 누가 감동받을 줄 알고? 천만에 이 바보야. 장난이었지만, 장난으로 한 말이었지만 호세가 했던 말 한마디가 가슴을 울리며 온몸 구석구석으로 퍼져 나갔다.

아이러브유…….

제6장

“**오**늘 사성공고 2학년 킹카들이랑 미팅하는데 하고 싶
은 사람! 선착순 한 명!!”

소란스런 분위기 속에서 여장남자라는 별명을 가진 신애가
교단 위에서 큰 소리로 소리쳤다. 잠시 신애에게로 향했던 시선
을 거두고 강리에서 인사를 건넸다.

“강리야, 주말 잘 보내고 월요일에 보자.”

“주인이 너도~”

가방을 메고 앞쪽에 몰려 있는 삼총사에게 걸어가던 중, 신애
와 눈이 마주쳤다. 좋은 먹잇감을 발견한 동물처럼 눈을 반짝인
신애가 내게 달려들며 외쳤다.

“반장!!”

좋지 않은 느낌에 살짝 뒷걸음질치며 그녀를 경계했다.

“미팅하자! 오늘 나오는 남자들 정말 킹카야!! 사성공고에 잘생긴 애들 많은 건 너도 알지?”

“저기, 신애야.”

“너 남자 친구 없는 거 다 아니까 거짓말할 생각 마! 너처럼 성격 좋고, 몸매 좋고, 얼굴까지 예쁜 애가 나가야 우리 학교 명예도 살리고, 너도 멋진 남자 친구 생기면 이것이야말로 일석이조!”

숨 한 번 쉬지 않고 긴 말을 한 번에 내뱉은 신애. 난 그녀를 대신해 숨을 길게 내쉬었다.

“나 그런 거 취미 없으니까 다른 애 찾아봐.”

“노우~ 난 너로 결정했어! 절대 후회하지 않는다니까~”

어떤 말도 통할 것 같지 않은 신애의 태도. 이럴 땐 냅다 도망가는 게 상책! 신애가 눈치채지 못하게 한발한발 뒷걸음질치며 주위를 살폈다. 그런 내 눈에 아직까지 자리에 앉아 있는 강리가 보였다. 몸을 돌려 뒷문을 향해 뛰어가자 우렁찬 목소리가 들려왔다.

“거기 서!! 야!! 반장 잡아!!”

“신애 군!! 나보다 강리가 나을 거야! 그럼 월요일에 웃는 얼굴로 만나자고~”

교문이 보일 때쯤 뛰는 걸 멈추고 돌아봤지만 쫓아오는 이는

없었다. 흐트러진 머리를 정리해 하나로 묶고 교문을 향해 걸었
다.

　유일하게 수업 끝나는 시간이 같은 오늘, 교문을 빠져나가는
아이들이 평일의 세네 배가량 되어 혼잡하기 그지없었다. 복잡
한 교문을 빠져나와 집 쪽으로 방향을 틀던 난 날 향해 힘차게
손을 흔들어대는 빈치를 볼 수 있었다. 녀석에게로 걸어가 먼저
녀석의 친구에게 인사를 했다.

　“몬드, 안녕?”

　“난? 난 안녕 안 해?”

　빈치가 자신을 가리키며 물었지만 무시하고 몬드를 어루만지
며 물었다.

　“학교에 오토바이 끌고 와도 괜찮아?”

　“응!!”

　“그런데 집에 안 가고 여기서 뭐 해?”

　“오늘 슬람이네 가지? 타.”

　오토바이에 시동 거는 빈치를 뚫어져라 쳐다봤다.

　“지금 내 눈이 예뻐서 그렇게 쳐다보는 거야?”

　“내가 운전할게. 뒤로 가.”

　“응?”

　“뭘 꾸물거려? 자, 내 가방 받고 뒤에 앉아.”

　빈치에게 가방을 던지고 강제적으로 녀석을 뒤로 밀어내며
오토바이에 올랐다.

"출발한다. 꽉 잡는 게 좋을 거야."

아이들의 시선과 웅성거림을 뒤로하고 몬드를 출발시켰다. 난 죽지 못해 안달난 사람마냥 신호와 속력을 무시하고 달렸다. 심장이 터져 버릴 것만 같다. 두 번 다신 타는 일 없을 줄 알았는데. 지금 뒤에 있는 사람이 너였다면, 너라면 얼마나 좋을까. 잘 있지? 너 없인 하루도 살 수 없다던 난 흐르는 시간 앞에 절대 잊지 않으리라 믿었던 기억들을 하나둘씩 놓아가고 있어. 하지만 너와의 기억들 다 사라지기 전에, 하늘이 부르기 전에 갈 테니까 조금만 더 기다려 줘.

끼이이익—

오토바이가 크고 긴 마찰음을 내며 멈췄다. 시동을 끄고 오토바이에서 내려 빈치를 쳐다봤다. 가방을 꼭 끌어안고 있던 녀석이 오토바이에서 내리자마자 날 쏘아보기 시작했다.

"뭐야, 그 눈빛은?"

"나 하마터면 떨어져 죽을 뻔했어."

"떨어져 죽을 뻔했지, 안 죽었잖아."

"만약 죽었으면? 죽었으면?"

아, 귀 따가워. 대답할 가치가 없는 질문이었기에 녀석을 밀치며 대문 앞으로 걸어가 초인종을 눌렀다.

"왜 대답 안 해? 말해 봐! 나 죽었으면 어쩌려고 그랬어?"

뒤쫓아오며 듣기 싫은 목소리로 물어대는 빈치. 계속 무시할 수도 있지만, 녀석 역시 쉽게 포기할 것 같지 않아 녀석을 향해 몸을 돌리며 말했다.

"다빈치."

"대답해!"

"과거, 현재, 미래. 이 셋 중 네가 있는 곳은 어디야?"

질문의 의도를 파악하지 못한 빈치가 고개를 갸우뚱거렸다.

"지금 이 순간, 네가 보고 듣고 말하는 거 모두 현재야. 과거는 모두 지나갔고, 미래는 현재가 진행되면서 계속해서 우리 앞에 펼쳐지고 있어."

"헛소리 그만 하고 들어와."

스피커에서 슬람이의 목소리가 들려왔지만, 말을 끝내지 못한 난 다시 입을 열어 말했다.

"그러니까 넌 살아 있는 현재에 있는 거야. 이해되지? 그럼 들어가자."

큰 눈을 껌뻑이고 있는 빈치를 끌고 안으로 들어갔다. 현관문을 열자 슬람이 녀석이 팔짱 낀 채 우두커니 문 앞에 서 있었다. 난 일말의 망설임도 없이 빠르고 정확하게 슬람이 배에 주먹을 꽂았다.

"크윽!"

"주먹 한 대로 끝난 걸 다행으로 생각해. 배고프다. 밥 줘~"

배를 움켜잡고 고통스러워하는 녀석을 지나 거실 소파로 가 앉았다. 텔레비전을 켜기 위해 리모콘을 든 순간 텔레비전을 가로막고 선 빈치. 보아하니 슬람이 때린 이유를 말하라는 눈빛이다.

"빈치, 네 칸쵸를 자기 맘대로 나 줬어."

"내 칸쵸를?"

"그래. 아주아주 큰 칸쵸 알지? 그거."

순식간에 내게 향했던 빈치의 분노는 슬람이로 바뀌었다.

"이하슬람! 밥 줘!! 밥!! 밥 안 주면 나 죽어버릴 거야!!"

길고 지루했던 시간을 보내고, 원구 오빠와 아래층으로 내려오자 켜져 있는 텔레비전에선 만화가 흘러나왔고, 슬람이와 빈치는 다정히 포갠 채로 소파에 잠들어 있었다.

"신나게 뛰어 놀았으니 피곤할 만도 하지. 주인아, 슬람이한테 말해 놓긴 했지만 네가 다시 한 번 말해 줘."

난 무슨 말이냐는 표정으로 원구 오빠를 올려다봤다. 그러자 오빠 살짝 내 머리를 쥐어박으며 말했다.

"내일 과외 안 한다는 거. 이 녀석 또 잊어먹고 전화해서 난리칠까 두렵다."

"아, 단단히 일러둘게요."

"땡큐. 그럼 나 먼저 갈게. 수고!"

원구 오빠를 배웅하고 시끄럽게 떠들어대는 텔레비전을 껐다. 낯선 고요함이 이어지는 가운데 고른 숨소리를 내며 자는 두 녀석을 내려다봤다. 자는 동안에도 떨어져 있기 싫은지 슬람이의 다리를 꼭 끌어안고 자는 빈치 모습에 살며시 미소가 지어졌다. 저런 건방지고 제멋대로인 녀석이 뭐가 좋다고.

"음, 냠냠. 맛있는 칸쵸……."

홋, 행복한 꿈 오래오래 꿔. 옆에 놓인 메모지에 간단히 할 말을 적고, 몸을 돌려 현관으로 걸어갔다. 문을 열고 나오자 세상은 이미 붉은 빛으로 물들어져 있었다.

쏴아아아아—

세찬 빗소리가 선생님의 목소리와 뒤섞여 윙윙거린다. 하지만 녀석이 날 원망하며 우는 것 같아 듣기 싫다.

하굣길, 점점 굵어지는 빗줄기로 인해 우산 잡은 손에 절로 힘이 가해졌다. 하늘을 보자니 밤새 퍼부을 것 같다. 어? 이렇게 비가 쏟아지는데 바보같이. 난 온몸으로 비를 맞으며 제과점 앞에 서 있는 빈치에게로 뛰어가 우산을 씌웠다.

"바보야! 감기 걸리면 어쩌려고 비를 맞고 있어? 우산 없어?"

"……."

"다빈치!"

난 여전히 제과점 안을 쳐다보는 녀석의 팔을 잡고 흔들었다. 그제야 내 쪽으로 고개를 돌리는 녀석.

"아, 주인아. 안녕?"

분명 웃고 있는데 웃음이 안 보인다.

"무슨 일 있어?"

"아니."

"근데 얼굴이 왜 그래?"

“내 얼굴이 어떤데?”

“울고 싶은 얼굴이야.”

내 대답에 힘없이 미소 짓는 녀석. 가슴이 조금씩 저려온다.

“정말 신기해.”

“…….”

“주인이는 내 마음의 소리를 듣는 능력이 있나 봐. 혹시 하늘에서 나 지켜주려고 내려온 천사 아니야?”

“들키면 안 되는데. 아직 내 임무 안 끝났으니까 모르는 척하기다. 알았지?”

하루 종일 답답하고 우울했던 기분을 한 번에 날려 보낼 만큼, 깨끗이 지워 버릴 만큼 빈치는 순수하고 해 맑게 웃어 보였다. 빈치야말로 하늘이 내게 보내준 천사가 아닐까?

“그런데 뭘 그렇게 보고 있었어?”

“저거.”

빈치의 손을 따라 움직인 시선 안으로 작지만 앙증맞은 딸기 모양의 케이크가 들어왔다.

“예쁘다.”

“예쁘지? 예쁘니까 맛도 예쁠 거야.”

“저게 먹고 싶어서 비까지 맞아가며 쳐다본 거야?”

“저 케이크도 외로워 보여서.”

지금 그 말은, 너도 외롭다는 뜻이니?

“주인아, 우리 집에 갈래? 가자!”

“야, 잠깐.”

빈치 녀석, 덥석 내 손을 잡더니 빗속을 달리기 시작했다. 달리면서 빗물에 미끌어 넘어지는가 하면, 무단횡단하다 차에 치일 뻔도 했다. 그렇게 달려 도착한 곳은 녀석의 집.

“푸히히히—”

갑자기 괴상한 소리를 내며 웃는 빈치 녀석. 비를 너무 많이 맞아 실성했나 싶어 녀석을 빤히 쳐다봤다.

“주인이 골룸 같아.”

“뭐? 골룸?”

“응. 머리카락이 머리랑 얼굴에 쫙 하고 붙으니까 골룸 같아.”

아무리 내 모습이 추하다 해도 골룸과 비교하다니.

“너 골룸한테 한번 맞아볼래?”

“어? 나한테 반지 같은 거 없으니까 저리 가!!”

정말 리얼하게 두려운 표정으로 뒷걸음질치는 녀석. 어쭈? 한번 해보자 이거지?

“꺄악~ 내 절대반지 내놔~”

“없어, 이 못생긴 괴물아!!”

“내 반지!! 내 절대반지!!”

“너같이 못생긴 괴물한테는 못 줘!! 나 잡아봐라~”

이리하여 도망치는 인간과 반지를 갖기 위해 뒤쫓는 괴물의 빗속 질주가 시작됐다.

녀석이 옆 동네까지 도망가는 바람에 우린 두 시간을 넘게 비를 맞아가며 뛰어야만 했다.

다시 녀석의 집으로 와 옷을 갈아입고 녀석의 방으로 들어왔다. 잠시 기다리라는 말을 남기고 방을 나간 녀석이 삼십 분째 감감무소식이다. 무슨 일 있는 건 아닌가 해서 막 일어서려는 찰나, 두 손에 묵직한 까만 봉지를 들고 나타난 녀석.

"밖에 나갔다 왔어? 뭐 하다 온 거야? 손에 든 그 까만 봉지는 뭐고?"

대답은 하지 않고 한번 씨익 웃어 보인 녀석이 봉지를 거꾸로 들자 익숙한 것들이 바닥으로 쏟아졌다.

"너 이 많은 걸 어디서……."

"배고프지? 먹자!"

빈치 녀석, 바닥에 털썩 앉아서는 칸쵸를 열심히, 그리고 아주 맛있게 먹기 시작했다.

"안 먹어? 나 혼자 먹으니까 외로워. 주인이도 같이 먹자."

뭔가 좀 이상했지만 우선 먹고 묻기로 하고 녀석과 함께 칸쵸 정복에 나섰다. 빈치가 사온 칸쵸가 팔십삼 개였는데 남은 건 고작 스물네 개. 칸쵸가 가득 든 배를 문지르며 빈치와 난 나란히 침대에 누웠다.

"골룸아."

"왜."

"고마워."

"뭐가?"

"나 외롭지 않게 해줘서."

녀석의 말에 코가 시큰거렸다.

"바보."

"응. 애들이 나보고 바보래. 그래서 나랑 놀기 싫대. 항상 혼자였는데 슬람이가 친구 해주고, 호세가 친구 해줬어. 그리고 주인이도 친구 해주고. 옛날에는 많이 외로웠는데 지금은 행복해. 친구 많아서 행복해."

난 얼른 흘러내린 눈물을 닦으며 씩씩한 목소리로 말했다.

"나도 빈치가 친구 해줘서 행복해. 아주 많이."

"정말?"

"정말."

내 대답이 끝나자 몸을 돌려 날 안는 녀석. 삐쩍 말라 금방이라도 부서질 것 같은 빈치가 느껴진다. 한참을 말없이 날 안고 있던 녀석이 나지막이 속삭였다.

"내 열일곱 번째 생일 축하해 줘서 고마워. 함께해 줘서 고마워."

다음날 역시 과외가 있는 토요일이었기에 슬람이의 집을 찾았다. 평소 때와 마찬가지로 나와 원구 오빠는 과외를, 슬람이와 빈치는 둘만의 시간을 보냈다. 원구 오빠는 과외를 마치자마자 다른 약속이 있다며 서둘러 가고 나와 빈치는 협공작전을 펼처 슬람이를 주방으로 보내는 데 성공했다. 툴툴거리면서도 쫄면을 만드는 슬람이 녀석, 귀여워 죽겠다!

슬람이네 집에서 나와 빈치와 함께 집으로 가던 중이었다.

"어이구, 이게 누구신가? 우리의 여왕, 황주인 아니신가?"

녀석들의 얼굴을 보자 애써 외면하려 했던 기억들이 조금씩 되살아나기 시작했다. 떨리는 몸을 진정시키기 위해 주먹을 쥐고, 녀석들을 바라보며 천천히 입을 열었다.

"오랜만이다."

"그때 그렇게 도망치고 일 년 동안 숨어 지낸 주제에 오랜만? 네가 무슨."

"이일민, 그만 해! 지금부터 한 번만 더 멋대로 주둥이 놀리면 각오해."

슬픈 눈으로 날 바라보던 승연이 녀석이 일민이를 향해 소리쳤다. 여전하구나, 조승연. 몇 걸음 옮겨 내 앞에 선 승연이가 희미한 미소를 지으며 인사를 해왔다.

"잘 지냈어, 여왕?"

"보다시피. 넌?"

"그냥 그렇지 뭐."

어색한 침묵이 흘렀다. 일 년이란 시간, 무시할 수 없네? 아니지, 나 때문이지.

"내일, 무슨 날인지 알지? 애들 모이기로 했으니까 아지트로 와."

"지금까지 우릴 피해 숨어 지냈는데 오겠어? 그리고 내일이 무슨 날인지도 모를걸?"

일민이 녀석이 빈정거리며 말했다.

"기다릴게."

날 잘 아는 녀석 기다리겠다고 말하다니. 승연이를 따라 일민이를 비롯해 두 명의 녀석들이 차례로 날 지나쳐 갔다. 녀석들의 발자국 소리가 희미해져 갈 때쯤 멈췄던 걸음을 다시 옮겼다. 아무 말 없이 내 옆에서 보조 맞춰 걷는 빈치. 내가 대답하지 않을 거란 걸 알고 묻지 않는 걸까? 내 생각 해주는 거야, 빈치야? 착하네, 우리 빈치. 고마워, 정말.

내가 가야 할 방향이 아닌 다른 곳으로 가자 빈치가 멈춰 서며 물었다.

"어디 가는 거야?"

"가보면 알아."

녀석, 내 대답에 무슨 상상을 하는지 얼굴을 붉히며 몸을 비비 꼬기 시작했다.

"주인아, 우린 아직 어려. 하지만 네가 정 원하면 생각을 해보겠지만 오늘은……."

"너 도대체 무슨 상상을 하는 거야!! 헛소리 그만 하고 따라와!"

"아야야! 주인아, 아파."

"아프라고 잡아당기는 거야. 자, 렛츠 고~!"

녀석의 귀를 잡은 채로 백 미터 정도 걷다 익숙한 가게 앞에 다다랐을 때 비로소 잡고 있던 귀를 놓았다. 빨갛게 달아오른 귀를 비벼가며 원망 어린 시선을 보내는 빈치를 외면하고 가게로 들어갔다. 어제와 마찬가지로 혼자 덩그러니 놓여 있는 케이크.

“어서 오세요.”

주방에서 나오며 밝게 인사하는 아저씨에게 케이크를 내밀었다.

“포장해 주세요.”

“아이고, 내 정신 좀 봐. 왜 이걸 안 치웠지?”

“네?”

“미안해서 어째. 그거 어제 만든 건데 내가 깜빡하고 안 치웠어.”

무척이나 미안해하시는 아저씨.

“이거 상했어요? 먹으면 죽어요?”

“에구, 아니야~ 먹을 수 있어. 안 죽어.”

“그럼 포장해 주세요.”

상한 것도 아니고, 먹고 죽는 것도 아닌데 뭐가 미안하다고 저러시는지. 잠시 망설이던 아저씨가 작은 상자에 케이크를 넣고 빨간 끈으로 포장을 하기 시작했다. 마지막으로 상자 위에 리본을 만든 아저씨가 상자를 내 손에 쥐어주셨다.

“얼마예요?”

“그냥 가져가.”

난 잘못 들은 건 아닌지 해서 아저씨 얼굴을 다시 한 번 쳐다봤다.

“난 하루 지난 빵은 절대 팔지 않아. 치웠어야 했는데 안 치웠으니 내 잘못이지. 근데 누구보다 그 케이크를 원하는 사람이 저기 있어서 하루 지났지만 선물로 주고 싶구나.”

아저씨가 가리킨 곳엔 요요를 가지고 노는 빈치가 있었다.

“어제 몇십 분을 비 맞아가며 그 케이크를 쳐다보고 있더라구. 그땐 이상하게 생각했는데 오늘 다시 보니 그게 아니네. 나는 이만 빵 만들러 들어가 봐야겠다. 맛있게들 먹으렴. 아차차.”

몸을 돌리던 아저씨가 다시 날 바라보며 말씀하셨다.

“그 케이크 이름이 뭔 줄 아니?”

“딸기 케이크?”

고개를 가로 저은 아저씨가 케이크가 놓여 있던 곳을 멍하니 응시하더니 들릴 듯 말 듯한 목소리로 이렇게 말하셨다.

“I. 아이란다. 아이들을 무척이나 좋아했지만 정작 자신은 가질 수 없는. 그 케이크, 우리 마누라가 제일 좋아하던 케이크인데 이젠 먹어줄 사람이 없네.”

갑자기 숨이 탁 하고 막히는 기분에 서둘러 밖으로 나왔다. 난 들고 있던 상자를 빈치에게 전해주고 아무 말 없이 돌아섰다.

“뭐야? 케이크?”

"아저씨가 너 불쌍하다고 먹으래. 다음에 보자."

늦었지만 생일 축하한다고 말하면서 줄 생각이었는데.

"주인아, 잘 먹을게! 그리고 내일 우리 집 비니까 놀러 와! 참, 너 과외해야 되지? 그래도 놀러 와!! 꼭 놀러 와!!"

바보. 바보. 착한 바보…… 저 착한 바보…….

바람에 흔들리는 창문 소리에 눈을 떠보니 새벽 여섯 시. 평소 잠이라면 서러운 난데, 잠든 지 두 시간도 안 돼 눈이 떠졌다. 녀석, 오늘 제대로 괴롭힐 작정인가 보네.

오빠와 규인이가 깨지 않게 준비를 마치고 가방에 칸쵸를 가득 담아 집 밖으로 나왔다. 하늘엔 먹구름이 가득했고, 강한 바람은 쉬지 않고 내 몸을 때리며 지나갔다. 같다. 너무도 같다. 일 년 전 오늘과 너무도 같다.

너 지금 거기 있니? 그때처럼 나 기다리고 있는 거야? 나 지금 갈 테니까 조금만 기다려. 먼저 가지 말고 기다려. 꼭! 혹여 녀석이 가버릴까, 기다리다 지쳐 가버릴까 서둘러 그곳으로 뛰어갔다. 앞을 가로막는 바람을 헤치며 갔건만 녀석의 모습은 어디에서도 볼 수 없었다. 난 그대로 땅에 주저앉았다. 맞아, 넌 이제 없지. 일 년 전 오늘, 날 떠났지. 내가 널 떠나보냈지. 깜빡했다.

잔뜩 흐린 하늘에선 금방이라도 비를 퍼부을 기세고, 바람의 강도도 한층 거세졌다. 옆에 놓인 칸쵸를 한 번 더 바라보고 자리에서 일어섰다. 떠나기 전, 녀석에게 조용히 속삭였다.

레임아, 나 요즘 조금 행복하다? 동생처럼 편하고 귀여운 칸 쵸친구도 생기고, 외로움을 꼭꼭 숨기려 맘에 없는 말과 행동을 하는 나와 비슷한 녀석도 알게 됐어. 그리고 자꾸 신경 쓰이고 생각만 하면 기분 좋아지는 녀석도 있어. 그래서 내가 잠시 잊고 있었나 봐. 그래, 정말 잊고 지냈어.

터미널에 도착한 난 대구 가는 표를 끊었다. 사십 분 정도 기다려야 했기에 의자에 앉아 창밖으로 시선을 고정시켰다. 잠시 뒤 한두 방울 떨어지기 시작한 빗방울들이 금세 세찬 빗줄기로 바뀌었다. 갑작스런 날씨 변화에 놀란 사람들이 서둘러 터미널 안으로 뛰어들어 왔다. 정말이지 일 년 전과 너무도 같다.

버스에 올라 자리에 앉자마자 눈을 감았지만 좀처럼 잠이 오질 않았다. 자는 건 포기하고 가방에서 남은 칸쵸 한 통을 꺼냈다. 하나, 둘, 셋. 분명 입 안으로 들어가는데 아무 맛도 나지 않는다. 맛이 없다. 혼자 먹으니까 맛이 없어.

저녁 여섯 시가 조금 넘은 시각, 대구에 도착했다. 우산이 없어 발을 동동 구르는 몇몇 사람들을 지나 빗속으로 뛰어들었다. 택시를 타고 아저씨에게 가물가물한 주소지를 말했다. 다행히 내 기억은 틀리지 않았고 떨리는 손으로 초인종을 눌렀다. 하지만 사람이 없는지 대답이 없다. 몇 번을 다시 눌러도 마찬가지.

녀석의 번호가 저장되어 있는 핸드폰은 집에 있고 번호는 외우지 않아 공중전화도 소용없어 대문 앞에 쪼그리고 앉아 녀석을 기다렸다. 그렇게 얼마나 있었을까? 발소리에 고개를 들자 검은색 우산을 쓰고 걸어오는 녀석이 보였다. 몸을 일으켜 한발 두발 앞으로 걸어나가자 날 본 녀석이 내게로 뛰어왔다.

"세상에!! 연락도 없이 어쩐 일이야? 아니, 그보다 감기 걸리면 어쩌려고 비를 맞고 있어? 입술 새파래진 것 좀 봐! 들어가자."

날 끌고 집으로 들어가려는 녀석을 붙잡았다. 왜 그러냐는 표정의 녀석에게 작지만 힘을 줘 말했다.

"때려."

"응?"

"때려. 나 때려. 주먹으로 때려도 좋고 발로 걷어차도 좋아. 내가 바닥에 쓰러져 정신 못 차릴 때까지 때려."

"비를 너무 오랫동안 맞고 있었던 것 같다. 들어가서 몸 좀 녹이자."

다시 날 끌고 들어가려는 녀석의 팔을 뿌리치며 소리쳤다.

"내가 한 말 못 들었어? 때리라고!! 날 실컷 때려!! 왜 못 때려? 응? 왜!! 잘난 네 친구 죽인 장본인이 떡하니 앞에 서 있는데 왜 못 때려? 뭘 망설여!!"

지금까지 그 누구에게도 하지 못했던 말들을 쏟아냈다. 차가운 빗물 사이로 뜨거운 물이 얼굴을 적시며 쉴 새 없이 흘러내린다.

"기억 안 나? 레임이랑 연락 안 된다고, 그 자식 연락 한 번 안 한다고. 어디 가서 죽은 거 아니냐고 나한테 물었었잖아. 나 거짓말했어. 갑자기 사라져서는 나한테도 연락없다고 했던 거, 다 거짓말이야. 내가 죽였어. 그래서 이제 레임이 없어. 내가 레임이를 죽였어!! 일 년 전 오늘 내가 레임이를 죽였다고!! 내가……
나 황주인이 요레임을……."

어느새 힘없이 바닥에 주저앉은 내 앞으로 녀석이 다가와 무릎을 꿇고 날 안아왔다.

"내가 때리라고 했지, 언제 안아달라고 했어? 때려!! 제발 좀 때리란 말이야!! 아니, 죽여줘. 나 레임이한테 가고 싶어. 해안아, 부탁이야. 제발 날……."

"그만!! 그만 해!!"

아이러니하게도 녀석의 거친 숨소리와 심장 소리가 날 편안하게 만들었다.

"나 이제 그만 끝내고 싶어. 끝도 없는 어두운 터널 여행 그만 끝내고 싶어. 답답해. 그러니까 도와줘. 응? 나 여행 끝내고 싶어."

하지만 녀석은 날 더욱 세게 안을 뿐, 아무 말도 하지 않았다. 이유가 뭐야. 날 때리지도, 죽이지도 않는 이유가 뭐야. 내가 레임이 죽였는데 왜 날 따뜻하게 안아주는 거야. 레임이도 그랬는데, 그 바보도 그랬는데. 내 눈물 닦아주고, 날 보며 미소 짓고. 날 미워하고 원망하기는커녕 앞으로 옆에 있어주지 못할 것 같다고. 미안하다고. 오히려 나한테 미안하다고 그랬어, 그 바보가. 자길 아프게 한 나에게. 그래서 난 날 더 용서할 수가 없어.

용서가 안 돼.

한 치 앞도 보이지 않는 밤, 굵은 비를 맞아가며 서 있는 내가 보인다. 두려움에 사로잡혀 보이지도 않는 곳을 향해 뛰어가다 넘어지며 물웅덩이에 빠졌다. 몸을 일으키려는데 갑자기 물웅덩이가 붉게 변하기 시작했다. 그리고 눈 깜짝할 사이, 온몸이 피투성이인 남자가 모습을 드러냈다. 잔뜩 긴장해 온몸을 감싸고 있는 나와 숨을 헐떡이며 고통스러워하는 남자. 그가 천천히 고개를 돌렸다. 그리고 우린 눈이 마주쳤다.

〈레임아!!〉

놀란 난 녀석에게 가려다 원망 가득한 눈빛에 멈칫했다. 녀석의 입이 조금씩 움직이더니 이내 천둥 같은 목소리가 들려왔다.

〈이 살인자. 날 죽이고도 죄책감없이 잘살고 있단 말이지? 용서할 수 없어. 절대 용서 안 해!!〉

벌떡. 스프링에 튕겨지듯 일으켜진 몸. 얼굴은 물론이고 등이 땀으로 흠뻑 젖어 있었다.

꿈, 한 번도 이런 꿈은 꿔본 적이 없는데. 하지만 처음 듣는 말이 아니다. 항상 내 귀를 맴도는 말. 꿈속의 목소리는 또 다른 내가 내게 소리치는 말이었다.

갑자기 밀려오는 갈증에 문을 열고 나가자 소파에 앉아 텔레비전을 보고 있는 해안의 모습이 보였다. 고개를 돌린 녀석이 물끄러미 내 얼굴을 응시했다. 난 그런 녀석의 시선을 외면하고는 녀석 곁으로 걸어갔다.

어젯밤, 희미한 기억이지만 해안에게 모든 걸 털어놨던 것 같
다. 무언가에 홀린 듯 쉬지 않고 중얼거리던 내 모습이 떠오른
다.

"잘 잤어?"

"어? 어."

"몸은 좀 어때? 감기 증상 같은 건 없어?"

"응."

걱정이 가득 묻어나오는 목소리. 해안의 얼굴을 똑바로 쳐다
볼 수 없다.

"배고프지?"

"아니, 괜찮아."

"난 너랑 같이 먹으려고 한 끼도 안 먹었어~ 배고파 돌아가
시겠다. 밥 먹자!"

소파에서 일어선 녀석이 내 손을 잡더니 식탁으로 자리를 옮
겼다. 언제부터 차려져 있는지 한상 푸짐하게 차려져 있는 식
탁.

"앉아."

녀석을 따라 조심스레 맞은편에 앉았다.

"내가 널 위해 모처럼 솜씨 발휘했으니까 많이 먹어. 알았
지?"

"해안아."

"응?"

검고 깨끗한 녀석의 눈동자와 마주쳤다.

"잘 먹을게."

"맛있게 먹어~ 아, 진짜 배고프다. 뭐부터 먹을까?"

녀석은 밥 먹는 내내 분위기가 가라앉지 않게 애를 썼다. 나를 위해. 용서해도 시원치 않을 날 위해.

괜찮다고 극구 사양했음에도 불구하고 터미널까지 마중 나온 녀석.

"황주인!!"

버스에 오르던 난, 해안의 부름에 고개를 돌렸다.

"너 다음에 만날 때도 그런 눈빛, 그런 표정이면 죽도록 팰 거야! 용서하지 않을 거야!!"

차라리 욕을 하지. 그러면 내 마음이 조금은 편해질지도 모르는데. 너나 레임이에게 덜 미안할 텐데. 알았다고, 그러겠다고 고개를 끄덕이고 버스에 올랐다. 녀석이 서 있는 곳과 반대되는 자리에 앉아 눈을 감았다.

레임아, 네 친구. 너랑 제일 친한 친구가 날 용서했어. 정말 나쁜 놈이다. 그치? 너 해안이 자식도 용서하지 마. 널 배신한 친구 따위 용서하지 마.

평소보다 더 썰렁하게 느껴지는 집. 샤워 후 옷을 갈아입고 침대 위에 둔 핸드폰을 확인했다. 규인이의 전화와 음성, 문자 메시지. 어떤 내용일지 뻔했기에 확인도 않고 지워 나가던 중, 싸가지없는 냄새를 풍기는 문자 몇 개가 눈에 띄었다.

『감히 내 전화를 무시해?』

『어쭈? 이젠 문자까지?』

『과외하러 안 와? 칸쵸 안 먹고 싶어?』

『앞으로 내 앞에서 칸쵸 찾기만 해봐!』

"풋—"

혼자 열받아 방방 떴을 녀석을 생각하자 웃음이 나왔다. 하지만 녀석이 보낸 마지막 문자를 확인한 순간, 알 수 없는 감정들이 밀려왔다.

『어제 너 칸쵸 하나도 못 먹어서 오늘 배터지게 먹으라고 많이 사놨었는데 쓸모없어 다 갖다 버렸다.』

철컥.

그때 현관문이 열리고 닫히는 소리가 들려왔다. 그리곤 뒤이어 급하게 계단을 뛰어올라 오는 소리까지 고스란히 귀로 전해졌다. 쾅!! 난 아무렇지 않은 듯 규인에게 향한 시선을 거두며 말했다.

"등장도 요란하신 황규인 씨."

"내 연락, 못 받았어?"

"핸드폰 두고 갔었어. 왜, 무슨 일 있어?"

밤새도록 내 걱정에 잠 못 이뤘을 텐데, 난 겨우 이런 말밖에 못하는 인간이다.

"아니, 없어."

웃지 마. 웃지 마, 황규인!

"누나 피곤해서 그러는데 그만 나가줘."

"농구 하자."

뜬금없이 무슨 소리냐는 눈빛으로 녀석을 바라봤다.

"우리 농구 안 한 지 꽤 오래됐잖아. 그리고 오늘은 내가 이길 것 같은 느낌이 들어."

"넌 나한테 안 돼."

"과연 그럴까? 결과는 해봐야 아니까. 출발!!"

순식간에 녀석에게 이끌려 근처 공원으로 나왔다. 내 앞에 맑은 미소를 짓고 있는 규인이가 서 있다. 한없이 깊은 눈빛으로 날 바라보고 서 있다. 내 동생. 하나뿐인 내 동생. 내가 정말 사랑하는 내 동생.

"자신있어?"

"물론! 근데 그냥하면 심심하니까 내기하자."

"무슨 내기?"

"이긴 사람 소원 들어주기."

지금까지 한 번도 내게 이겨본 적 없는 녀석이다. 웃음이 나올 수밖에.

"쿡. 소원 들어줄 준비해."

"오늘은 내가 이긴다니까! 그럼 시작한다."

규인이의 공격으로 내기가 걸린 농구는 시작됐다. 한 골당 일 점씩 해서 먼저 십오 점 채우는 사람이 승리.

마지막 공이 시원하게 들어가고, 우린 누가 먼저랄 것도 없이 아직 채 마르지도 않는 땅에 대자로 드러누웠다. 기분 좋다. 얼굴과 온몸을 적시는 담은 물론 미친 듯 뛰어대는 심장이 기분 좋다.

"소원 말할게. 지금부터 내가 하는 말을 그대로 따라하기만 하면 돼. 한다~ 선서!!"

"소원이 너무 시시한데~"

"절대 다른 말 하거나 침묵 지키면 안 돼! 빨리 따라해. 선서!!"

꽤나 진지한 녀석의 태도에 녀석의 말에 따르기로 했다.

"선서!"

"나 황주인은."

"나 황주인은."

"무슨 일이 있든."

"무슨 일이 있든."

"황규인의 누나이며 죽을 때까지 가족이란 이름으로 황규인 옆에 있겠다고 맹세한다."

살짝 떨리는 목소리. 규인아, 두렵니? 내가 널 떠날까 두려워? 네 누나 황주인이 사라질까 봐 겁나? 넌 분명 내가 대답하

지 않을 거란 거 알면서도 말했을 거야. 하지만 나 말할래. 말할
거야. 그것도 아주 크게.

"선서! 나 황주인은 무슨 일이 있든 황규인의 누나이며 죽을
때까지 가족이란 이름으로 황규인 옆에 있겠다고 맹세한다."

『톨』 제2권으로…

다죽자

문현주
81. 12. 11 궁수자리
강원도 원주
동우대학 피부미용과 졸

http://cafe.daum.net/NovelinDajuk

『그래도 지구는 돈다』 1~2

불안하고, 위태롭고, 아슬아슬하게 자유 비행을 꿈꾸는 아로하.

행복이 갖고 싶다는 말을 마지막으로 두 눈을 감은 외로운 영혼 사천.

사랑했던 여자가 좋아하던 초코 아이스크림이면 죽고 못 사는 귀여운 아림돼지 이데.

친구를 위해 자신의 마음을 숨긴 채 조용히 한 여자의 곁에 머물러 있는 바보사랑 반산.

눈물보단 밝은 웃음으로 아픔을 대신하는 굳센 소녀 산어래.

'아슬아슬한 널 잡고 싶었는데 끝내 놓쳐 버렸어.

네가 없는데도 이 빌어먹을 지구는 돌아간다.'

도서출판 **청어람**
부천시 원미구 심곡1동 350-1 남성빌딩 3층 우420-011
E-mail : eoram99@chol.com
☎ 032-656-4452 FAX 032-656-4453